UN CHEVAL SOUS LA LUNE

DU MÊME AUTEUR
CHEZ POCKET

L'ANGÉLUS DE MINUIT
LE ROI EN SON MOULIN
LA NUIT DES HULOTTES
LE PORTEUR DE DESTINS
LES CHASSEURS DE PAPILLONS
LE CHAT DERRIÈRE LA VITRE

GILBERT BORDES

UN CHEVAL SOUS LA LUNE

ROBERT LAFFONT

Nuit de juin ! Dix-sept ans ! – On se laisse griser.
La sève est du champagne et vous monte à la tête...
On divague ; on se sent aux lèvres un baiser
Qui palpite là, comme une petite bête...

Arthur Rimbaud

ISBN 2-266-06777-X

Lorsqu'il arriva à Morterive, Martin eut peur.

La Juvaquatre s'était garée près de la ferme de Juste. Le château se dressait devant lui, immense, sombre, pareil au château de l'ogre dans les livres d'enfant. Chaque regard se tournait vers lui. Quand il parlait, Juste pointait son nez tranchant vers les tours. Et, malgré lui, il pliait le dos, il baissait la tête.

— *Quand tu vois Morterive*
En enfer tu arrives !
dit-il d'une voix forte.

Il rit, comme pour conjurer le sort, mais c'était un rire à la Juste, une bravade de poltron. Martin, qui n'avait jamais quitté la ville, se croyait arrivé au bout du monde. Les nuages couraient sur les collines grises baignées d'une lumière douce. Juste dit :

— Sept cents ans qu'ils ont, ces murs, tu entends, sept cents ans qu'ils sont là !

Sept cents ans ! Pour Martin, c'était l'éternité.

Près du donjon, un homme montait des pierres sur un échafaudage. Il était très grand. Ses cheveux blancs étaient plaqués sur son front par la pluie qui ne cessait de tomber depuis le matin.

— Le comte Henri de Morterive ! dit Juste en fermant la portière de la Juva qui émit un bruit de tôle. Un de ces jours, il se fera écraser par quelque mur qui va lui tomber dessus.

Martin regrettait maintenant d'avoir quitté son emploi à l'usine Singer pour aller travailler dans une ferme. Dans sa poche, il sentait son harmonica contre sa cuisse. Il l'avait eu pour Noël. Un cadeau de tante Louise, une vieille dame qui vivait au milieu de ses cinq chats, dans un appartement humide au bord de la Corrèze. Martin y allait pour les petites vacances, Pâques et Noël. Il s'y ennuyait tellement qu'il avait demandé à changer, mais les familles d'accueil n'étaient pas nombreuses ; l'Aide sociale à l'enfance en manquait à tel point qu'elle était obligée de placer deux, parfois trois enfants au même endroit.

Juste sortit son paquet de tabac et ses feuilles à cigarettes.

— Tu fumes ?

Martin baissa la tête et ne répondit pas. Il aurait voulu fumer pour faire comme les autres et montrer que, malgré les apparences, il avait presque dix-huit ans, mais la fumée lui piquait les yeux, le faisait tousser. Pourtant, il n'osa pas refuser et prit le paquet que l'homme lui tendait.

— Eh bien, roules-en une.

D'un geste sec, le garçon tira une feuille du Job mais ne la colla pas sur sa lèvre. Il prit une pincée de tabac, l'étala sur la feuille, qui se déchira.

— T'en fais, un homme, toi ! Tu connais le proverbe :

« *Qui ne sait pas rouler une cigarette*
N'est pas bien loin d'être une mauviette !

« Donne-moi ça.

Les doigts tailladés de crevasses tassaient le tabac avec habileté. Un coup de langue sur un bord de la feuille et voilà la cigarette, un peu ventrue au milieu, terminée. Les petits yeux noirs sous les sourcils épais de Juste se levèrent vers le château.

— Moi, je te raserais tout ça ! Va savoir ce qu'il y a derrière ces murailles ! La nuit, tu entends des bruits pas catholiques... Paraît que ça va se vendre !

— Se vendre ? osa Martin en se penchant sur la flamme du briquet à essence que Juste tenait entre ses mains.

— Oui, et tant mieux ! C'est couvert d'hypothèques. La poule de M. Henri aimait les fêtes ! Heureusement qu'elle est morte. Un mal de tête. Le docteur Cassant l'a fait hospitaliser, elle est morte trois jours après. Moi, je dis que c'est la malédiction !

Martin porta la cigarette à ses lèvres, aspira. La fumée lui piquait la gorge et les yeux. Les larmes roulaient sur ses joues. Il aurait voulu être fort, montrer le poing et parler haut, mais les autres avaient tous une tête de plus et étaient toujours plus malins que lui. Ils savaient des tas de choses sur les filles ; ils avaient de la barbe, du poil sur la poitrine, et lui, à dix-sept ans, n'était encore qu'un petit garçon. Il ne sortirait donc jamais de cette maudite enfance !

Un bruit sourd, sorte de roulement lointain, vint du château.

Juste se gratta les cheveux sous sa casquette.

— Le jour, c'est encore rien, mais tu vas voir, la nuit !

Malgré lui, le regard de Martin ne pouvait se détacher de ces trois tours aux murs lézardés et de ce donjon couvert de lierre. C'était monstrueux, dans cette campagne de haies vives, de champs minuscules et de chemins creux. Il regrettait Tulle et la tranquillité du foyer.

— Au fait, je t'ai pas demandé ton nom...

— Martin Legelle. Legelle, c'est le nom de ma mère.

— Et ton père ?

Martin baissa les yeux.

— Ben oui, faut s'y faire ! Y en a qui ont moins de chance que les autres, mais t'en fais pas, la vie te donnera ta part. Regarde Luc Rouget. De l'Assistance, qu'il est aussi. Et même qu'il a pas connu sa mère. Ça l'a pas empêché de devenir le maire de Salons.

— C'est pas que ma mère voulait pas me garder, reprit Martin, c'est qu'elle n'avait pas assez d'argent.

— Et tu la connais ?

— Elle venait me voir quand j'étais petit.

Juste ralluma sa cigarette en penchant la tête.

— Ici, tu seras pas bousculé, dit-il. A gauche, en contrebas, c'est chez Lenony. Elle fait les ménages et lui les bistrots. Leur fils est de ton âge. Là, c'est chez nous, la maison en premier et les étables au fond. Le bâtiment que tu vois un peu plus loin, c'est à nous aussi. Je l'appelle l'écurie parce que Rosette y couche. J'y range mon tracteur. De l'autre côté de la route, cette belle maison toujours fermée, c'est les Legay, des Parisiens qui viennent jamais et, du même côté, la petite maison aux volets bleus, c'est chez Pauline. Tu vois, on n'est pas trop serrés. Si t'avais vu avant... Paraît que ça va revenir avec le barrage.

— Un barrage ?

— Sur la Noiselle, la rivière que tu as vue tout à l'heure. Ils vont noyer tous les prés en dessous de Morterive. Viens donc, on va dire bonjour à l'Honorine et à ma mère.

Un chien noir tournait autour de Juste en remuant la queue. Une oreille cassée, l'autre droite, il regardait Martin avec méfiance.

— C'est Miss ! dit Juste. Une brave bête.

Juste précéda Martin dans la maison. La peinture de la porte s'écaillait. Une lampe pâle éclairait un intérieur propre. Les murs crépis étaient peints en bleu clair. Une grande table occupait presque toute la place. Il n'y avait pas de pendule, mais un carillon verni. Dans le coin sombre de la cheminée, une très vieille femme regardait les cendres froides.

— Ma mère, la Noélie. Elle est sourde et voit pas grand-chose ! dit Juste. Mais pour parler et raconter n'importe quoi, elle est pas la dernière.

Même à l'intérieur de la maison, la menace du château était sensible. Elle pesait sur les épaules, électrisait l'air.

Une femme à grosse poitrine arriva de la chambre. Ses cheveux gris étaient frisés en petites boucles. Elle portait un tablier bleu à fleurs blanches. Sur la joue droite, un énorme grain de beauté couvert de poils noirs lui donnait un faux air de mégère.

— Et l'Honorine, continua Juste.

Le regard de la femme était plein d'une douceur que sa voix rêche semblait contredire. Martin baissait les yeux, mais sentait ceux d'Honorine sur lui. Il rougit.

— Par tous les tonnerres ! dit-elle. Tu n'es pas bien gros et tu en as une belle paire d'oreilles !

Martin était mortifié, comme chaque fois qu'on lui parlait de ses oreilles décollées. Il ne pensait plus, se retirait au fond de lui-même, honteux de ce défaut, prêt à demander pardon d'exister.

— Bon, je vais te montrer ta chambre ! dit Juste. Suis-moi.

Une averse venait de passer, les toits du château luisaient.

— Tu vas coucher chez le vieux Baptiste.

La petite maison accolée à celle de Juste était couverte de tuiles. Le paysan ouvrit la porte qui donnait sur une cuisine visiblement abandonnée. La pendule ne marchait plus ; il n'y avait pas de cendres dans l'âtre froid. Sur la table, des crottes de rat jonchaient la toile cirée.

Dans la chambre se trouvait un grand lit ancien qui sembla démesuré à Martin. Une énorme armoire occupait tout un pan de mur. Les carreaux étaient propres, les rideaux bien attachés. Ça sentait la cire et le linge sec.

— L'Honorine est venue la nettoyer. Elle a fait le lit. Et si t'as froid l'hiver, tu as le poêle.

— Et les toilettes ? demanda timidement Martin.

Juste le regarda, comme s'il n'avait pas compris la question. Il sourit.

— Les toilettes ? Derrière la haie, à côté du jardin. La place manque pas !

Martin serrait les lèvres. Comment allait-il pouvoir dormir seul dans cette maison, près de ce château en ruine ? La peur lui nouait le ventre.

— Bon, maintenant, on va aller voir la Pauline. C'est la cuisinière du comte. C'est elle qui a élevé la « Peste ».

— La Peste ?

— Oui, la fille que M. Henri a eue avec sa

poule, la Russe. Elle passe son temps à courir les garçons... La Pauline m'a demandé que tu lui donnes un coup de main pour porter son eau et son bois.

Ils longèrent le mur du parc qui s'écroulait. Un chien roux aux pattes courtes et aux immenses oreilles noires passa devant eux et tourna lentement sa tête aux gros yeux larmoyants vers Juste.

— Le vieux Sam ! dit-il. Le chien de M. Henri.

Juste rangeait son tracteur et son matériel dans l'ancienne étable où autrefois étaient attachés les bœufs. Un énorme cheval tourna la tête vers eux.

— C'est Rosette ! Elle a plus de trente ans, alors on lui demande pas grand-chose. C'est toi qui t'en occuperas. Approche.

Martin n'avait jamais vu de cheval de si près. Il était étonné de sa grandeur, de ce dos large, ces sabots énormes...

— Approche, elle te mangera pas !

Il n'osait toujours pas. La jument le regardait de ses gros yeux blancs. Martin s'approcha timidement, posa la main sur le dos de l'animal, qui fouetta son flanc avec sa queue. Le garçon poussa un petit cri de peur et recula. Juste éclata de rire.

— Tu me fais un sacré courageux, toi ! Bon, on va voir la Pauline.

Devant la maison aux volets bleus, une grosse femme grattait un parterre à côté d'une touffe de jonquilles.

— Quand tu penses qu'elle a fait installer une

salle de bains et qu'elle a acheté la télévision, tu comprends qu'elle veut frimer ! dit Juste. Enfin, faut vivre avec son temps : l'Honorine veut une douche et elle va l'avoir.

Pauline mesurait une bonne tête de plus que Juste. Sa figure était carrée, ses cheveux gris étaient retenus par des peignes.

— Ah, c'est le petit gars de l'Assistance ! dit-elle de sa voix d'homme.

Des petites filles qui se poursuivaient en criant passèrent près d'eux. Un garçonnet de six ou sept ans s'arrêta devant Martin, le regarda un moment et lui tira la langue.

— Qu'est-ce que tu es laid avec tes grandes oreilles !

Le gamin déguerpit. Juste dit :

— C'est le petit Bernier. J'ai pas vu plus mal élevé.

Le soir, Juste envoya Martin à la corvée de bois. Le soleil couchant illuminait les toits du château. D'étranges lueurs passaient derrière les fenêtres noires dont certaines n'avaient plus de carreaux. Des lézardes entaillaient les murs qui semblaient près de s'écrouler sous leur propre poids. Derrière la tour, le comte tapait sur une pierre avec son marteau.

Une jeune fille arrivait de la route de Salons. Elle descendit de son vélo à la hauteur de Martin, le regarda, étonnée de voir une tête nouvelle à

Morterive, et lui sourit. Elle avait un beau visage rond, des yeux gris-vert et des cheveux noirs bouclés, coupés à la hauteur de la nuque.

— Bonsoir ! dit-elle.

Martin bredouilla un vague bonsoir et poursuivit son chemin.

— M. Levrault m'envoie pour le bois ! dit-il à Pauline, qui le regarda un moment avant de parler.

— M. Levrault ! Où t'es allé chercher ça ? On l'appelle Juste et ça suffit bien ! Bon, tu prends le bois dans le hangar et tu le portes dans la cuisine du château. C'est la première porte à droite de cette tour. Et tu me rempliras mon seau au puits. Et gare à toi si c'est pas bien fait !

Martin n'avait rien compris. Il hésita un moment, quand il vit Juste dans le chemin avec la brouette pleine de bûches.

— Tu les poses dans la cuisine avec les autres ! dit-il. Et si elle est pas contente, elle ira se faire voir chez les Papous.

Il rit. Martin souleva les brancards et poussa. Près d'un massif, il aperçut un garçon qui avait à peu près son âge. Il était assez gros ; ses cheveux longs et raides descendaient sur ses oreilles.

— Salut ! dit le garçon en lui souriant.

— Salut ! fit Martin en posant la brouette.

— L'Honorine m'a dit que tu t'appelais Martin. Un drôle de nom. Moi, c'est Claude, mais tout le monde m'appelle Boule, vu que je suis assez fort. Je travaille à la scierie avec Lachassagne. J'habite à côté, la maison sur le bord de la route.

Il posa son panier à ses pieds et sortit son paquet de cigarettes.

— Faut pas le dire à M. Henri, continua Boule. Je viens dans le parc pour ramasser les rosés. Tiens, prends une clope.

Martin n'osa pas refuser. Boule frotta la molette de son briquet.

— Au fait, tu as vu la fille du château?

— J'ai vu une fille brune avec son vélo...

— Laure de Morterive. Une bâtarde! Je l'aime pas.

Un bruit sourd vint du donjon suivi aussitôt d'une sorte de cri, un feulement long et sinistre. Martin tourna son regard plein d'effroi vers le château. Boule le remarqua.

— Faut pas t'en faire. Ça dégringole de partout. Tu prendras vite l'habitude. Nous, on fait même plus attention!

Boule ramassa son panier et disparut dans le taillis. Sam s'approcha de Martin, renifla le bas de son pantalon, le regarda un moment de ses gros yeux mouillés et poursuivit sa promenade. Le garçon poussa la brouette jusqu'à la petite porte de la cuisine.

Pendant le souper, Juste alluma la radio pour écouter les informations qu'il commenta. Il n'aimait pas de Gaulle, qui était surtout « pour les gros ». Les accords d'Évian, signés en mars, étaient la pire duperie du siècle. Quant à l'O.A.S., c'était un ramassis d'anciens gros propriétaires qui ne « voulaient pas lâcher le morceau ». Peu d'hommes politiques trouvaient grâce à ses yeux.

— Maquarelle ! disait-il. Avec leur radio et leur télé, ils nous prennent pour des cons !

Ensuite, il s'assit près du feu, chercha ses lunettes marron qui transformaient son visage et prit un livre. Honorine expliqua qu'il avait cette manie et qu'il ne pouvait pas dormir s'il n'avait pas lu quelques pages. Martin se contenta de regarder le feu. Honorine tricotait en lisant le roman complet de *Bonnes Soirées* posé sur ses genoux. Noélie ouvrait ses yeux presque aveugles sur la lueur des flammes. Miss dormait, le nez dans les cendres. Il faisait bon dans cette petite maison. Ça sentait le charbon et cette odeur aigre et persistante de lait et de suint de vache. Pourtant, Martin avait peur. Le silence, dont il n'avait pas l'habitude, l'écrasait. Il pensait à la jeune fille du château. Comment était-elle, déjà ? Belle, bien sûr, mais son visage ? Il revit dans un éclair ses yeux posés sur lui, ses cheveux très noirs. Rien ne la différenciait des autres, sinon ce regard indéfinissable, clair et voilé, doux et peut-être triste.

Juste bâilla, posa ses lunettes et corna sa page. Ce fut le signal. La grand-mère se leva et partit en suivant de la main le bord de la table. Juste sortit, se cala devant la porte et fouilla dans sa braguette, le nez dans les étoiles qui brillaient.

— Ça, c'est un temps pour la dame Eliana !

Il se tourna vers Martin.

— Les trois tours du château ont un nom de femme. Tu as la tour Catherine, la tour Virginie et la tour Eliana. On dit que la dame Eliana a été étranglée par son vieux mari. Depuis, elle revient chaque fois que souffle le vent chaud du sud. M'étonnerait pas qu'on l'entende cette nuit...

Juste accompagna Martin jusqu'à sa chambre.

— En 1951, quand on a acheté cette partie au fils de Baptiste, on voulait percer une ouverture à côté de la cuisinière pour ne faire qu'une maison. Mais, tu vois, on est en 1962 et c'est pas encore fait ! Allez, bonsoir.

Seul, Martin poussa la porte et ne trouva pas de clef. Devant la glace de l'armoire, il regarda son visage maigre, ses joues creuses, son nez « en trompette », comme disait M. Ribet, l'éducateur du foyer de l'enfance, et surtout ses oreilles, ses immenses oreilles décollées, des feuilles de chou, mieux : des couvercles de marmite. Du bout des doigts, il les rabattit contre son crâne. Son visage changeait, mais ne devenait pas beau pour autant. Ses lèvres étaient continuellement gercées, il détestait son menton minuscule et cette peau rose sur les joues, une peau d'enfant.

Il sortit son harmonica, le regarda un moment. Le métal luisait sous la lampe. Il porta l'instrument à ses lèvres. Une note éclata comme un coup de sirène. Tremblant, les membres glacés, il s'allongea sur le lit. La lumière éteinte, il lui sembla plonger dans un puits sans fond. Il resta longtemps dans le noir, les yeux ouverts, le cœur battant.

Tout à coup, un bruit lugubre, une plainte aiguë monta dans le noir. Terrorisé, claquant des dents, Martin n'osait pas bouger. Cela dura longtemps ; une heure, peut-être plus, puis le silence revint, lourd, figeant la nuit.

Une chose était sûre : demain, il s'enfuirait de ce hameau maudit.

Martin sauta du lit. Le soleil brillait à travers la fenêtre. Il s'était endormi malgré lui et s'en voulait. Quelle heure était-il ? Juste, qui revenait de son étable, se planta sur sa jambe.

— *Lumière du matin,*
Renseigne le pèlerin !

« Tu peux être sûr qu'il va encore pleuvoir !

Il essuya ses bottes dans l'herbe du fossé.

— Tu as entendu, hier au soir, la dame Eliana ?

— Ce bruit qui n'arrêtait pas ?

— Oui, tu en prendras l'habitude, comme du reste. Moi, je ne l'entends plus !

Les émotions de la nuit avaient creusé Martin, qui dévora deux tartines de pain avec de la crème fraîche et but un grand bol de lait. Juste lui commanda d'aller porter le bois de Pauline.

Il passa prendre la brouette. Au pied de l'échafaudage, le comte tirait des pierres qui avaient roulé du mur. Il se redressa, fit quelques pas. Martin remarqua qu'il avait une jambe raide et marchait en claudiquant. Tout à coup, le garçon poussa un cri : un coq blanc s'était précipité sur lui en battant des ailes et l'avait pincé au mollet. Il lâcha les brancards. Le comte se mit à rire.

— Un bon coup de bâton sur le dos et il vous laissera en paix ! dit-il d'une voix bien timbrée.

Martin s'éloigna sans rien dire, honteux, pourtant, cette voix qu'il entendait encore lui avait fait un bien immense.

Quand il eut terminé la corvée de bois et d'eau, Juste lui demanda d'emmener les vaches au pré. Une fois détachées, les bêtes sortaient de l'étable, s'arrêtaient devant la porte, éblouies par le jour. Juste criait; Miss courait autour du troupeau en aboyant.

— Tu peux t'approcher ! dit Juste. Elles te mangeront pas. Au fait, tu sais parler le patois ?

— Non, fit Martin, étonné de cette question.

— Va falloir que t'apprennes, parce que, ici, les animaux comprennent pas le français.

Les vaches marchaient dans le chemin en se battant les flancs de leur queue. Bien que le ciel se fût dégagé, l'air n'avait pas le calme des belles journées de soleil. Martin appela Miss, mais le chien s'était assis au milieu du chemin et le regardait, la tête penchée du côté de son oreille cassée.

Quand il eut fermé la barrière, le garçon prit son harmonica, le porta à ses lèvres. Un son aigrelet en sortit, timide, une note aussi mince qu'un filet d'eau sur le rocher du talus, tremblante, frileuse dans cet air du matin. Une deuxième note, plus grave, s'échappa de l'instrument, puis une troisième et tout un bouquet. La mélodie s'envolait de ses mains qui enserraient le petit instrument, vivante et métallique, un peu triste, parfois aussi hachée qu'un vol de papillon.

Un bruit le fit sursauter. Il cacha l'harmonica, se tourna vivement. Laure de Morterive était là, appuyée sur son vélo. Elle sourit, et Martin remarqua ses deux incisives nettement séparées. Une mèche noire avait glissé de la barrette et tombait sur son front. Elle la repoussa d'un geste léger, un frôlement d'oiseau.

— C'est beau ! dit-elle.

Martin aurait voulu être ailleurs, avec Juste, au plus profond de l'étable, loin de cette fille dont la beauté accentuait sa propre laideur. Il glissa discrètement l'harmonica dans sa poche.

— Jouez encore ! dit Laure. Votre musique a quelque chose que je n'ai entendu nulle part. Elle me rappelle les premiers matins de mon enfance. Mouchka aurait aimé ça.

— Mouchka ?

— Ma mère. Une Russe. Elle est morte quand j'avais un an, mais je la connais quand même.

Un nuage avait passé dans le regard de la jeune fille.

— Je vous en prie, insista-t-elle. Jouez.

— Je peux pas, Juste m'attend !

— Juste n'est pas à cinq minutes près. Jouez ! Tout à l'heure, j'ai vu une plaine avec de la terre couleur de sang et des hommes qui marchaient dans cette plaine, sans but, sans raison, mais ils marchaient.

Martin imagina à son tour une plaine et des hommes sans visage marchant vers un horizon qui se dérobait toujours. Il toucha son instrument dans sa poche, mais n'osa pas le sortir de nouveau.

De l'endroit où ils se trouvaient, à proximité du pont qui franchissait la Noiselle, le château sombre entouré d'une lumière crue écrasait la colline. Le donjon se dressait, une dent plantée dans le gras du ciel. Laure le regarda en silence, puis, se tournant vers Martin, elle dit :

— Dame Eliana a pleuré cette nuit. Vous l'avez entendue ?

— Juste m'a dit que c'était le vent du sud qui faisait ce bruit.

— Les gens disent ça, mais moi je sais que ce n'est pas vrai. Il ne faut pas avoir peur des fantômes de Morterive. Vous leur jouerez de la musique, dites ?

Elle monta sur son vélo. Martin traversa le pont. Il avait pensé s'enfuir de Morterive, s'éloigner le plus vite possible de ce hameau maléfique, et voilà qu'il restait là à regarder l'eau. Il partirait plus tard. L'envie de revoir la jeune fille qui avait parlé de sa musique avec de si jolis mots était plus forte que la peur qui reviendrait seulement avec la nuit.

Tout à coup, il ressentit une violente brûlure à la joue. Il se tourna vers le taillis et vit le petit Bernier détaler à toutes jambes, sa fronde à la main.

— Tu es laid !

Martin passa la main sur sa joue qui saignait. Au hameau, Juste aperçut l'égratignure et s'en étonna. Quand Martin lui eut expliqué ce qui s'était passé, il serra les lèvres, devint rouge et cracha.

— Cette crapule de Bernier lui laisse faire tout ce qu'il veut ! Attends un peu !

Martin regrettait maintenant d'avoir dit la vérité. Il redoutait d'être à l'origine d'une bagarre et dit que ce n'était rien. Juste le foudroya des yeux.

— Rien ? Mais mon garçon, si tu te laisses faire, il te pèlera la peau du dos !

Sans rien ajouter, le paysan monta à son écurie, se campa sur une pierre plate qui devait venir du château. De là, il voyait la porte d'entrée de Bernier à cent mètres en contrebas, et se mit à crier en patois :

— *Ipèsau de baderno, faï te vaïre !*

L'homme était chez lui. Il sortit devant la porte et cria à son tour :

— *Et tu, lou petéro ! Vene eïsi et va vaïre !*

— *Vene tu et t'en pasaraï uno que te souvindras !*

— *Me fa pas pau !*

Ils s'injurièrent ainsi un moment sans que ni

l'un ni l'autre se décide à faire un pas en avant. Pauline sortit de chez elle et cria :

— Voilà que ça recommence, vous deux ! Va-t-il falloir que je vienne mettre la paix ?

Juste fut le premier à s'en aller. A la maison, Honorine le foudroya du regard.

L'après-midi, comme il n'y avait pas grand-chose à faire, Honorine envoya Martin accompagner Noélie à sa promenade. La vieille comprenait que l'heure de sortir était arrivée quand on lui mettait la canne dans les mains. Elle donna le bras à Martin et ils partirent lentement dans le chemin. Noélie n'avait que les os sous sa robe noire et avançait d'un pas incertain. La pointe de la canne tintait sur les cailloux.

— Morterive, mon garçon, c'est pas un endroit comme les autres. Tiens, il y a bien longtemps, je gardais les moutons derrière le château et j'ai vu un homme approcher... Il était de lumière blanche et tu voyais à travers sa poitrine... Il était habillé comme dans l'ancien temps. J'ai fait un signe de croix, alors il est parti en se tordant...

Martin écoutait, parcourait des yeux les murs de l'immense château ; il avait beau se dire que les fantômes n'existaient pas, que la vieille n'avait plus toute sa tête, il avait peur et n'aurait pas été étonné de voir surgir devant eux cet homme sans corps.

Ils descendirent jusque chez Boule et remontèrent. Le soleil lustrait les collines. Le gris hivernal des prés virait au vert tendre du printemps. Juste, qui venait de faire la sieste dans le foin, secouait sa veste et sa casquette. Il regarda le ciel.

— Quand tu vois cette couleur un peu verte, tu peux être tranquille ! C'est pas demain que la terre va sécher. Tiens, tu vas aller voir si les vaches sont pas sorties du pré !

Martin ramena la mémé à la maison. Il s'éloignait dans le chemin vers la Noiselle, lorsque Juste, qui roulait une cigarette devant la porte, lui dit :

— Si tu veux, tu peux prendre une canne à pêche ! Dans la Noiselle, tu attraperas autant de truites que tu voudras.

— Je sais pas pêcher, avoua Martin.

— Mais qu'est-ce qu'on t'a appris dans ta ville ? La pêche, mon pauvre garçon, c'est... Comment te dire :

« *Il n'y a pas de souci revêche*
Qui ne s'oublie à la pêche !

« Un de ces dimanches, je t'emmènerai...

Il repoussa sa casquette, satisfait.

Martin s'éloigna du hameau, pas très rassuré. Les paroles de la vieille Noélie étaient encore présentes à son esprit. Chaque brindille qui craquait le faisait sursauter. De la vallée, le château entouré d'un halo de brume semblait pendu au ciel. On aurait dit une image irréelle, un mirage de fumée qui pouvait se dissiper d'un instant à l'autre.

Le curé Jabertie fit un tour dans son jardin. Il avait un torse de lutteur, un front large, des joues pleines, des cheveux gris ondulés qu'il coiffait vers l'arrière. C'était un bel homme. Le menuisier Lachassagne, qui avait sa carte au parti communiste, disait que les femmes allaient se confesser pour l'avoir près d'elles dans le noir, pour l'entendre murmurer à leur oreille. Finalement personne ne savait rien de lui, sinon qu'il venait de la Vienne, un département bien au-delà de Limoges, qu'aucun Salonnais n'avait visité.

En marchant le long de l'allée, Jabertie remarqua les crocus fleuris. Les jonquilles, lourdes d'humidité, baissaient leurs boutons jaunes. Pauvres fleurs, pensa le curé. Elles arrivaient avec le froid, fleurissaient aux premiers rayons du soleil, subissaient la neige et les giboulées, elles annonçaient l'été et mouraient sans en profiter.

Il sortit par l'escalier près de la poste, traversa Salons, longea le cimetière et prit la route de

Morterive distant de moins d'un kilomètre. Le château l'attirait par sa démesure et sa vétusté ; le comte aussi, même s'il savait à quoi s'en tenir sur cet homme d'un autre temps. Pourtant, tout en lui le fascinait : sa vie, son destin. Dépositaire d'une tradition vieille de vingt-trois générations, Henri de Morterive devait supporter une déchéance commencée bien avant sa naissance. Une chute en enfer programmée avec la précision d'un jeu de massacre, illuminée seulement par quelques années d'une passion intense.

Sam aperçut le curé, aboya deux ou trois fois en levant la truffe vers le ciel, secoua ses longues oreilles, puis alla se coucher à la porte du château. Le comte tendit la main au visiteur.

— Ah ! Philippe ! Comment allez-vous ?

Les nuages filaient vers la vallée ; une langue de soleil se promenait sur le parc, illuminait tout d'un coup une aubépine couverte de boutons blancs, sautait sur le donjon, puis se laissait glisser vers la maison de Juste.

Le comte prit le curé par le bras.

— Venez voir ce qui s'est passé cette nuit.

Ils s'approchèrent du donjon craquelé, couvert d'un lierre épais qui l'enserrait et semblait retenir les pierres disjointes. Le mur de l'aile Catherine était fendu d'une profonde lézarde. Une terre rouge avait saigné entre les cailloux.

— Ça va tomber... Regardez comme le mur penche. Une main, celle de la vengeance, renverse

Morterive. Chaque pierre qui tombe me fait aussi mal que si l'on m'arrachait une main! Ah, si Rodolphe pouvait revenir à des sentiments plus conformes à ceux de notre famille!

— Il ne pense pas ce qu'il dit! mentit le curé, qui savait que le fils du comte haïssait Morterive et tout ce qui lui rappelait la trahison de son père.

— Dieu m'a donné un bonheur infini pendant quelques années, coupable, bien sûr, comme tous les bonheurs vrais. J'ai le sentiment de payer une dette.

— Dieu n'a rien à voir dans tout ça, vous le savez.

Le visage long et maigre du comte s'anima. Ses yeux se remplirent de lumière. Il savait que le curé avait raison, mais était-ce par faiblesse ou plutôt par conscience de sa folie qu'il mêlait Dieu à cette histoire de chair, de plaisir infini?

— Vous ne pouvez pas comprendre, Philippe. Votre vocation de prêtre vous a coupé d'une partie de vous-même, de ce qui fait notre grandeur et notre faiblesse, la chair! Je ne regrette rien. Dieu m'a puni en prenant Mouchka. C'est le matin où elle s'est levée avec cet horrible mal de tête que sa main était sur moi. Il l'a prise comme on prend un rêve, il a soufflé sur elle. Ce n'était qu'une flamme, qu'une fumée, un parfum. Ce n'était pas une femme ordinaire. D'ailleurs, aurait-elle pu être ordinaire en venant de là-bas, de ces terres gelées? C'est vrai, j'ai été un monstre pour les miens, mais, parfois, cet appel de deux corps qui se reconnaissent et se comprennent dépasse tous les liens. Rodolphe a envers moi un sentiment de haine aussi fort que peuvent être la haine ou l'attachement entre un père et un fils. Mais c'est ainsi. Je n'étais plus maître de ma personne. Cela se passait comme si je n'avais vécu que pour ça, pour ces quatre années à Londres et à Morterive.

Jabertie n'avait pas interrompu le comte. Cette histoire, il la connaissait dans tous ses détails, mais c'était pour l'entendre une nouvelle fois qu'il était monté. Et pour s'acquitter d'une mission.

— Clément Alone est passé me voir, ce matin... Henri, vous ne saisissez pas la gravité de la situation. Vous ne pourrez pas éviter la saisie judiciaire...

Henri de Morterive se dressa sur sa jambe raide. D'un regard circulaire, il embrassa les tours et le donjon. Ses yeux se plantèrent dans ceux du curé, qui finit par baisser la tête.

— J'ai bon espoir, au contraire !

— Henri, je vous en conjure, essayez de regarder la réalité en face. Vous devez quitter Morterive.

— Jamais, entendez-vous, jamais je ne quitterai Morterive !

Le comte avait parlé d'une voix cinglante. Il ajouta :

— J'ai écrit au général de Gaulle. Il ne m'a pas oublié, j'en suis certain !

— Dieu vous entende ! dit le curé. Au fait, j'ai vu le directeur du collège... Laure ne travaille pas assez. Il faudrait envisager de la mettre en pension.

— Je le sais, Philippe, mais vous semblez ignorer que je suis pauvre, plus pauvre que la plupart de vos paroissiens.

— Clément dit que la chose est possible. Il a plaidé et gagné un procès pour Sainte-Marie et n'a pas demandé d'honoraires. La directrice, sœur Louise, est prête à accepter Laure...

— Pour ça, il faut voir Pauline, c'est elle qui l'a élevée et s'en occupe.

Le curé salua le comte et s'éloigna. Henri rentra chez lui et s'assit dans son fauteuil usé d'où le crin sortait par un accroc du tissu. Il parcourut un moment son journal, puis son regard se perdit dans le lointain horizon. De sa fenêtre, il voyait, derrière Salons, la flèche de la cathédrale de Tulle. Ce paysage l'apaisait : au-delà du temps, il le rattachait à son passé toujours aussi vivant. Ce soir, il se sentait fatigué, le corps lourd, les jambes inertes.

Tout était-il fini ? Tout espoir de conserver Morterive définitivement envolé ? Certainement pas ! Il avait la conviction profonde que la liquidation judiciaire serait évitée. Imaginer une telle chose dépassait son entendement. Morterive n'était pas un château comme les autres et ne pouvait pas être transformé en colonie de vacances. Chaque pierre était vivante du souvenir des hommes qui avaient vécu ici. C'était sa chair.

Henri ne pouvait se séparer de ces murs, de ces pièces infinies et froides, des fantômes qui hantaient ces couloirs. Il était né là, comme ses ancêtres, il mourrait là, comme eux. Un jour, Rodolphe entendrait l'appel du sang. Sa haine l'aveuglait encore. Rodolphe ne lui avait pas pardonné d'avoir installé Mouchka au château. Il n'avait pas oublié ses années misérables dans un appartement exigu à Malemort. Trop proche de cette jeunesse difficile, il confondait dans le même sentiment de rejet le château et son père. Mais ce n'était pas seulement dans l'espoir de voir Rodolphe revenir à de meilleures dispositions que le comte s'obstinait chaque jour à colmater les fissures, à replacer les ardoises et à sceller les pierres. Une force venue du fond de son être, à laquelle il ne pouvait pas résister, le poussait dans ce travail de forçat. Il avait le sentiment que chaque pierre qui tombait lui enlevait une parcelle de cette dignité qui lui manquait tant.

Pourtant, sa vie n'avait pas été pire que celle des autres Morterive et il ne regrettait pas ce coup d'amour violent, irrésistible, qui l'avait emporté. En était-il coupable ? Peut-être son cœur l'attendait-il depuis toujours, ouvert sur la nuit, béant, une fleur de nénuphar posée sur l'eau tranquille. Mouchka était une réfugiée russe qu'il avait rencontrée au début de la guerre. Un regard avait suffi à les unir. Près d'elle, il était ailleurs, sur une autre planète. Il n'était plus ni mari ni père, il était un corps affamé de caresses, un homme perdu au-delà de l'horizon. Dès les premiers jours, Mouchka prit toute la place. Leurs peaux se reconnaissaient comme s'ils avaient été amants dans une autre vie. Le passé s'était effacé et ils se retrouvaient, neufs, innocents. Ils découvraient qu'ils n'avaient jamais vécu jusque-là, qu'ils ne savaient rien de l'amour. Leur vie commençait. A quarante-deux ans, Henri avait replongé avec délices dans la démesure de l'adolescence.

Laure naquit le 12 avril 1946 et Mouchka mourut le 14 mai 1947 d'un mal de tête — une méningite foudroyante, selon le docteur Cassant. Cette mort, cette séparation irrémédiable, absolue, laissa le comte désemparé. Il parlait de vengeance céleste, de punition. Un bonheur comme le sien était forcément criminel, car il remettait en question tout l'ordre humain établi sur des petits sentiments, des amours banales, des vies routinières. Son ami, Clément Alone, eut peur pour sa santé, mais que pouvait-il ? Le comte s'enferma avec son souvenir, et son regard enfin libre se posa sur son château, en vit les blessures, les coups de boutoir du temps. Il se sentit blessé lui-même et coupable devant ses ancêtres et ceux qui viendraient après lui. Comme il était totalement ruiné, l'impérieuse nécessité de panser ces plaies le sauva en le transformant en maçon...

Laure avait mis le couvert et appela son père pour dîner. Il descendit, s'assit à sa place sans un mot. Laure apporta la viande froide et les nouilles au beurre que Pauline avait préparées.

Henri regarda sa fille en silence. Elle avait dans le regard cette lumière particulière aux Slaves, une poudre d'or à peine visible qui rehaussait l'éclat de ses pupilles vert et gris. Il ne s'occupait pas d'elle. Clément Alone le lui reprochait assez, mais que pouvait-il pour cette fille qui avait grandi chez Pauline et qui lui était étrangère ?

Il posa sa fourchette et dit, dans le silence de cette pièce trop grande pour deux personnes :

— Il faut que tu ailles en pension à Sainte-Marie. La question de l'argent qui nous retenait jusque-là est résolue.

Laure se dressa, le visage blême.

— En pension, mais pourquoi ? demanda-t-elle d'une voix blanche.

— Pour que tu puisses suivre des études normales. Morterive n'est pas favorable à l'épanouissement d'une jeune fille qui a un peu trop d'imagination.

Laure éclata en sanglots. Son père s'était déjà levé et se dirigeait vers la porte. La distance que cet homme gardait avec tout le monde, son regard perçant impressionnaient la jeune fille qui préférait se confier à Pauline. Pourtant, ce soir-là, elle eut la force de s'écrier :

— Mais je ne pourrai jamais vivre loin de Morterive !

— T'en fais pas, on s'habitue à tout !

— Je ne veux pas !

Elle avait crié si fort que le comte s'arrêta, se tourna et revint vers elle.

— On m'a pris ma mère ! gémit Laure. Maintenant, on veut me prendre Morterive. On veut donc tout me prendre !

— C'est mieux pour toi, tu dois faire des études !

— C'est Rodolphe qui a inventé ça ? Rodolphe me hait !

— Ce n'est pas Rodolphe, c'est encore moi qui commande ici ! fit Henri en s'éloignant.

Laure resta un long moment sans bouger. Les larmes roulaient sur ses joues. Quitter Morterive ! Ce n'était pas possible ! Elle ne pouvait pas se passer de l'ombre du château, de ses bruits. Jusqu'à l'âge de douze ans, elle avait vécu chez Pauline, mais l'immensité de cette demeure en ruine l'attirait. Elle en connaissait le moindre recoin, le moindre placard. Chaque cri, chaque plainte venue de ces pièces aux planchers effondrés rappelait à cette orpheline que les gens de Morterive pensaient à elle, et elle se sentait moins seule

Après avoir mangé la soupe, Juste s'était installé près du feu et lisait, ses grosses lunettes sur le nez. Martin voulut l'imiter, et l'homme lui prêta un livre, mais, très vite, il s'en désintéressa. Il préférait regarder les flammes et rêver ; Miss était couché aux pieds de Juste et dormait. Tout était calme.

Une plaine infinie se déroulait devant lui, ouverte sur un commencement du monde, une lumière venue de nulle part. Il pensait à Laure et oubliait sa peur.

Tout à coup, un bruit énorme, un roulement puissant fit sursauter tout le monde. Miss aboya. Honorine qui somnolait sur son tricot se dressa et regarda Juste.

— Mais qu'est-ce que c'est encore? On dirait que ça vient du château!

Juste courut à la porte. Le bruit s'était arrêté. La nuit de printemps se donnait de nouveau aux premiers grillons de la saison. Une lumière vacillait sur le mur près de la tour Catherine. Juste se dirigea vers le portail, Martin le suivit.

Ils aperçurent une silhouette maigre dans la nuit. Henri de Morterive, immobile, parcourait du faisceau de sa torche une énorme entaille dans le mur. Des tonnes de pierres avaient roulé sur l'herbe. Un filet de terre rouge saignait encore. Boule arriva avec son père, un petit homme au dos rond, puis Bernier. Martin eut peur d'une empoignade avec Juste, mais les deux hommes s'ignorèrent. Laure donnait le bras à Pauline; elle tremblait, et, pourtant, l'air était doux.

— Eh bien quoi? fit Henri de Morterive en se tournant brusquement vers les curieux.

Personne ne demanda son reste, et Juste, le premier, déguerpit. Un rossignol se mit à chanter sur la treille de Pauline.

La pleine lune brillait sur les collines. Juste la regarda un moment et dit à Martin :

— Tu vois, ces ombres sur la lune. On dirait un homme qui porte un gros sac, un forçat !

Martin remarqua, en effet, une vague silhouette d'homme pliant le dos sous un fardeau. Il s'étonna de ne pas l'avoir remarquée plus tôt. Juste sourit :

— Tu vois que tu as encore beaucoup de choses à apprendre !

Les membres parcourus d'aiguilles gelées, Martin s'enferma dans sa chambre. Il poussa la table de nuit contre la porte. Il n'éteignit pas la lumière, sursautant au moindre bruit. Il finit pourtant par sombrer dans un lourd sommeil peuplé de cauchemars, de squelettes qui dansaient sur le donjon et de femmes torturées qui l'imploraient de les secourir.

Le lendemain matin, de l'écurie, Juste et Martin découvrirent l'ampleur des dégâts. La saignée, large de deux mètres environ, entaillait le mur de la base jusqu'à la première rangée de fenêtres. Un énorme bloc avançait au-dessus du vide et menaçait de s'écrouler. Le comte débarrassait les pierres tombées. Juste opina, se tourna vers Martin.

— *Quand tu sèmes du chiendent,*
Du blé, tu récoltes rarement !

« Allez, il fait beau, on va planter les patates. Tu pourras te débrouiller avec Rosette ?

Martin partit chercher le seau de grains dans la remise. Le coq de Pauline chantait sur le fumier. Martin passa à côté de lui pas très rassuré, entra dans l'écurie, s'approcha de la jument et eut le courage d'avancer jusqu'à la mangeoire. Rosette plongea son museau dans le seau. Il en profita pour la caresser et lui parler à l'oreille.

— Tu es une grosse bête, toi, mais tu n'es pas méchante. On pourrait s'entendre tous les deux ! Tu veux, dis ?

Rosette tourna vers lui ses gros yeux. Elle secoua le museau de haut en bas, comme si elle répondait affirmativement. Martin posa sa main sur la joue, fier d'avoir surmonté sa peur.

— A tout à l'heure, Rosette. Il faut que j'aille porter le bois de la Pauline ! dit-il en prenant un bâton posé près de la porte.

Le soleil se levait dans une campagne pleine de bruits. Le coq blanc se mit à battre des ailes quand Martin passa près de lui. Le garçon brandit son bâton, et le volatile s'éloigna en caquetant.

Le facteur passait tous les jours vers dix heures, déposait le journal chez Juste, allait ensuite chez Pauline et chez Bernier. Honorine s'offrait alors quelques minutes de repos. Elle ouvrait le journal, lisait les avis de décès, les naissances, puis parcourait la page consacrée à Tulle et à sa région. A midi, Juste commençait par chercher ses lunettes toujours égarées et se mettait à lire à son tour, souvent à haute voix. Il commentait les articles puis émettait un avis qui n'acceptait aucune réplique. Généralement, Honorine se taisait dès que Juste élevait la voix, mais, si elle était de mauvaise humeur, elle criait plus fort que lui et il battait en retraite, disant à Martin, d'un ton plein de cette tolérance qu'il n'avait pas :

— Qu'est-ce que tu veux y faire ? Les femmes, ça ne comprend rien !

En sortant de l'écurie, Martin trouva Juste essoufflé devant la Juva qui refusait de démarrer.

— Faut que j'emmène M. Henri à la gare, dit-il. Il doit aller à Paris. C'est rapport au château !

Martin demanda :

— Il n'a pas de voiture ?

Juste prit un ait amusé.

— M. Henri, une voiture ? Il est bien trop maladroit pour apprendre à conduire ! Heureusement qu'il a pas son permis, ce serait une catastrophe ! Il aurait écrasé toutes les poules du pays et même quelques personnes !

On sentait qu'il prenait beaucoup de plaisir à se moquer du comte. Il ajouta :

— A part la truelle et le burin, il faut pas lui donner d'outil. C'est un vrai danger public !

Comme la batterie de la Juva était à plat, Juste prit la manivelle. Le moteur toussa, mais refusa encore de démarrer.

— C'est peut-être les bougies..., suggéra Martin.

Juste le regarda, incrédule. De ses larges narines sortaient des poils noirs disgracieux.

— Ma parole, t'as appris la mécanique, toi ?

— Oh non ! A Tulle, il y a le garage de Jean Monnier à côté du foyer et j'y allais souvent...

— Si tu sais, moi je veux bien que tu regardes.

Martin avait une grande envie de soulever le capot. Il alla chercher la clef à bougie du tracteur et se mit au travail. Quand ce fut fini, la voiture démarra au premier tour de manivelle. Juste tapa sur l'épaule du garçon, très satisfait.

— Eh bien, toi, j'ai eu une fière idée de te faire venir ! Va falloir que je t'apprenne à conduire le tracteur !

Le comte arriva. Il était vêtu de son costume gris. La veste était râpée aux coudes, son col de chemise fripé. Pauline s'occupait bien de son linge, mais elle n'aimait pas ça et négligeait le repassage. Grave, il attendit que Juste ait sorti la voiture, puis s'assit à côté du chauffeur. Juste passa la vitesse, qui grinça, et ils partirent. Martin fit quelques pas dans le chemin. Une tourterelle se posa devant lui, prit une brindille et s'envola en claquant des ailes.

Il eut la sensation d'être observé et se tourna : Laure était là. Elle avait réussi à convaincre Pauline de lui laisser porter des pantalons. A travers son chemisier blanc, ses petits seins pointaient et attiraient, malgré lui, le regard du garçon. Elle lui sourit.

— Bonjour ! dit-elle. Depuis hier, votre musique tourne dans ma tête.

Martin rougit. Il rougissait toujours dès qu'on le regardait ou qu'on lui parlait. Laure ajouta :

— Mon père est parti à Paris pour quelques jours. Il a des dettes, beaucoup de dettes, et le château s'écroule ! Venez, je vais vous montrer quelque chose !

Ils contournèrent l'écurie de Juste, la maison de

Pauline, entrèrent dans le parc par une trouée du mur d'enceinte. Martin suivait la jeune fille comme un automate. Depuis son arrivée à Morterive, il avait la curieuse impression de vivre une autre vie, d'être spectateur de ses propres gestes, comme au cinéma. Derrière le donjon, une petite porte basse était dissimulée par un épais sureau.

— Venez ! dit-elle en poussant la porte, qui grinça.

Martin n'était pas rassuré. Les murs immenses se dressaient devant lui comme une barrière entre le soleil et la nuit, entre la vie et la mort...

— Venez, je vous dis ! insista Laure.

Ils suivirent un couloir sombre ; les tapisseries se décollaient des murs. Ils traversèrent une vaste pièce où leurs pas résonnaient. Deux fenêtres aux vitres sales éclairaient d'une lumière blanche des vieux meubles écrasés par leur poids et couverts d'une poussière grise. Des tables et des chaises s'entassaient dans un coin. Sur un secrétaire étaient posés des livres aux reliures de cuir rongées par les rats. Une cheminée exhalait son haleine humide de salpêtre. Martin avait l'impression de pénétrer dans un tombeau.

— Ce château, dit Laure, et sa voix s'amplifiait, se répercutait dans les couloirs et les pièces vides, est plein de secrets. Personne ne le connaît aussi bien que moi.

Elle devint brusquement grave.

— Mon père veut que j'aille en pension. Mais je

veux pas. Je me cacherai ici et personne ne pourra me trouver.

Ils montèrent des marches de granit usées par des générations de Morterive. Une ampoule insuffisante éclairait les murs humides. Laure marchait avec légèreté. Martin la suivait, lourd et frileux. Ils arrivèrent à l'étage, suivirent un interminable couloir. Il y faisait très noir ; une odeur de bois humide et de pourriture piquait le nez.

— Il n'y a pas d'électricité, dans cette aile, dit la jeune fille, mais j'ai une lampe de poche.

Le petit faisceau se promenait sur des murs gris où le plâtre se détachait par plaques.

— Nous vivons dans l'appartement du rez-de-chaussée. Tout le reste est à l'abandon.

— Et vous allez dormir seule pendant l'absence de votre père.

— Ça me gênerait pas, mais Pauline ne veut pas. Alors, je vais dormir chez elle où j'ai ma chambre.

Ils parvinrent à un autre palier envahi d'objets hétéroclites. Le faisceau révélait des caisses de vaisselle, des vêtements entassés, des piles de papiers jaunis, des meubles démontés aux portes bâillantes. De longues toiles d'araignées se balançaient lourdement. Martin buta contre un coffre qui sonna et manqua s'étaler. Laure éclata de rire.

— Je vais vous montrer ce que personne n'a jamais vu ! dit-elle.

Ils empruntèrent un autre escalier aux marches

de bois qui craquaient à chaque pas, suivirent un couloir étroit qui débouchait sur une sorte de galerie. Martin poussa un cri d'étonnement et d'admiration. Par trois lucarnes venait une lumière blanche sans ombre qui baignait deux rangées de statues de plâtre vêtues de parures anciennes. Elles se regardaient. Des jeunes gens souriaient de leurs lèvres blanches à des jeunes femmes parées de magnifiques robes de tissu précieux. Elles semblaient immobilisées sur un mouvement, par un coup de baguette magique. La poussière s'était déposée sur eux, neige grise amassée au cours de plusieurs siècles d'immobilité.

— Morterive, c'est aussi le château de la Belle au bois dormant ! souffla Laure.

Elle était très près de Martin, qui entendait sa respiration. Il restait muet, de plâtre lui-même devant ce bal pétrifié, ces figures d'un autre temps qui ressemblaient tellement à celles d'aujourd'hui.

— Ce sont les gens de Morterive ! continua Laure. Ils se réveillent parfois, redeviennent des hommes et des femmes. Alors, vous les entendez rire et souvent pleurer. Il y a dame Eliana, dame Virginie et bien d'autres. Et les chevaliers de Morterive. Eux aussi ont leur histoire ! Je pourrais vous la raconter ! Tenez, le premier, c'est Robert de Morterive dit « Tête noire ». Il est né il y a bien longtemps, au temps où les Anglais étaient dans le pays...

Martin ne savait plus où il était. La petite porte

noire s'était ouverte sur des couloirs sombres qui conduisaient à des pièces où le temps n'avait pas de prise. Était-il lui-même Martin, un garçon de dix-sept ans ? Non, Laure l'avait transporté loin des chemins ordinaires des hommes. Il était regard, voleur d'un monde caché. Le silence du château était celui de la lune derrière la vitre aux heures où les hommes dorment.

— Comme c'est beau ! dit Martin, plein d'admiration.

— On peut devenir beau par amour, souffla la jeune fille. C'est vrai, je l'ai lu.

Quelque part, une poutre craqua dans l'immense bâtisse. Martin sursauta. Laure murmura :

— Je vous ai amené ici pour que vous jouiez de l'harmonica.

Martin hésitait comme si la première note allait déclencher une catastrophe dans cette infinité de couloirs, de cloisons délabrées, de chambres où plus personne ne couchait jamais.

— Jouez, je vous dis.

Alors, Martin porta l'harmonica à ses lèvres. Une première note éclata comme une bulle, une deuxième s'ouvrit en corolle d'un rouge profond, puis tout un bouquet. La mélodie illuminait la galerie, devenait un feu d'artifice. La poussière s'effaça, les visages de plâtre se colorèrent, les lèvres sourirent, les plis des robes s'animèrent. Les mains se tendaient, s'effleuraient, se reconnaissaient.

— Vous les avez réveillés ! dit Laure. Regardez, ils bougent !

Les pieds glissaient sur le plancher, les robes se gonflaient en tournant. La galerie s'était illuminée d'une lumière sans source. Les hommes serraient dans leurs bras des femmes légères et heureuses.

— Comme ils dansent bien ! dit encore Laure.

Quand la musique s'arrêta, les statues retrouvèrent leur immobilité. La poussière se posa de nouveau sur les visages. Laure se tut un long moment. Le faisceau avait cessé de vivre lui aussi, posé sur un coin du plancher souillé de crottes de rat et de papiers déchirés. Martin ne vit pas les larmes qui roulaient sur les joues de la jeune fille, il avait le sentiment d'avoir commis un sacrilège.

— Vous voyez bien que Morterive ne peut pas se vendre ! fit-elle à son oreille.

— Il faut sortir ! dit-il.

— Morterive s'écroule ! continua Laure. Je suis plus pauvre et plus seule que vous.

— Vous n'avez pas d'amis à Salons ?

Elle sourit. La lumière d'une lucarne éclairait son visage grave.

— Mes amis... Jérôme Leblanc, le fils du notaire, me dit qu'il m'aime parce qu'il espère que je vais lui céder, Sophie Gerbert, la fille du facteur, est mon amie parce que je suis une Morterive. Et vous ?

Martin sursauta.

— Moi ? fit-il.

— Oui, vous, pourquoi êtes-vous venu à Morterive ?

— Je veux passer le concours des Postes. Je suis allé jusqu'en troisième et j'ai échoué au brevet.

— Et vos parents ?

Martin fut tenté de mentir. Pendant son enfance, il s'était imaginé que sa mère était la fille d'un homme très riche qui regrettait de l'avoir chassé et cherchait partout son petit-fils. Il s'accrochait à l'espoir que ce grand-père, avec un chapeau noir et une grosse moustache grise, un beau costume sombre, une canne vernie, finirait par le retrouver et viendrait le chercher au foyer dans une énorme voiture brillante... Il dit :

— J'ai pas de père. Et puis ma mère était seule, alors elle m'a confié à l'Aide sociale...

Laure le regarda fixement. Leur solitude les rapprochait. Elle lui prit la main ; il devint écarlate.

— Je vous trouve marrant ! dit-elle en souriant.

Martin ne comprit pas ce que la jeune fille voulait dire. Ils arrivèrent à la petite porte. Laure l'ouvrit, se glissa dehors.

— Vous allez passer par l'autre côté. Personne ne saura qu'on était ensemble ! murmura-t-elle.

Ébloui par la lumière puissante du jour, Martin s'étonna de ce qu'il voyait, la route, les poules qui grattaient la terre du fossé, les arbres, Pauline dans son jardin. Il avait l'impression de revenir de très loin, de reprendre possession de son corps. Des pigeons roucoulaient sur le toit de la maison des Parisiens. Son regard parcourut la façade du château, le donjon, la tour Catherine... Le cerisier au bout du parc était en fleur.

Pauline s'en prit à Laure d'avoir disparu alors qu'elle devait faire ses devoirs. Martin passa par la route de Salons pour rejoindre la maison. Juste faisait le plein de son tracteur.

— Ah, te voilà, fit-il. Eh bien, on y va !

Martin titubait, ivre de ce qu'il avait vu.

Près du mur d'enceinte écroulé, Laure le regardait bavarder avec Juste. Quelle folie, quel élan brutal l'avaient poussée à montrer à ce garçon étranger un des secrets de Morterive, elle qui s'était juré de ne jamais les révéler à personne ? Oui, vraiment, Martin était marrant avec ses joues d'enfant, ses oreilles décollées, et cette musique pleine de lumière. Ce n'étaient que quelques notes grêles, mais il savait leur donner une intonation, une vie qui réchauffaient le cœur.

Le dimanche suivant, Boule vint chercher Martin pour l'emmener au bal à Salons. Le jeune garçon voulut refuser, mais Juste s'en mêla.

— Eh bien quoi ? Faut aller danser ! Tu vas voir comme elles sont belles les filles d'ici ! Ah, quand j'avais ton âge, j'étais pas le dernier !

Honorine lui lança un regard réprobateur.

— Tu faisais bien quelque chose quand tu avais son âge !

Martin n'aimait pas le bal. Au milieu des autres jeunes, il se sentait ridicule. Il n'osait pas inviter les filles à danser et rougissait lorsque l'une d'elles lui adressait la parole. Les filles... Il ignorait tout d'elles et pourtant elles l'attiraient. Pas à la manière de ses copains du foyer, Blanchet et Souri, qui allaient avec elles pour s'en vanter, mais poussé par un élan dont il ne connaissait pas la véritable nature. Il ne savait de l'amour physique que ce que les autres lui avaient dit, mais cela ne le satisfaisait pas. Les pulsions de son corps dressaient devant lui un mur qu'il ne se sentait pas capable d'abattre pour sortir de cette solitude originelle, cette sensation de ne pas être semblable aux autres.

Boule, en costume gris, cravate qui l'étranglait, lui expliqua que les bals de Salons ne valaient pas ceux de la « Montagne » où les filles étaient plus nombreuses que les garçons. Martin s'assit sur le porte-bagages de la Mobylette et ils partirent dans la nuit.

La salle de bal était comble. Jeunes et vieux s'y entassaient. Une odeur de sueur se mélangeait à des relents de parfum de mauvaise qualité. Des bancs avaient été disposés tout autour de la piste. Boule et Martin s'assirent.

— Moi, dit Boule, il faut que je me chauffe un peu avant de commencer, que je boive deux ou trois verres. Après, c'est plus facile.

Martin ne quittait pas des yeux le gros accordéon plein d'étincelles de couleur et les doigts agiles qui couraient sur les touches de nacre. La musique le réchauffait ; en l'écoutant, il devenait courageux. Des émotions nouvelles gonflaient sa poitrine, ses yeux s'ouvraient sur des paysages grandioses. Il eut envie de s'approcher du musicien, de profiter d'un instant de repos pour lui parler, demander si c'était plus difficile de jouer de l'accordéon que de l'harmonica. Boule le tira de sa rêverie.

— On va boire un verre ?

Le bar était bondé. Ils réussirent à se frayer un passage jusqu'au comptoir.

— Deux ou trois verres et après je me lance ! fit Boule.

— Moi, je sais pas danser ! avoua Martin.

Boule se mit à rire.

— Qu'est-ce que ça fout ? Tu commences par le twist ! C'est pas sorcier, et après les slows pour frotter !

Boule avait fini son verre et faisait signe à Maurice Lachassagne de remettre ça. Tout à coup, il poussa Martin du coude.

— Regarde qui arrive !

C'était Laure avec un jeune homme. Martin devait avoir rougi puisque Boule le regarda curieusement et dit :

— Eh, dis donc, toi, elle t'aurait pas tapé dans l'œil ? A mon avis, tu n'as aucune chance, le gars avec qui elle est, c'est le fils du notaire, Jérôme Leblanc, un des plus riches de Salons.

Laure passa près de Martin. Elle lui sourit, il en fut tout illuminé.

Le guitariste annonça le twist et fut salué par les ovations des jeunes. Laure se mit à se tortiller avec les autres. Elle se tourna vers Martin.

— Vous ne dansez pas ?

Une bagarre éclata au milieu de la salle. Deux jeunes, les poings serrés, se défiaient ; les filles poussaient des cris en s'écartant. Ils échangèrent quelques coups ; Maurice Lachassagne se planta entre eux et cria :

— Dehors ! Ici, c'est un bal, pas un ring !

Martin avait peur; les yeux de Boule s'allumaient. Il aimait les bagarres, surtout quand il ne risquait pas de se faire taper dessus.

— Je veux m'en aller ! dit Martin.

— Déjà ? Pars si tu veux, moi, je reste ! fit Boule, qui suait à grosses gouttes. C'est maintenant que ça va devenir intéressant. La moitié des garçons sont saouls et ça leur donne des nerfs. Ça va cogner. D'ailleurs, tous les bals finissent comme ça !

Martin s'éloigna sur la route de Morterive. La musique arrivait jusqu'à lui, feutrée, tamisée par les arbres. La route plus claire se dessinait entre les haies. Quelques étoiles brillaient. Il pensa à Laure qui dansait le twist. A cette heure, la belle demoiselle était dans les bras du jeune homme. Elle s'abandonnait peut-être, laissait aller sa tête contre lui. Martin haussa les épaules : qu'est-ce que ça pouvait lui faire ? Il le dit en regardant l'ombre :

— Qu'est-ce que ça peut me faire ?

Il eut peur du son de sa voix sous ces arbres silencieux et dans cette ombre trouée par endroits d'une lumière oubliée qui battait comme un cœur. Pourquoi, depuis le jour où Laure l'avait entraîné dans le château, ne cessait-il de penser à elle ? Mais ni Boule ni personne ne saurait rien de ce sentiment nouveau qui alourdissait chacun de ses pas. Il avait envie de pleurer sans raison. Il courut jusqu'à Morterive, très vite, comme si une bête le talonnait. Miss, qui l'avait entendu, aboya à deux reprises. Martin entra dans sa chambre. La glace de l'armoire lui renvoya l'image de ses cheveux raides en désordre, de ses immenses oreilles rouges, de son crâne carré. Il avait envie de se fuir, de s'en aller très loin d'ici, de partout. De quitter le monde.

Un roulement, comme les pas d'une armée en campagne, mêlé de bruits aigus, lui rappela la présence du château. Il appuya sur le bouton de la lumière et, tremblant, s'approcha de la fenêtre. La pleine lune éclairait les tours. Un nuage passa. Le château disparut dans l'ombre et le silence se fit de nouveau.

Le lendemain matin, il trouva Juste dans sa remise.

— Maquarelle ! Aujourd'hui, c'est dimanche, on va à la pêche !

Le paysan fouina dans un sac, examina des bobines de fil, fit sonner une boîte de plombs.

— On n'est pas bien riches, décréta-t-il, mais on s'en tirera comme ça. On y va !

Juste prêta à Martin une paire de bottes qui étaient trop grandes, endossa sa musette tellement pleine qu'il n'avait pas pu la fermer et prit le fagot de cannes. Ils partirent dans le chemin en pente.

— Tu as entendu, cette nuit ? Quelque plafond qui a dû se casser la figure ! Ça en a fait un boucan !

Le ciel était couvert mais il ne pleuvait pas. L'air doux se remplissait des odeurs du printemps. Boule et son père se disputaient et criaient si fort qu'on les entendait du chemin. Juste dit :

— Le père Lenony est pas bien malin et le Claude pas guère plus, alors...

Il chercha une rime, n'en trouva pas et refusa de se tracasser. Ils suivirent le sentier qui descendait au pré tout en longueur où Martin avait gardé les vaches l'autre après-midi, passèrent le pont, mais Juste ne s'arrêta pas. Il expliqua à Martin que les truites mordaient mieux plus bas, sous les saules. Ils traversèrent le chantier encore désert du barrage. Un hangar de tôles avait été monté dans une clairière près du ruisseau et abritait des sacs de ciment. Une montagne de sable se dressait dans le pré. Une pelleteuse et un bulldozer jaunes étaient garés à côté. Juste commenta :

— Leur barrage, ça vaut rien ! Y peuvent dire, mais ça va changer le temps ! Et ils vont tuer la rivière !

Ils arrivèrent au deuxième pont, celui de la route de Tulle, où ils s'arrêtèrent. Juste emmancha les morceaux de sa canne et dit à Martin de se débrouiller avec la sienne. Il s'en prit à Miss qui faisait peur aux poissons.

Quand tout fut prêt, Juste s'approcha de l'eau. Ses yeux brillaient de plaisir.

— Tu paries qu'avant cinq minutes j'en ai une au bout ? Il lança sa ligne et, comme ça ne mordait pas, changea de place. Un quart d'heure avait passé. Il se tourna vers Martin.

— Crois-tu qu'elles ont la gueule clouée ?

Martin imitait Juste, l'esprit ailleurs. Il pensait à Laure qui dansait le twist... Tout à coup, une violente traction le surprit. Il poussa un cri. La truite piquée fuyait vers l'aval. La canne pliait. Juste n'en croyait pas ses yeux et donna quelques conseils.

— La malmène pas. Laisse-la tourner dans le courant. Attention à la souche !

Martin réussit enfin, le cœur battant, à hisser le poisson sur la berge. Juste le ramassa.

— Une truite, faut savoir la prendre, ça glisse comme une savonnette. Mais enfin, c'est pas possible ! Moi qui en ai pris des milliers... C'est le monde à l'envers.

Il était vexé. Martin, tremblant encore mais heureux, fixa un autre ver sur son hameçon. Juste décréta :

— Celle-là, elle voulait se suicider !

Il ne pouvait pas admettre que Martin ait pris une truite quand lui n'avait pas eu la moindre touche.

— *Au château du roi et de la reine,*
Les innocents ont les deux mains pleines !

dit-il tandis qu'il retirait sa ligne et vérifiait son ver.

Martin s'appliquait. Il s'était pris au jeu et guidait avec insistance son appât entre les rochers. Quelques gouttes se mirent à tomber. Juste poussa sa casquette et leva les yeux au ciel.

— Un pipi de chat! décréta-t-il, et il se mit à pêcher de nouveau.

La rivière n'était pas très large; par endroits, pourtant, elle formait des calmes où l'eau noire tournait. Juste s'appliquait à pêcher les bordures.

— Là, j'en ai pris une qui passait les deux livres!

Tout à coup, il poussa un cri de triomphe qu'on dut entendre de Morterive. Sa canne pliait par secousses. Il expliqua une nouvelle fois à Martin comment on ramenait une truite dans les règles de l'art. Le poisson, vaincu après quelques départs vers le courant, se laissa glisser sur la surface. Tout à coup, le scion se détendit, la truite pirouetta et disparut dans l'épaisseur de l'eau.

— Maquarelle!

Martin éclata de rire. Juste lui envoya un regard méchant. Il prétexta que le coin n'était pas bon. Martin recommença à pêcher. L'eau le berçait. Il ne pleuvait plus. Par moments, le soleil sortait entre les nuages et allumait des galets d'or sur le fond.

Le temps passait. Juste s'obstinait, un mégot imbibé de salive au coin des lèvres. Il n'acceptait pas d'être bredouille; ce n'était pas possible puisque cela ne lui était jamais arrivé! Il s'énervait, embrouilla sa ligne et dut la casser.

— Quand ça commence à mal aller!

Juste n'était pas particulièrement patient. Il finit par jeter le fil et l'hameçon dans la rivière.

— Ça suffit ! On va à la soupe !

Ils plièrent les cannes. Juste sortit son paquet de tabac. Il était tellement énervé qu'il déchira deux feuilles avant de réussir à rouler sa cigarette.

— Fais voir ta truite ! demanda-t-il en levant sur Martin un regard plein de soupçons.

Il l'examina, puis conclut :

— Elle est pas très grosse !

Ils passèrent devant le château fermé. Une multitude d'oiseaux se chamaillaient dans la charmille. Quelques pierres avaient encore glissé du mur. Comme Juste était de mauvaise humeur, il fallait qu'il décharge sa bile sur quelqu'un :

— Quand M. Henri est revenu de la guerre avec sa Russe, sa femme, la Marie-Antoinette, a laissé la place. Elle est partie vivre à Malemort avec Rodolphe. Ici, c'était tous les jours la fête, les banquets et tout le bazar ! Heureusement qu'il y avait Pauline pour s'occuper de la Peste !

— Pourquoi vous l'appelez comme ça ? demanda Martin d'une voix étranglée.

— Parce que c'est la fille d'une étrangère ! Et puis elle est mal élevée.

Juste avait ses têtes et, quand il ne pouvait pas justifier ses ressentiments, il se mettait en colère. Honorine lui reprochait souvent son parti pris, mais il avait toujours le dernier mot.

— J'ai le nez et je me trompe jamais !

L'après-midi, ils retournèrent à la pêche. Cette fois-ci, l'homme eut sa revanche et prit trois belles truites. Il dit, triomphant, à Martin qui n'avait pas eu la moindre touche :

— T'aurais fini par croire que Juste ne savait pas pêcher !

Il était d'excellente humeur. Le temps se mettait au beau ; le ciel se dégageait. Bernier ramenait ses vaches du pré. Martin redoutait que les deux hommes n'échangent encore des injures et n'en viennent aux mains. Mais non, Juste se mit dans le fossé pour laisser passer le troupeau et, quand Bernier fut à sa hauteur, il abaissa sa casquette sur ses yeux. Ils se croisèrent sans se regarder. Juste marmonna :

— Crapule, va.

A la maison, Noélie réclamait sa promenade. Juste posa ses truites sur la table et regarda autour de lui. Où était Honorine ? Le carillon, l'étagère, la cheminée éteinte étaient marqués par cette absence inhabituelle. A cette heure, la femme aurait dû être là, en train d'allumer la cuisinière pour la soupe du soir. Un gémissement vint de la chambre. Il se précipita et trouva Honorine allongée sur le lit, le visage défait, un linge humide sur le front.

— C'est la tête... J'ai une enclume dans la tête.

Elle avait parlé d'une voix faible. Juste était à la porte, les bras ballants, comme assommé. Il s'approcha.

— Mais qu'est-ce que tu racontes, l'Honorine ?

— Ça m'a prise d'un coup, comme si une pierre m'était tombée dessus !

Le visage maigre de Juste blêmit. Il alla à la fenêtre, se tourna vers Martin, puis revint près du lit.

— La même chose que la Russe! C'est la malédiction!

Il retourna dans la cuisine où sa mère demandait sa canne. Sourd aux jérémiades de la vieille, il répéta :

— La malédiction! Avec le boucan de cette nuit... Je sais pas ce qui me retient d'aller y mettre une bombe, dans ce château!

Juste faisait beaucoup de choses en paroles. Il se ressaisit.

— Il faut aller chercher le médecin!

— C'est peut-être pas la peine! fit Honorine, qui avait entendu.

— Si! se fâcha Juste. Le mal de tête, c'est..., c'est grave!

Il pensait surtout à la mort de Mouchka, la mère de Laure, emportée en quelques jours par un violent mal de tête. Juste en était terrorisé; son estomac se nouait. Son visage maigre s'était décomposé. Il dit à Martin :

— Allez, prends le vélo et va avertir le docteur Cassant. Ça peut pas rester comme ça! Je viens voir le vélo avec toi.

C'était un prétexte, il fuyait la maison et la malade, il fuyait devant les tracas, comme il avait fui toute sa vie. Ne pas voir la douleur des autres, c'était un peu la supprimer.

Les roues avaient besoin d'être gonflées, ce que fit Martin sous le regard attentif de Juste qui ne se pressait pas pour revenir chez lui. Enfin, le garçon enfourcha la machine et partit à toutes pédales.

Dans la descente, il croisa Laure et Jérôme Leblanc. Il lui sembla qu'ils se donnaient la main. Sa vue se voila. Dans le tournant, la roue arrière dérapa sur le gravillon et il alla s'étaler au milieu d'une touffe d'orties. Laure éclata de rire. Martin, rouge de confusion, se releva, remonta sur sa machine et disparut.

Le docteur Cassant habitait une belle maison en retrait de Salons, sur la route de Tulle. En suivant les indications de Juste, Martin n'eut pas beaucoup de mal à la trouver. Il pensait à Laure et à Jérôme. Où allaient-ils ? S'embrasser derrière quelque taillis ? Il chassa cette pensée.

Il frappa timidement à une lourde porte de chêne. Une vieille femme vêtue de blanc ouvrit. Martin expliqua qu'Honorine Levrault était malade. La femme dit sèchement que le docteur passerait dans la soirée puis ferma la porte.

Martin alla faire un petit tour dans Salons. Comme c'était dimanche, le bistrot était plein à cette heure de l'apéritif. Le facteur, Gerbert, travaillait dans son potager ; sa femme, Noémie, assise devant la porte bavardait avec Sophie, sa fille aînée. En passant devant l'épicerie-quincaillerie-bureau de tabac, Martin aperçut Éloïse Pelletier, une lointaine cousine d'Honorine. C'était une superbe brune d'une trentaine d'années, le visage rond et souriant, la bouche pulpeuse, le regard langoureux, troublant. Sa belle poitrine, sa taille élégante, ses hanches rondes attiraient les regards des hommes qui venaient souvent acheter du tabac sans en avoir besoin. Son mari avait dix ans de plus qu'elle ; peintre-plâtrier, il partait tôt le matin dans sa camionnette blanche et ne rentrait que le soir. On disait pas mal de choses à propos de cette femme. Boule avait raconté à Martin que son patron, Lachassagne, s'était vanté de l'avoir « arrangée » dans sa boutique. On disait aussi que le docteur Cassant passait la voir plus souvent que sa santé florissante ne l'exigeait...

Éloïse sourit à Martin qui lui dit bonjour et s'éloigna à grands coups de pédales, comme pour échapper à ce trouble qu'il sentait en lui, fait de désir et de répulsion, d'envie et de peur de l'inconnu. Juste l'attendait à mi-côte. L'anxiété creusait son visage et donnait un relief particulier à son nez maigre et fort. Il interrogea le garçon des yeux.

— Le docteur passera ce soir.

Juste soupira. La venue du docteur allait tout arranger. Le docteur Cassant était dédaigneux avec les paysans, il courait les femmes (c'était ce qui se disait), mais c'était un bon médecin. N'avait-il pas arraché à une mort certaine la mère de Maurice Lachassagne quand elle avait eu ses coliques ?

Martin se retira dans sa chambre. Il s'allongea sur le lit et, les yeux sur les poutres sombres, resta longtemps sans bouger. Jusque-là, il avait aimé des ombres. Son cœur s'ouvrait sur tout, se remplissait d'un rien : un sourire, un regard suffisaient à l'enflammer. Il pensait à Laure. C'était pour elle, pour son sourire, pour qu'elle lui reprenne la main dans les couloirs sombres du château qu'il n'avait pas quitté Morterive. Mais Laure aimait Jérôme Leblanc qui était riche et beau, tandis que lui...

Juste, qui l'appelait, le tira de ses sombres pensées. Il sortit. Le soleil tombait derrière la colline de Salons. Juste regardait les nuages rouges.

— M'étonnerait pas que ça tourne à l'orage.

Le vieux Sam était planté dans l'entrée du parc. Depuis le départ du comte, le chien refusait d'en bouger, même la nuit ; Laure avait essayé de le faire rentrer, Pauline l'avait menacé du pied, rien à faire. Il regardait la route par où était parti son maître de ses gros yeux larmoyants.

Le docteur Cassant arriva. C'était un homme de fière allure, toujours impeccablement vêtu. Brun, ses cheveux courts, sa fine moustache ajoutaient du mordant à son regard malicieux. Juste, la casquette à la main, resta en retrait tandis qu'il examinait la malade.

— La tête, faut toujours se méfier... Je préfère la faire hospitaliser pour des examens.

Juste s'assit. Une hospitalisation! C'était donc très grave! Il pensait encore à la Russe, morte en trois jours! Et lui, Juste, qu'allait-il devenir?

Le docteur Cassant rédigea une lettre pour l'hôpital et s'en alla. Sa visite n'avait pas duré plus de dix minutes, et le monde venait de basculer.

Juste avait les mains sur la table; sa casquette devant lui, il ne bougeait pas. Le feu n'avait pas été allumé, la nuit remplissait la maison. La grand-mère, qui avait senti la présence du médecin, demandait des explications, puis s'en prit à Honorine qui tardait à lui apporter sa soupe.

Honorine se leva, prit un épais gilet noir qui pendait sur ses hanches et passa dans la cuisine. Juste la regardait aller et venir.

— On dirait que ça va un peu mieux! fit-il pour se rassurer.

Elle ne répondit pas, appuya sur le bouton de la lumière, mit le couvert et apporta la soupe sur la table avec le restant de poulet de midi. Elle fit manger la vieille, puis retourna se coucher. Juste ne dit pas un mot. Martin mangea très vite et passa dans sa chambre. Il fuyait, lui aussi. Ce soir, tout allait mal, il avait envie de pleurer.

Il s'endormit et fit un cauchemar où Honorine couverte de sang se noyait dans le puits du château. Un mur s'écroulait et broyait Laure qui, dans le rêve, avait la tête d'une bête hideuse aux yeux cruels, au museau couvert d'écailles. Il se réveilla fatigué, mit un moment avant de se rappeler qu'Honorine était malade. Dehors, le jour sortait de la brume, les oiseaux piaillaient. Martin s'habilla très vite et passa dans la cuisine. Juste avait une mauvaise tête; les traits tirés, sa barbe blanche soulignaient les rides de ses joues. Il tentait d'allumer le feu et pestait contre le bois insuffisamment sec. A force d'actionner le soufflet, il avait soulevé un nuage de cendres qui desséchaient la gorge.

— Ah, c'est toi, dit-il sans se tourner. L'Honorine veut te parler.

Martin passa dans la chambre tandis que Juste sortait. Déjà, ses sabots raclaient le chemin de l'étable.

— Approche! dit Honorine qui s'était assise sur son lit, appuyée sur un coussin blanc. Il faut que tu fasses quelque chose.

Martin s'approcha. Sur la table de nuit, un bol de café fumait.

— C'est rapport à Juste, dit Honorine. C'est pas un mauvais homme, mais il a ses têtes. Tu vas venir à Tulle, avec nous, ce matin. Et tu iras avertir la Juliette que je suis à l'hôpital.

— La Juliette?

De la fenêtre venait à travers le rideau une lumière froide. Honorine soupira. Ses yeux se mouillèrent. Une larme se forma et roula sur la joue.

— C'est notre fille. Ça fait dix ans qu'elle est

partie. Tu comprends, s'il m'arrivait quelque chose...

Elle inspira très fort, porta la serviette mouillée à son front, comme pour en arrêter le feu.

— Juste voulait pas qu'elle se marie avec son Espagnol, un gars qui s'était retiré à Salons, après la guerre. Elle s'est mariée quand même...

Un sanglot souleva la grosse poitrine d'Honorine. Elle se moucha, puis leva de nouveau les yeux sur Martin.

— S'il devait m'arriver quelque chose... Je voudrais au moins embrasser ses deux filles, Anne et Chantal. Ses deux filles que j'ai vues deux fois en me cachant de Juste.

— Je peux y aller tout de suite, dit Martin. Je vais prendre le vélo.

— Comme tu voudras, mon garçon !

Juste était en train de faire démarrer la Juva toujours capricieuse. Martin lui demanda s'il pouvait prendre le vélo. Juste en fut un peu contrarié, mais il ne dit rien.

— Surtout, attention de pas te casser la figure ! fit-il d'une voix bourrue.

Martin se laissa emporter par la descente en pensant qu'une semaine seulement s'était écoulée depuis son arrivée à Morterive alors qu'il lui semblait avoir quitté le foyer de l'enfance depuis des mois.

Tulle est au fond d'une vallée, une ville tout en longueur entre ses sept collines. On n'en voit que les toits en venant de la route de Salons et des maisons construites au-dessus des précipices. Martin pédalait avec vigueur. Il était content de retourner dans sa ville. Il se faisait une joie d'aller se promener dans les rues, de retrouver les façades, les vitrines qui lui étaient familières...

L'air était doux ; un peu de vent au ras du sol balançait les herbes nouvelles. Le vélo de Juste roulait bien depuis que Martin avait graissé la chaîne et le pédalier. Le garçon éprouvait une sensation de liberté qui le grisait. Il échappait à quelque chose de contraignant, sa condition d'adolescent timide hanté par ses grandes oreilles. Au bout de cette route, sur les trottoirs gris, l'attendait un anonymat salvateur.

Il dépassa la baignade, le stade de l'Ozelou. Au bout du quai Victor-Continsouza, il prit le quai Baluze et s'arrêta au pont Choisinet. A cette heure, les rues étaient presque désertes à part quelques femmes, le fichu sur la tête, le panier au bras, qui faisaient leurs courses.

Il tourna devant la cathédrale; la place était vide. Rue du Trech, il croisa un groupe de filles en rang, veste et béret bleus, sous la garde d'une sœur à cornette. C'étaient des pensionnaires de l'école privée Sainte-Marie, filles de bonne famille qui recevaient là une éducation stricte. Martin connaissait bien ce quartier, le foyer de l'enfance n'était pas loin. Il tourna sur la gauche, prit une ruelle sombre. Juliette habitait au deuxième étage. Martin grimpa un escalier de bois qui sentait le moisi et la poussière de cave. Sur la porte, il lut : M. ET MME ROMIREZ. Il retint son souffle, frappa.

La femme qui ouvrit était menue comme Juste. Son nez était moins fort, mais il avait la même forme courbe. Ses yeux ressemblaient à ceux d'Honorine : petits, marron et pleins de cette lumière qui invite à la confiance. Juliette demanda ce qu'il voulait. Martin bredouilla qu'il avait été placé chez M. Levrault à Morterive. A ce nom, Juliette eut un mouvement de recul. Elle dit d'une voix sèche :

— Et alors ?

— L'Honorine est malade. Elle m'envoie.

Il n'avait pas osé dire « votre mère ». Juliette passa une main dans ses cheveux courts et frisés. Elle devait être occupée à la lessive, parce que cette main était rouge, et son tablier avait des taches d'eau.

— Entre.

Il pénétra dans un petit vestibule encombré de chaussures. Sur un meuble bas, un bouquet de fleurs séchées hérissait ses pétales transformés en épines. Ça sentait la soupe au poireau.

— Qu'est-ce que tu m'as dit ? fit Juliette.

— Elle est malade. Une douleur à la tête, très forte. Le docteur l'a fait hospitaliser ce matin. Elle veut vous voir.

Le visage de fouine se contracta. Les yeux de Juliette se plissèrent jusqu'à ressembler à ceux de Juste. Martin était resté debout, au milieu de la pièce, en peine de ses mouvements.

— Un mal de tête, tu dis. Ça ne risque pas d'être bien grave...

— Paraît que si. Le docteur veut qu'elle fasse des examens.

— Mon Dieu ! La même chose que la deuxième femme de M. Henri. A quelle heure sera-t-elle à l'hôpital ?

— Je sais pas, Juste la descend dans la matinée. Elle m'a envoyé vous le dire.

Juliette s'affolait. Cet appel de sa mère gommait dix années de brouille pour cet homme très brun et fier qui n'avait qu'un défaut, celui de ne pas plaire à son père. A cette heure, l'homme travaillait à Laguenne, et Juliette, seule devant la maladie, prenait conscience que ses parents, sa mère surtout, lui avaient manqué.

— Et mon père ?

— Il va bien. Je travaille avec lui. On s'entend bien tous les deux.

Elle regarda Martin plus attentivement, comme pour chercher dans ce visage encore enfantin un détail, une particularité qui expliqueraient cette bonne entente. Martin était gêné par le curieux sentiment qu'à Morterive il occupait un peu la place de Juliette.

— Ah, vous vous entendez bien... Merci, mon garçon. J'y vais tout de suite ; c'est à côté, l'hôpital.

Elle s'essuya les yeux puis se leva. Martin se dirigea vers la porte, qui était restée entrouverte. Juliette s'approcha de lui.

— Mon père... vous comprenez... mon père...

Elle n'ajouta rien. Martin se retrouva dans le couloir, délivré de cette mission qui lui pesait. Il lui restait maintenant le meilleur, un peu de liberté pour flâner dans les rues. Il marcha un moment sur le trottoir autour de la cathédrale, passa devant la poste, traversa la rivière au pont de l'Escurol. De gros poissons nageaient derrière les piles. Parfois, l'un d'eux montait chercher un insecte en surface. Martin pensait à Juste. Réussirait-il à les capturer aussi bien que les truites de la Noiselle ?

Il reprit sa marche, descendit la rue Jean-Jaurès, s'arrêta une minute près de l'immeuble de tante Louise. Il eut, un moment, la tentation de lui rendre visite. Le souvenir de l'horrible odeur de chat qui imprégnait l'appartement le rebuta. Et puis il n'avait pas vraiment envie de la revoir. Avenue Victor-Hugo, il s'arrêta au magasin d'instruments de musique et regarda, en devanture, les guitares électriques extraplates, les violons, un accordéon étincelant. Il rêva un moment, puis repartit.

Devant la porte du foyer de l'enfance, une certitude s'imposa à son esprit : il ne pouvait pas quitter Juste et Honorine ! Et comment se résoudre à ne plus jamais voir Laure ? Il prit la direction de Morterive, un peu déçu de ne pas avoir été aussi heureux qu'il l'espérait à se promener dans sa ville, à remettre ses pas dans ceux de son enfance encore trop proche pour en avoir oublié les blessures et les longues heures d'attente. L'année de ses six ans, sa mère lui avait promis de le prendre chez elle à Noël. Martin avait imaginé une fête dans une maison modeste et propre, autour d'un sapin plein de guirlandes scintillantes. Il ne demandait pas d'autre cadeau. Hélas, au dernier moment, elle ne put pas. Martin pleura pendant deux jours entiers. Il attendit le Noël suivant, imagina des milliers de fois le moment où sa mère arriverait, mais elle ne vint pas, et il passa tous ses Noëls chez tante Louise avec les cinq chats et l'ennui, un fardeau d'ennui.

Juste n'était pas revenu de l'hôpital. Martin en profita pour transporter le bois de Pauline. La grosse femme avait une bonne pension, versée par l'administration après la mort de son mari, et était la seule à posséder une télévision à Morterive. Objet de culte, elle l'avait placée dans sa salle à manger et l'allumait seulement pour les informations. Pauline suivait les événements politiques et en parlait parfois avec Juste, mais, comme ils avaient tous les deux l'esprit de contradiction, ils finissaient par se disputer. A propos des accords d'Évian, ils avaient failli se brouiller. Elle soutenait que c'était la meilleure manière de ramener la paix en Algérie et surtout d'éviter de faire tuer des Français. Juste affirmait que, sans ses accords, l'O.A.S. se serait tenue tranquille et qu'il aurait fallu attendre un peu pour calmer les esprits.

— Ma pauvre Pauline, vous n'y connaissez rien ! avait conclu Juste. Moi, j'ai fait la guerre, alors je peux en parler !

— La guerre, vous ? Dites plutôt que vous n'êtes pas allé plus loin que Brive et qu'en 40, à la débâcle, vous êtes revenu chez vous. Vous aviez bien trop peur pour entrer dans le maquis ! Vous n'avez pas vu un seul fusil jusqu'à la Libération !

C'était vrai, mais Juste n'aimait pas qu'on le dise. Il en avait voulu à Pauline pendant plusieurs jours d'avoir parlé ainsi devant Martin à qui il avait raconté quelques péripéties de la Résistance où il s'était donné le beau rôle...

Juste revint de l'hôpital à midi. Pauline, qui n'était pas une mauvaise femme malgré son air bourru, arriva quelques instants plus tard avec un pot.

— Tenez, c'est de la sauce... Ça sera plus facile pour vous !

— Merci, Pauline, dit Juste. C'est vrai que j'ai pas la tête à la cuisine.

Pauline maugréa :

— A la cuisine, vous ? Je voudrais voir ça ! Vous êtes même pas capable de faire cuire un œuf! Qu'est-ce qu'on vous a dit, pour l'Honorine ?

— Rien, ces gens-là sont pas causants.

Pauline s'en alla, et Juste ouvrit le placard pour chercher les assiettes. Il était empoté, perdu dans cette petite pièce. Martin proposa de mettre le couvert.

— Tu as raison ! dit Juste. Moi, je suis pas bien malin pour ces trucs. Et tant que tu y es, donne à manger à la mémé.

Celle-ci s'impatientait, demandait Honorine et se plaignait qu'on ne lui dise jamais rien. Juste eut un mouvement d'humeur.

— Mais tu vas la fermer un peu !

C'était difficile de faire taire Noélie quand elle avait décidé de parler. Elle continua de plus belle, et Juste dut céder.

— Je redescendrai à l'hôpital cet après-midi ! dit-il à Martin. On mettra les bêtes dans le pré bas.

Il découvrit le pot de Pauline, se servit de sauce, donna un coup de pied au chien qui réclamait un morceau de pain et demanda, sans lever les yeux :

— Tu as vu la Juliette ?

— Oui. Elle est allée voir Honorine, ce matin.

— Parce que, tu comprends, l'Honorine, elle n'a jamais supporté de plus voir sa fille. Moi, je voulais pas qu'elle se marie avec cet Espagnol.

Il se versa un verre de vin puis trancha :

— Et j'ai pas eu tort. D'après ce que je sais, c'est pas la fête tous les jours pour la Juliette !

Encore une fois, Juste se retranchait derrière ses certitudes ; c'était pour lui la meilleure manière de ne pas avoir de regrets ou de ne pas les montrer.

— Y a pas à dire, continua-t-il après un silence, la Pauline, c'est une charogne, mais elle fait bien la cuisine !

Juste partit vers deux heures. Martin avait pour mission de surveiller les vaches et de sortir Rosette dans le petit pré à côté de l'écurie. Le garçon détachait désormais sans peur l'énorme jument et la conduisait par la bride. L'animal le suivait docilement et il avait l'impression d'être très puissant.

Vers trois heures, une voiture noire monta la côte de Salons et vint se garer devant l'escalier du château. Le comte en sortit le premier, puis une autre personne, entièrement vêtue de noir. Ils allèrent saluer Pauline qui était dans son potager, puis firent le tour du château, s'arrêtèrent devant la brèche. L'homme en noir était de taille moyenne, mais semblait petit à côté du comte. Ses cheveux lisses tombaient sur ses oreilles. Son visage était très fin, ses joues creuses, son nez droit et mince, ses lèvres étroites. Il avait la peau mate ; ses yeux très sombres brillaient comme des braises. Martin, qui s'était approché en se cachant derrière le mur d'enceinte sous prétexte de surveiller Rosette, put entendre des bribes de phrases. L'homme disait d'une voix tranchante qu'il ne fallait pas croire tous les boniments. Le comte se taisait, haussait les épaules... Le grincement d'un frein de vélo fit sursauter Martin. Laure, qui rentrait de l'école, s'était arrêtée à sa hauteur. Elle lui sourit, puis devint grave.

— Mon Dieu ! L'Homme est là ! dit-elle.

Martin la revoyait, la veille, avec Jérôme Leblanc... Le couvercle du ciel pesait sur les épaules. Les nuages de plus en plus gros et sombres écrasaient les collines.

— L'Homme ? questionna-t-il.

— Oui. Il s'appelle Clément Alone. C'est un bon avocat, ami de papa. C'est moi qui l'appelais l'Homme quand j'étais petite et c'est resté. J'ai peur.

— Et pourquoi ?

— Chaque fois que l'Homme vient, Rodolphe n'est pas loin. C'est mon demi-frère, il hait Morterive. Il me hait. Je ne veux pas le voir, venez.

Elle fit demi-tour. Martin la suivit jusqu'au coin du parc. Les filles Bernier rentraient de l'école en criant.

— Vous avez entendu, l'autre nuit ? Je vais vous montrer quelque chose...

— Juste a dit que c'était un plafond qui s'était écroulé.

Laure eut un sourire plein de mystère.

— Juste ne sait rien de Morterive. Suivez-moi !

Ils firent un détour dans le parc et arrivèrent à la petite porte noire derrière les sureaux.

— Je vous ai vue, hier ! dit tout à coup Martin, qui le regretta aussitôt.

Laure fit volte face.

— J'étais avec Jérôme !

— Oui, et même que vous vous donniez la main !

Elle se planta devant lui ; Martin ne put soutenir son regard.

— Vous, vous m'aimez ! fit-elle sans baisser les yeux.

Il devint écarlate.

— Oh non, sûrement pas !

— Moi non plus, soyez tranquille !

Ils pénétrèrent dans le château, traversèrent une salle humide et sombre, montèrent un escalier de pierre, suivirent un couloir, puis un autre. Laure alluma sa petite lampe. Martin était triste : Laure ne l'aimait pas et, pourtant, la jeune fille lui avait parlé comme aucune autre et cela avait suffi pour allumer l'espoir d'une rédemption, l'illusion d'une métamorphose. Mais non, il restait Martin Legelle, le garçon qu'aucune fille n'aimait et n'aimerait jamais !

Laure poussa une porte qui émit un grincement énorme et prit la main de Martin. Ce contact le brûlait.

— Entrez ! dit-elle.

C'était une vaste salle, sonore comme une église. Trois fenêtres y répandaient une lumière blafarde. Sur la cloison était peint un arbre aux nombreux rameaux verts. Des portraits étaient accrochés, comme suspendus aux branches.

— L'arbre généalogique des Morterive ! Ce sont ces hommes que vous avez entendus cette nuit ! souffla Laure. Ils sortent parfois des cadres et se promènent dans le château.

Martin allait d'un portrait à l'autre, regardait, ébahi, ces hommes, dont la plupart étaient morts depuis plusieurs siècles et qui semblaient si vivants.

Laure s'approcha du dernier tableau qui représentait un homme brun, la tête longue, les joues creuses et des yeux clairs qui semblaient fixer Martin.

— Mon père, Henri, vingt-troisième comte de Morterive ! dit-elle.

Il faisait froid. Une grande table et des chaises sans paille occupaient le milieu de la pièce. Des couverts en étain étaient disposés, comme pour un banquet qui n'avait jamais eu lieu. Sur un portemanteau, des capes poussiéreuses se balançaient au courant d'air d'une vitre cassée.

— Sortons ! murmura Martin.

— Cette nuit, ils sont venus manger ! reprit la

jeune fille. Et ils ont beaucoup bu. Quelquefois, ils se battent !

Un bruit de pas martelait un plancher. Martin tremblait. Laure lui prit de nouveau la main, comme s'il était un tout petit garçon. Il se laissa guider dans cette nuit humide et figée.

Dehors, il trouva Juste qui parlait avec Pauline. Juste disait :

— Ils m'ont dit que c'était rien, mais moi, je les connais, les zigotos ! C'est peut-être qu'ils peuvent pas la soigner !

— Allons, allons, faisait Pauline, vous voyez tout en noir !

Il voulait surtout se faire plaindre. Martin passa près d'eux sans lever la tête. Juste le regarda descendre au pré chercher Rosette et la conduire à l'étable.

— M. Henri est revenu ?

Pauline soupira.

— Oui, et pas de bonne humeur. Mais avec lui, allez savoir quelque chose !

Juste s'exclama :

— Moi, à sa place, je saurais à qui m'en prendre.

Pauline soupira. Son visage large et rouge se ferma.

— C'est ma petite Laure qui me tracasse ! dit-elle. Tout ça, c'est trop grand, trop vieux pour une jeune fille d'aujourd'hui. Elle va partir en pension et je vais m'ennuyer !

Ses yeux se voilèrent. Juste insista :

— Mais qu'est-ce que vous vous tracassez, aussi ? C'est pas votre fille !

Le regard qu'elle lança fit reculer Juste. Elle tonna :

— Peut-être, Juste, mais je l'ai élevée. Je suis pas comme certains qui se brouillent avec leur fille unique parce qu'ils sont bornés comme des mules !

Juste rentra chez lui, vexé.

Le lendemain, Martin s'éveilla au jour. De sa fenêtre venait la clarté diffuse d'un ciel de lait, sans nuages. Le soleil levant allumait de l'or derrière les noyers.

Juste se rasait devant la porte. Une page de journal servait à essuyer la lame de son grand rasoir qu'il tenait à pleine main, comme une faux.

— Eh bien, mon garçon, tu te rappelles qu'on va à Tulle ? Tu te rases pas ?

Martin rougit. Se raser ! Une corvée pour ceux qui avaient de la barbe, mais c'était un geste d'homme ! Juste reprit laborieusement son opération. Il avait accroché une glace à un clou du mur et penchait la tête en tirant la langue. Il se tourna de nouveau vers Martin.

— Rappelle-toi :

« *Persil du matin tu mangeras,*

Barbe dure le soir tu auras !

« Merde, je me suis coupé !

Une perle de sang grossissait sur le bas du

menton. Il prit son papier à cigarettes et colla une feuille sur l'entaille.

A l'intérieur, la mémé se fâchait contre Honorine dont elle venait de découvrir l'absence et contre Juste qui ne disait rien. Juste regarda Martin d'un air désespéré.

— Si ça devait continuer, moi, je la ferais hospitaliser ! C'est pas vivable !

Il avait pris sa veste en velours et sa casquette à carreaux blancs. Ils allèrent aux étables, laissant Noélie au bord de la crise de nerfs. Quand elle eut assez crié, la vieille femme se dirigea vers sa chambre en tâtonnant et menaça de sortir, de marcher au hasard. Tant pis si elle se faisait écraser par une voiture ou si elle tombait dans une mare !

Quand les bêtes furent au pré, il fallut faire démarrer la Juva. Juste s'énerva, tourna la manivelle en serrant les dents, jura, donna des coups de pied dans la tôle, rien à faire. Martin nettoya les bougies sans résultat. Le garçon pensa qu'il fallait pousser les investigations un peu plus loin.

— C'est peut-être le gicleur qui est bouché ! dit-il à Juste.

L'homme alluma son mégot. Il regarda les poignets de sa chemise pleins de cambouis.

— Eh bien, je vais me faire raconter quelque chose !

Martin connaissait les principales causes de panne d'un moteur à essence. Il avait appris que le gicleur, cette vis en laiton, percée en son centre d'un trou infime, se bouchait parfois. Il se pencha sur la tôle, finit par le trouver, le dévissa et le porta à ses lèvres, souffla comme il l'avait vu faire par Jean Mounier, dans son garage près du foyer. Il le remit en place, et Juste actionna la manivelle. Au bout de quelques tours, le moteur démarra. Juste regarda Martin avec admiration.

— Tu sais que, toi, tu devrais faire mécano !

— J'aime bien ça ! dit Martin. Mais M. Ribet a toujours dit qu'il valait mieux entrer dans l'administration.

Juste partit, le nez sur le pare-brise. Gerbert, le facteur, arrivait sur sa moto. Il déclenchait chaque matin un carillon d'aboiements des trois chiens de Bernier. Le facteur s'arrêta à la hauteur de Martin.

— Legelle Martin, c'est bien toi ?

— Oui.

— Tiens, tu as une lettre ! Je te donne le journal de Juste.

Martin prit l'enveloppe, la regarda longuement, tandis que le facteur continuait sa tournée. Il se demanda qui pouvait bien lui écrire. M. Ribet, de l'Aide sociale, pour lui demander de quitter Morterive ? Non, il refuserait, c'était certain.

Il regarda autour de lui, comme s'il redoutait qu'on le voie ouvrir sa lettre. Il retira de l'enveloppe une feuille pliée en quatre couverte d'une écriture maladroite. Les premiers mots le traversèrent comme une lame froide. Il tremblait. Une seule personne au monde pouvait écrire ces mots, une personne qu'il avait attendue toute son enfance. Chaque soir, avant de s'endormir au dortoir, c'était à elle qu'il avait pensé, à elle qu'il s'était raccroché comme un naufragé sur une planche qui dérive. Puis le temps avait passé. Avec l'adolescence, il s'était fait une raison. Sa mère ne viendrait pas et il ne l'attendait plus. Ses rêves s'étaient remplis de visages nouveaux, de filles aperçues dans la rue à qui il inventait une vie. Il avait soif de nouvelles tendresses, de caresses interdites. Des désirs brûlants l'entraînaient dans un labyrinthe de peurs.

Trois mots avaient suffi pour réveiller ce qu'il croyait oublié. Le papier mordait ses doigts. L'image d'une petite femme blonde aux cheveux courts était restée nette dans son esprit. Ses dents gâtées lui faisaient un sourire de vieille, mais ses joues étaient sans rides, ses yeux pleins de jeunesse. Il ne savait d'elle que son prénom : Madeleine.

Martin eut envie de déchirer la lettre, de la jeter et d'aller s'occuper de Rosette comme s'il ne s'était rien passé, mais, malgré lui, ses yeux étaient attirés par cette écriture irrégulière.

Mon petit garçon

Qu'est-ce que tu deviens ? M. Ribet, de l'Assistance, m'a donné de tes nouvelles chaque fois que je lui en ai demandé, mais cette fois il me permet de t'écrire. Moi, ça va mieux. Je travaille à l'usine Michelin à Clermont-Ferrand. Ça gagne pas beaucoup, mais on fait avec. Paraît que tu habites un village avec un grand château. Ça doit être formidable. J'espère te voir avant que tu partes au régiment. Georges m'a promis qu'un de ces dimanches nous prendrions la voiture pour aller jusqu'à Morterive. Georges, c'est mon mari. Au fait, tu as une petite sœur de huit ans qui s'appelle Béatrice. Je t'embrasse bien fort.

Ta maman

Martin resta un long moment comme perdu. Il n'entendit pas Julien Bernier qui passait et lui criait ses méchancetés habituelles. Sa mère était mariée et il avait une petite sœur ! Toute la famille, sa famille, allait prendre la voiture pour venir à Morterive ! Mais Morterive n'était pas dans le même monde que le Clermont-Ferrand de sa mère. Martin ne voulait pas qu'elle voie Juste et Honorine, qu'elle leur parle...

Boule descendait en Mobylette sur la route de Salons. En arrivant au croisement, il aperçut Martin et s'arrêta. Il soufflait comme un bœuf, les joues rouges, ébouriffé.

— Eh bien, t'en fais une tête, toi ! Tu as des nouvelles de l'Honorine ?

— Elle revient ce matin. Paraît que c'est rien !

— Bon, alors, écoute. Ce que je vais te dire va t'en boucher un coin ! Voilà, j'ai trouvé une fille !

Boule attendait l'effet de sa révélation. Martin sentait toujours la lettre le brûler dans sa poche.

— C'est chouette pour toi !

Boule tira sur sa cigarette, souffla un jet de fumée puis continua :

— Et puis, moi, je pense aux copains. Elle a une sœur d'un an plus âgée. On va aller les voir dimanche... C'est l'autre jour, avec Maurice, mon patron. On travaillait à la charpente des Legrand. C'est les filles Chaumet... On est allés à l'école ensemble, mais depuis on s'était perdus de vue, sauf un bonjour par-ci, un sourire par-là. J'étais sur la charpente. Si tu avais vu les yeux qu'elle me tournait ! Même le patron s'en est rendu compte !

— Et tu lui as parlé ?

— Bien sûr, on s'est dit quelques mots. On y va dimanche. C'est sûr que ça va marcher ! J'apporterai mon transistor.

Il tendit une cigarette à Martin.

— Bon, faut que j'y aille. Maurice rigole pas avec l'heure. On se retrouve dimanche après-midi chez toi.

« Chez toi », avait dit Boule, qui s'éloignait. Martin avait donc un chez-lui, comme tout le monde et c'était chez Juste. Cette parole en l'air lui fit un bien immense. La pluie avançait très vite vers Morterive, une de ces averses de printemps qui déferlent en quelques minutes.

Miss dressa les oreilles. Martin entendit alors le bruit traînard de la Juva qui se lançait dans la côte.

Juste sortit de la voiture tandis que les premières gouttes s'écrasaient sur la tôle. Il entra dans la maison sans un mot, s'assit à table. Miss, qui tournait autour de lui en remuant la queue, reçut un coup de pied. La pluie martelait le toit, mais Juste ne l'entendait pas. Au bout d'un moment, il leva ses yeux noirs sur Martin.

— C'est grave ! dit-il.

Martin sentait toujours la lettre aux coins durs dans sa poche, mais il n'y prêtait plus attention. La maladie d'Honorine avait plus d'importance que tout le reste. La peine de Juste pesait dans son estomac, comme un repas mal digéré.

— C'est grave ! répéta Juste. Peut-être la même chose que la Russe !

La mémé revint de sa chambre. On l'entendit longtemps tâtonner dans le couloir en marmonnant avant qu'elle ouvre la porte. Martin voulut l'aider à trouver sa place ; il se fit rabrouer :

— Mais je sais encore où je vais ! fit-elle de sa voix aigre.

Elle réclama de nouveau Honorine. Juste, qui s'était contenu jusque-là, se mit en colère.

— Tu nous casses les pieds ! cria-t-il en patois à sa mère.

Elle n'avait pas entendu ni vu le visage contracté de Juste et continuait de gémir.

— Ah, on me laisse dans mon coin parce que je suis un peu diminuée ! Je veux aller à l'hôpital, ça vous fera les pieds !

Martin s'approcha de la mémé et lui donna sa canne, signe pour elle de la promenade. La vieille s'en saisit et l'agita pour le frapper.

— Tu veux m'emmener en promenade alors que j'ai l'estomac vide ? Qu'est-ce qu'elle fait, l'Honorine ?

N'y tenant plus, Juste sortit. Martin laissa la grand-mère se plaindre aux murs et le suivit.

— On est vraiment malheureux ! dit-il.

Martin apprécia d'être associé à ce malheur. Au bout d'un moment, Juste continua :

— Tu comprends que je peux pas demander à la Juliette de venir nous faire la soupe. Après dix ans... Je pourrais demander à Pauline, mais elle va se croire obligée de nous dépanner. Je veux rien lui devoir...

— Ils vont la garder longtemps, Honorine ?

Juste haussa les épaules.

— Si encore elle sort un jour ! dit-il.

Il soupira très fort. Martin décida :

— Je vais m'occuper de la grand-mère !

Il retourna à la maison, trouva du bouillon de la veille qu'il mit à chauffer sur la gazinière. Ensuite, il le fit boire à la mémé, qui aspirait en allongeant les lèvres. Il cassa deux œufs dans la poêle. Une fois cuits, il les apporta à la vieille avec une tranche de pain.

— Ils sont pas salés ! dit-elle en repoussant l'assiette.

Martin sala les œufs. Noélie s'était adaptée à son handicap et réussissait à tout manger seule, sauf la soupe.

— Maintenant, je ferais bien ma promenade !

Juste revint de son pas traînant. Martin avait eu le temps de disposer deux assiettes sur la table. Il porta le restant de soupe fumante. Juste le regarda.

— Toi, t'as pas fini de m'étonner !

Ils mangèrent une omelette, un peu trop cuite à l'idée de Juste, mais, après le fromage, l'homme fit claquer son couteau d'un air satisfait.

— T'as peut-être raison qu'on peut se débrouiller tous les deux !

Ça suffit à le mettre de bonne humeur. Il n'alla pas à l'hôpital de l'après-midi : il redoutait de se trouver nez à nez avec sa fille. Le soir, au château, Pauline, les mains sur les hanches, interpella Martin.

— C'est qu'il veut faire le malin, Juste, qu'il vient pas me demander ?

— On se débrouille bien tous les deux.

Elle était vexée qu'ils n'aient pas fait appel à ses services et dit, de mauvaise humeur :

— Je voudrais voir ça ! Deux mal dégourdis pareils !

Pauline était toujours mal embouchée, de mauvaise humeur, et disait souvent trop franchement ce qu'elle pensait, mais elle avait besoin d'aider les autres pour ne pas se sentir inutile dans le confort de sa petite maison dont elle ne profitait pas.

Martin aimait faire la cuisine. Il aurait volontiers mis la main aux casseroles pour donner un coup de main à Honorine s'il n'avait pas redouté les moqueries de Juste pour qui ce travail de femme était indigne d'un homme. Ainsi, le lendemain, il réussit une soupe convenable. Par contre, les nouilles étaient trop cuites et collées; Juste les mangea quand même sans rechigner. C'était déjà bien beau!

L'après-midi, ils descendirent tous les deux voir Honorine. Juste avait tenu à emmener Martin.

— A tous les deux, on aura plus de courage! avait-il dit.

Mais ce n'était pas la véritable raison. Quand ils arrivèrent à l'hôpital, une fois la Juva garée devant l'entrée, il dit :

— Tu vas aller voir si elle est seule. Moi, je t'attends ici.

Martin entra timidement dans cet établissement dont les couloirs sonores et impersonnels lui rappelaient le collège. Ça sentait l'éther et toutes sortes de médicaments. Des femmes en blouse blanche marchaient dans les couloirs, portant des plateaux pleins de seringues, de bouteilles et de compresses. Des malades se promenaient en pyjama et regardaient la ville par les fenêtres. Martin réussit à trouver la chambre d'Honorine. La femme était allongée dans un lit très haut. Un linge mouillé était posé sur son front. Elle tourna ses yeux pleins de fièvre vers Martin et eut un sourire vague. Sa première pensée fut pour Juste.

— Comment vous vous débrouillez? Juste est si difficile pour manger!

— Ça va, dit Martin fièrement. C'est moi qui fais la soupe.

Elle lui tendit sa main blanche et tiède, bien différente de cette main rouge et ferme qui tournait la sauce à Morterive ou distribuait du blé aux poules.

— Tu es un bon petit, toi ! Va chercher Juste !

Martin partit en courant. Les paroles d'Honorine lui avaient réchauffé le cœur.

Juste arriva, la casquette à la main. Il n'osa pas approcher d'Honorine et la questionna des yeux.

— Paraît que ça va mieux ! dit-elle.

Ils ne restèrent pas longtemps. Juste était mal à l'aise dans cette chambre aux murs trop blancs et devant Honorine couchée. Il tripotait sa casquette, la tournait dans ses doigts et ne savait pas quoi dire. Au bout de quelques minutes, il se tourna vers la porte.

— Bon, on y va. On reviendra demain.

Dans le couloir, au moment où il sortait, un homme s'approcha de lui.

— Monsieur Levrault ?

Juste sursauta comme un enfant pris en faute.

— Je peux vous dire que vous avez de la chance ! C'était à deux doigts. Un début de méningite. La fièvre est tombée ; elle pourra sortir la semaine prochaine.

La semaine prochaine ! Pour Juste, c'était une éternité. Il bredouilla un vague merci et sortit en marchant très vite. Une fois sur le parking, il respira mieux. Le soleil passait entre des gros nuages qui avaient dû donner de la pluie sur Brive. Il roula une cigarette, tendit le tabac à Martin et, tandis que le garçon s'acharnait, dit en regardant l'énorme bâtiment blanc :

— Tu peux bien dire tout ce que tu veux, la santé est ce qu'il y a de mieux.

Il avait fait des vers sans le vouloir et s'en étonna.

Les jours suivants, la vie s'organisa à Morterive. Juste ne changea rien à ses habitudes, sauf qu'il conduisait les bêtes au pré. Martin remplaçait Honorine à la maison et dans la basse-cour. Il ramassait l'herbe des lapins, portait le grain aux poules et le pain trempé aux poussins. Avec les conseils de Pauline, il apprit à faire cuire la soupe sans laquelle Juste ne pouvait pas vivre, les pommes de terre et les haricots secs dont raffolait le paysan.

Son premier travail en se levant consistait à porter un seau d'avoine à Rosette. Un matin, il constata que la jument n'était pas correctement attachée. La bride ne faisait pas deux tours sur la barre de bois comme Juste lui avait appris. Il n'en parla à personne et vérifia l'attache les soirs suivants. Quelque temps plus tard, il trouva de nouveau la bride avec un seul tour. Quelqu'un avait donc détaché Rosette pendant la nuit. Mais qui ? Pourquoi ?

Un soir, vers six heures, tandis que Martin rentrait la jument, Laure le rejoignit dans l'écurie. Elle avait les yeux rouges et les lèvres épaisses de quelqu'un qui vient de pleurer.

— Je suis très malheureuse ! dit-elle d'une voix triste ! Ils veulent tous que j'aille en pension, même Pauline !

Elle se mit à sangloter. Martin était atterré : Laure allait partir ! Il se sentait lourd comme un sac de plomb.

— Je ne pourrai pas vivre loin de Morterive ! et puis Mouchka va s'ennuyer ! Venez !

Juste devait l'attendre devant la maison. Depuis qu'Honorine était à l'hôpital, le paysan ne pouvait plus se passer de lui et le cherchait quand il l'avait perdu de vue cinq minutes. Tant pis, Martin ne savait pas résister à Laure. Et puis le château l'attirait même si, le soir venu, les bruits qui s'en échappaient le terrorisaient.

Ils contournèrent le donjon, entrèrent par la petite porte et montèrent l'escalier dans le noir en cherchant les marches du bout des pieds.

— J'ai ma lampe, dit Laure.

Ils longèrent l'appartement du comte en suivant un couloir sans fin. Laure, qui connaissait parfaitement l'endroit, avait pris la main de Martin et le dirigeait dans l'ombre. Après un second escalier, elle alluma sa petite lampe de poche, et ils s'enfoncèrent dans l'aile du donjon. Cette partie était très délabrée. Des rangées de portes s'ouvraient sur des pièces où le plancher pourri interdisait tout accès. Des meubles couverts de poussière étaient rongés par une lèpre verte. De lourdes toiles d'araignées occupaient les plafonds.

— Rodolphe m'a promis que je pourrais revenir toutes les semaines, mais je ne lui fais pas confiance ! souffla Laure.

Elle entraîna Martin dans un couloir secondaire. Ça sentait le rat, le tissu moisi. Des bruits furtifs peuplaient cet immense tombeau. Parfois, la lampe surprenait comme un mouvement d'ombre, la fuite silencieuse d'un fantôme. Martin marchait derrière Laure en retenant sa respiration, le cœur battant.

— C'est la partie la plus vieille du château ! dit-elle.

Ils arrivèrent dans une vaste galerie, un peu semblable à celle des statues. Des coffres s'y entassaient, des meubles, des tableaux couverts de croûtes de poussière, des vêtements posés en tas sur des fauteuils, des piles de livres. Un énorme rat s'enfuit en poussant des cris aigus. Des fenêtres aux vitres opaques venait une lumière blanche. Laure prit un cadre doré posé sur une table et le montra à Martin. C'était le portrait d'une femme brune aux beaux yeux sombres en amande.

— Mouchka ! dit Laure. Ma maman.

Elle se tut. Elle était très près de Martin qui sentait son épaule toucher la sienne.

— C'est ici que je viens la voir quand je suis malheureuse. Elle me console. Elle est si douce !

Une porte claqua ; Martin sursauta.

— Surtout, n'en parlez à personne ! continua Laure. Tout le monde ignore l'existence de ce portrait. Mon père le croit perdu.

Martin fut ému un instant que Laure partageât avec lui ce secret qu'elle n'avait révélé à personne, même pas à Jérôme Leblanc. Mais pouvait-il la croire, elle qui mentait si bien ?

— Qu'est-ce qui me prouve que vous ne l'avez pas montré aux autres et qu'ils ne vont pas en parler ? dit-il, retors.

— Cessez d'être jaloux ! et jouez de la musique. Mouchka aimait tant la musique.

Martin prit son harmonica qui réfléchissait un rai de lumière. Laure s'était assise dans un fauteuil poussiéreux.

— On va nous entendre !

— Aucun risque ! répliqua Laure. Jouez, je vous dis.

Martin porta l'harmonica à ses lèvres et laissa aller son imagination. Laure ne bougeait pas ; le regard fixé sur le portrait, elle murmurait des mots que Martin n'entendait pas. Tout à coup, elle cria :

— Mais pourquoi elle est morte ? Hein, pourquoi ? J'avais tant besoin d'elle !

Elle éclata de nouveau en sanglots. Martin rangea son harmonica, mal à l'aise. Le silence pesait sur ses épaules. Les poutres craquaient, le château tout entier semblait pris de tremblements et protestait à son tour.

— Partons ! dit Martin.

Laure avala un dernier sanglot et s'approcha du portrait qu'elle embrassa.

— Au revoir, petite maman. C'est pas juste...

Elle posa le cadre à sa place, sur la table, puis se tourna vers Martin.

— On s'en va ! dit-elle.

Elle marchait d'un pas décidé. Martin avait dans sa tête des mots tout prêts, plus chauds encore que sa musique, mais n'osait pas les prononcer. Il avait envie de prendre cette main blanche et de raconter à Laure le rêve déçu d'un Noël avec sa mère, et toute sa solitude, sa solitude avec les chats chez tante Louise, sa solitude au foyer, en pension au collège d'Objat quand, le samedi, après les cours, il voyait partir les autres et qu'il restait jusqu'au lundi désœuvré dans une école vide et trop grande avec ses pièces impersonnelles et ses dortoirs déserts. Il aurait voulu dire qu'à quatorze ans il avait eu envie de mourir, de se jeter dans la rivière du haut d'un pont. Pourquoi vivre quand on est un nabot aux grandes oreilles, que personne ne regarde ni n'attend ? Sa détresse avait été infinie. Il l'avait gardée secrète, une boule de chardons dans son estomac, un éclair meurtrier dans sa tête qui lui donnait envie de crier, d'ameuter toute la ville et lui mettait les larmes aux yeux quand son pied, par mégarde, écrasait un insecte.

Une Simca blanche s'arrêta devant l'escalier du château. Un homme brun, empâté, en sortit et se dirigea vers l'échafaudage.

— Rodolphe, toi ici ? s'exclama le comte.

— Bonjour, père.

M. Henri posa sa truelle et salua froidement son fils. Rodolphe avait une trentaine d'années. Guère plus grand que Juste, rien en lui ne rappelait les Morterive. Ses cheveux noirs retombaient sur un front large et bombé. Son nez étroit et court avait conservé une ligne enfantine. Il suivit son père jusqu'à la salle à manger où Pauline avait allumé du feu.

— Acceptez de quitter Morterive et de venir vivre à Tulle, dans l'appartement que tante Amélie m'a cédé.

Contrairement à Laure, Rodolphe ne tutoyait pas son père, dont il avait été séparé alors qu'il était enfant.

Le comte semblait très calme, pourtant, la jointure de ses doigts crispés blanchit.

— Ne te fais aucune bile pour moi. Ni pour le château qui en a vu d'autres. Je sais ce que m'a dit Brachet, de la Banque de France...

— Vous vous montez la tête et tout le monde vous ment ! Il n'y a plus aucun espoir de sauver Morterive de la vente !

Rodolphe avait parlé d'une voix plus aigre que sa voix habituelle. Un pli s'était formé au coin de ses lèvres.

— Rodolphe, la vente est impossible, entends-tu, impossible !

Rodolphe marcha jusqu'à la cheminée. Il eut un vague mouvement des bras et observa son père à la dérobée : quelle fêlure profonde l'empêchait d'avoir conscience de la réalité ?

— Tout le monde sait qu'il n'y a aucun espoir ! insista-t-il.

Le comte rentra la tête dans ses épaules, grimaça, puis son regard d'oiseau de proie scintilla.

— Pourquoi me dis-tu cela ? Pour m'achever ?

Rodolphe baissa les yeux.

— Parce que je veux vous sauver !

— Toi, vouloir me sauver ? fit le comte d'une voix cinglante.

En effet, Rodolphe n'éprouvait aucune compassion. Cela faisait longtemps qu'il attendait ce jour où son père serait humilié à son tour, enfermé dans ce minuscule appartement qu'il mettait à sa disposition, comme un lion en cage ! Il n'insista pas, le filet se resserrait sur sa victime. Restait, avant la curée, à régler le sort de Laure, fruit vivant de la trahison.

— Pour Laure, tout est arrangé. Si son trousseau est prêt, elle peut partir dès la semaine prochaine.

— Faut voir Pauline ! dit le comte.

Rodolphe se rendit chez la grosse femme. Henri retourna à son chantier et ne détourna pas la tête quand son fils s'en alla.

Juste était parti chercher Honorine, et Martin, après s'être promené sur le bord de la Noiselle, remontait à la maison. Il longeait le mur du parc quand Laure, qui devait le guetter, l'appela.

— J'ai un service à vous demander ! dit-elle.

Elle l'entraîna à l'intérieur du château. Ils montèrent dans la pièce où se trouvait le portrait de Mouchka. Laure le regarda un moment en silence, puis se tourna vers Martin.

— Vous m'aimez ?

Il sursauta. Ce mot, pour Martin, était brûlant comme un tison ; il était incapable de le prononcer. Le sang afflua à son visage. Au bout d'un silence, la jeune fille demanda de nouveau :

— Répondez-moi. Vous m'aimez, n'est-ce pas ?

Elle repoussa ses cheveux qui avaient roulé sur sa figure. Ses yeux gris étaient, à cette heure, pleins de poudre lumineuse. Martin, toujours muet, regardait par terre.

— Vous m'aimez, je le sais. Quand je m'approche de vous, vous rougissez toujours...

Elle plaça le portrait sur le fauteuil et montra de la main un bouquet de tulipes rouges et jaunes disposées dans un vieux vase de terre.

— Mouchka aime mes fleurs. Alors, je lui apporte un bouquet de temps en temps. Pendant mon absence, Martin, jurez que vous vous occuperez d'elle !

Le garçon commençait à comprendre pourquoi Laure l'avait entraîné là.

— Si vous jurez, je vous aimerai !

Quelque chose le gênait dans ce marché. Il semblait à Martin, malgré son cœur immense et trop vide, que les sentiments ne s'achetaient pas.

Laure se planta devant lui et le regarda fixement. Il détourna la tête.

— Au fait, c'est vrai que vous avez de grandes oreilles.

Martin eut un sursaut d'orgueil.

— Vous avez besoin de moi, alors, bien sûr...

— Bien sûr quoi ? fit-elle en posant ses mains sur les hanches à la manière de Pauline. Je vous confie Mouchka et vous n'êtes pas content. Je vous dis que je vais vous aimer et vous refusez...

Elle fit la moue et se mit une main devant les yeux, comme si elle allait pleurer.

— Bon, bon ! dit Martin.

Laure leva la tête.

— Mieux que ça. Dites : Je jure de m'occuper de Mouchka et de lui apporter des fleurs.

— Je jure ! Si ça peut vous faire plaisir... Maintenant, il faut sortir d'ici.

— Maintenant, embrassez-moi.

Martin recula, de nouveau écarlate. Embrasser Laure, il n'oserait jamais !

— Mais vous avez peur des filles ! Martin, embrassez-moi !

Eh oui, il avait peur des filles, peur des désirs de son corps qu'il avait appris à refouler parce qu'on lui avait dit qu'ils étaient mauvais, donc honteux. Et puis il y avait le mur de son infériorité qui le séparait des autres, l'impression qu'en les touchant il les salissait... Laure s'approcha de lui.

— Quel mal dégourdi ! dit-elle, et elle posa un baiser léger comme un pétale sur les lèvres en feu du garçon.

Juste arriva quelques instants plus tard. Honorine sortit de la Juva, blême, emmitouflée dans son châle gris, et alla directement dans son lit. La grand-mère comprit qu'il s'était passé quelque chose et se mit à se plaindre pour attirer l'attention. Martin la promenait tous les jours, et ces sorties lui avaient donné un solide appétit qui irritait Juste.

Honorine avait encore un peu mal à la tête, mais la fièvre était tombée. Elle ne voulait pas s'exposer à une rechute. Comme d'habitude, Martin s'occupa de la soupe, des poules et des lapins. Juste était content, et il trouva deux vers de circonstance :

— *Sa maison et son lit sont forcément*
Les meilleurs des médicaments.

Le retour d'Honorine remettait le soleil à sa place. La maison avait retrouvé son calme serein, son ordre tranquille. Le feu léchait de nouveau la marmite de la soupe avec cet éclat qu'il n'avait pas quand Martin l'allumait. Juste écoutait les oiseaux et guettait la première hirondelle. Il prenait le temps de regarder le comte qui travaillait au mur écroulé et pensait, chaque fois, au forçat de la lune qui portait son fardeau depuis que le monde existait. Qu'est-ce que le bon Dieu voulait-il dire aux hommes en leur montrant chaque nuit cette image de souffrance ?

Martin passait la langue sur ses lèvres, mais le goût du baiser de Laure était parti depuis longtemps et il finissait par se demander s'il n'avait pas encore rêvé. Un après-midi, vers quatre heures, il vit la jeune fille qui remontait de Salons en voiture avec Jérôme et Sophie Gerbert. Il serra les poings et partit se promener sur les bords de la Noiselle. Il s'assit sur une souche. Le soleil pompait l'humidité âpre de l'herbe nouvelle. Martin se mit à jouer de l'harmonica, un air triste qui lui était venu à l'esprit. Au bout de quelques minutes, il rangea son instrument. Le petit Julien Bernier qu'il n'avait pas entendu approcher le regardait, bouche bée, à quelques pas de lui. Il avait la tête ronde, les cheveux très courts.

— Eh bien, toi ! fit l'enfant d'une voix admirative.

Martin sentit une vague de colère monter en lui. L'enfant était à sa merci, il allait enfin lui faire payer ses méchancetés !

— Tu sais que c'est beau, ta musique ! fit Julien, en approchant sans méfiance.

Martin oublia sa colère. Il y avait dans la voix du petit garçon tellement d'admiration qu'il lui sourit.

— Pourquoi tu n'es pas gentil avec moi ?

— Parce qu'on est brouillés !

— On est brouillés ? Ah bon, et pourquoi ?

— Parce que Juste et mon père sont brouillés, alors...

Le gamin déguerpit à toutes jambes. Martin remonta au hameau en sifflant.

Le soir, tandis qu'il fermait la fenêtre de sa chambre, il entendit un bruit curieux, comme le pas d'un cheval. Cela ne venait pas du château, mais du sentier qui conduisait à la Noiselle. Intrigué, il sortit sans bruit. La pleine lune éclairait les pentes d'une lumière bleutée. Le château semblait flotter dans une poudre fluorescente. D'une tour, une hulotte poussa son cri lugubre. Martin n'était pas rassuré. Il marchait dans l'ombre du taillis quand il vit un grand cheval qu'il reconnut tout de suite, attelé à une charrette, et qui descendait vers le chantier. L'homme qui le conduisait par la bride était grand et maigre et marchait en claudiquant. Ses cheveux blancs luisaient. Le comte retenait Rosette dans la descente. La charrette cahotait, Sam suivait... La lune passa derrière un nuage et cacha la scène. Martin n'entendait plus que les pas du cheval et le bruit des roues ferrées. La lune sortit de nouveau. Le comte arrêta l'attelage au chantier. Rosette s'ébroua. L'homme se mit à charger du sable. Ensuite, il entra dans une baraque en tôle et revint avec un sac de ciment qu'il posa sur la charrette, puis partit en chercher un second. Martin n'osait pas bouger de peur d'attirer l'attention de Sam. Le comte regarda autour de lui, détacha Rosette et fit demi-tour. Une fois dans le bois, il revint sur ses pas en tirant une sorte de rouleau qu'il traînait derrière lui. Il vérifia avec sa lampe que les traces de roues étaient bien effacées, puis s'en alla. Martin rentra en courant. Quand il arriva au hameau, un roulement puissant vint du donjon. Il courut s'enfermer dans sa chambre. La chair de poule hérissait ses bras.

Des cauchemars dont il ne gardait en souvenir que le malaise et l'angoisse l'agitèrent une partie de la nuit. Au matin, quand il arriva dans la cuisine, Honorine était déjà debout, en train de moudre du café ; elle lui sourit. Martin la trouva pâle. Juste dit qu'il ne fallait pas trop en demander ; tout allait s'arranger avec le temps. Comme c'était dimanche, il partit à la pêche en recommandant à Martin d'aider Honorine. Il fuyait encore la mauvaise mine de sa femme en espérant que tout irait mieux à son retour. A l'écurie, Martin constata que Rosette n'était attachée que par un tour de la bride. Il passa ensuite apporter du bois pour Pauline, qui était d'une humeur massacrante, et faillit se ramasser une gifle parce qu'il avait fait tomber de la mousse sur le dallage. La grosse femme entassait du linge dans une valise et rouspétait contre le monde entier.

L'après-midi, vers deux heures, Boule arrêta sa Mobylette devant la maison et alluma une cigarette.

— T'as pas oublié qu'on va voir les sœurs Chaumet ! Monte sur le porte-bagages.

Juste, assis sous le tilleul, trouva que c'était dangereux et proposa le vélo à Martin.

— C'est une bonne idée, dit Boule, je te tirerai.

Martin vérifia que les pneus étaient correctement gonflés. Il monta sur le vélo et s'accrocha de la main droite à l'épaule gauche de Boule. Juste pensa que ce remorquage devrait se terminer en peu de temps par une belle chute et sourit.

Après la route de Tulle, ils empruntèrent un chemin mal goudronné qui serpentait à travers une colline couverte de fleurs blanches et jaunes. Ils arrivèrent à Ceyrat, quelques maisons basses et sales. Les étables, ouvertes à cette heure, vomissaient une forte odeur de purin. Il faisait un beau soleil d'avril. La ferme des Chaumet se trouvait au milieu du hameau. A l'arrivée des deux garçons, les chiens se précipitèrent en aboyant. L'un d'eux coupa la route à Martin, qui faillit tomber. Les gens sortaient, ou se redressaient dans les potagers. Boule leur faisait un signe de la main.

Le père Chaumet était assis sur le muret devant sa maison et fumait tranquillement une cigarette en profitant de la douceur de l'air. C'était un homme fort et sanguin, au cou épais. D'abondants poils noirs dépassaient de l'échancrure du col ouvert de sa chemise. Il sourit aux deux garçons.

— Tiens, le petit Lenony. Mais qu'est-ce que tu fais ici, mon garçon ?

— On se promène. Je fais visiter la commune à mon copain qui est nouveau à Morterive.

— Et ça serait pas mes filles que vous venez voir par hasard ? Ah, sacripants ! Entrez donc prendre un verre !

Boule fit signe à Martin de poser son vélo contre le muret. Ils suivirent l'homme à l'intérieur de la maison sombre et étroite. La grande table occupait toute la place. Deux jeunes filles sortirent de la chambre et se regardèrent en riant. Elles étaient brunes, l'une avait les cheveux courts, l'autre mi-longs.

— Sortez des verres et donnez-nous la bouteille de vin au lieu de rire comme des oies ! dit Chaumet. Aline, dépêche-toi.

Aline était la fille aux cheveux courts. Elle était

plus menue que sa sœur, plus gracieuse aussi. Elle ouvrit le placard et posa des verres sur la table. Boule ne quittait pas l'autre des yeux. Elle était très brune, un peu forte ; ses abondants cheveux noirs étaient attachés en une lourde queue de cheval. Son gilet foncé accentuait l'impression de rondeur. Boule tendit son paquet de cigarettes à Chaumet, puis à Martin. Il parlait fort et se vantait beaucoup. Avec son patron, Maurice Lachassagne, ils avaient refait la charpente du presbytère, et Boule marchait en équilibre sur les poutres à plus de vingt mètres du sol.

— Vingt mètres, dit Chauvet, tu le fais bien haut, ce presbytère, s'il fait huit mètres, c'est déjà bien !

Boule changea de conversation. Martin se taisait. Il fumait sa cigarette en se retenant de tousser. Les fanfaronnades de Boule l'agaçaient.

Enfin, Boule se leva et salua tout le monde. Il tendit la main à chacune des filles et sortit, suivi de Martin, qui ne se sentait pas bien. Quand ils arrivèrent à la Mobylette, Boule dit :

— T'es vraiment un bleu, toi ! T'as rien vu ?

— Non. Quoi ?

— Je leur ai filé rencart. En sortant, j'ai dit à Irène qu'on les attendait après le tournant. Tu vois que je suis plus malin que j'en ai l'air.

Boule enfourcha sa Mobylette et partit devant. Après le tournant, ils s'arrêtèrent. Boule alluma une autre cigarette. Par moments, il regardait au bout du chemin. Le soleil coulait sur la pente en vagues tièdes qui caressaient les prairies piquées de fleurs de pissenlit.

Aline et Irène se montrèrent quelques instants plus tard. Boule décida :

— Moi, je prends Irène. T'as qu'à te faire Aline.

Il lâcha un panache bleu de fumée qui se perdit dans l'air en volutes légères, ouvrit la sacoche de sa Mobylette et sortit son transistor noir. Il tourna le bouton. Une musique nasillarde troubla le calme champêtre de ce chemin ensoleillé.

— Les filles, on se fait une balade?

Elles acceptèrent avec des petits rires timides.

— Au fait, je vous présente mon copain, Martin. Il habite Morterive.

A ce moment, le regard d'Aline croisa celui de Martin. L'instant d'un éclair, car il détourna les yeux tout de suite, Martin le trouva beau.

— Il a un béguin pour toi, Aline, fit Boule. Il vient de me le dire.

Martin voulut protester, mais Aline lui sourit. Ils partirent dans le chemin qui se perdait au milieu d'un bois de petits chênes. Boule marchait devant avec Irène. Le transistor beuglait un rock anglais, Boule claquait des doigts pour ponctuer le rythme et ne cessait de parler et de faire des mimiques. A côté d'Aline, Martin se demandait pourquoi, à cette heure chaude de l'après-midi, il pensait au comte qui, par amour de sa ruine, pour un combat perdu d'avance, était devenu un petit voleur.

— Tu es donc de Morterive ? demanda Aline pour lancer la conversation.

— Oui, chez Juste et Honorine Levrault.

— Mon père dit que Juste est un brave homme. Ma sœur et moi sommes au lycée de Tulle.

— Je ne vais plus à l'école, dit Martin. Je travaille à la ferme en attendant le régiment. Après je passerai le concours des Postes.

Martin remarqua que le visage d'Aline était fin, régulier. Elle avait un grain de beauté sur le coin droit du menton. Ses minuscules oreilles ornées d'une boucle d'or étaient dégagées par ses cheveux coupés à la garçonne. Sa peau était très blanche avec un petit duvet clair sur les joues.

— Moi, dit-elle en continuant de marcher, si je peux, je veux être institutrice.

Devant eux, Boule se vantait de n'avoir peur de personne et parlait de la bagarre du dimanche précédent au bal de Poissac.

— Le premier de ces mangeurs de raves qui descend l'escalier était assez gros. Moi, je me mets sur le côté et, quand il passe, je l'allonge !

Irène sourit. Aline dit tout bas à Martin :

— Il se vante tellement qu'il en a l'air bête.

Boule se tourna.

— Ça va, les amoureux ? Nous, on vous laisse. On se retrouve dans une heure.

Il s'éloigna avec Irène dans un sentier qui sentait

bon la feuille sèche et l'herbe nouvelle. Martin et Aline continuèrent de marcher vers une prairie pleine de grillons. Martin pensait que la jeune fille attendait quelque chose de lui, un geste, mais il n'osait pas prendre cette main qui pendait à quelques centimètres de la sienne, qui la frôlait.

— Moi, j'aurais peur à Morterive ! dit Aline. Avec ce château en ruine... Et le comte... Les gens disent qu'il est fou !

— Non, il est pas fou !

Il avait presque crié. Aline le regarda avec curiosité. Le sang brûlait ses grandes oreilles.

— Faut rentrer ! dit Aline. Si nous retournions...

Ils revinrent sur leurs pas. Boule et Irène attendaient à la Mobylette. A la radio, Johnny Hallyday chantait *L'Idole des jeunes* ; Boule était en transe, les yeux perdus dans le vague. A la fin de la chanson, le gros garçon revint lentement à la réalité et rangea son transistor. Les jeunes filles dirent au revoir et s'éloignèrent. Boule fumait une autre cigarette.

— Alors, tu l'as eue ?

Martin marqua son étonnement.

— T'es vraiment mal dégourdi. Moi, l'Irène, je l'ai couchée sur les feuilles. Et ça n'a pas traîné.

Boule mentait sûrement, mais Martin savait qu'il avait osé alors que lui était resté inerte comme un emplâtre. Pendant tout ce temps, il n'avait pensé qu'à Laure.

A Morterive, la voiture blanche de Rodolphe était garée devant le château. Pauline chargeait une valise dans le coffre. Le comte était là, sur les marches, sa veste râpée pendait sur sa chemise grise. Rodolphe, vêtu d'un costume clair, se tenait à côté de lui. Laure arriva, et Pauline renouvela ses recommandations :

— Et surtout n'oublie pas : si quelque chose ne va pas, écris-moi, je viendrai.

En disant cela, elle avait posé ses gros poings sur ses hanches.

— Pressons ! dit Rodolphe. J'ai promis à sœur Louise d'arriver avant six heures.

Laure s'essuya les yeux. Elle se serra contre son père qui l'embrassa.

— T'en fais pas, les vacances sont dans peu de temps.

Elle embrassa Pauline et monta dans la voiture, qui démarra. En passant devant la ferme de Juste, où Martin bavardait avec Boule, elle leva ses yeux mouillés sur le garçon. Pour une fois, Martin osa soutenir son regard jusqu'à ce que le véhicule blanc disparaisse derrière le tournant.

Tout à coup, il réalisa que Laure était partie pour plusieurs semaines.

Clément Alone poussa le rideau de son bureau. Il y avait beaucoup de voitures à cette heure, quai de la République. La rivière brillait entre les hauts murs qui l'emprisonnaient. Clément la connaissait bien. Il allait, aux mois de mai et juin, pêcher la truite à la mouche au pont des Angles. De ces heures de repli sur lui-même, l'avocat revenait lavé de ses fatigues, neuf, ses griffes acérées prêtes à trancher dans le vif, à lacérer l'endroit sensible. A la barre, il avait des méthodes de chat. Il étonnait toujours les juges par sa vitalité, ses volte-face inattendues.

Ce soir, il pensait à Henri de Morterive. Objet d'un destin implacable, rien ni personne ne pourrait le faire dévier de ce chemin tracé pour lui depuis des années. Aboutissement d'une lignée, il se trouvait dans un monde qui ne le reconnaissait plus et s'apprêtait à le condamner. Et il n'y avait pas de solution.

Clément se gratta délicatement le menton du

bout de son doigt de femme, repoussa ses cheveux. Il regarda sa montre, rangea quelques papiers sur son bureau. Pourquoi se prêtait-il encore à cette mascarade ? Il connaissait trop bien Rodolphe pour le savoir incapable de la moindre grandeur et n'avait aucun doute sur les sentiments qui l'agitaient. Tenter de sauver Henri n'était pas forcément lui rendre service, mais pour des tas de raisons, pour le souvenir de leur jeunesse commune, pour sa conscience chrétienne, Clément avait accepté. Il savait surtout que Rodolphe n'avait aucune chance de réussir.

Il prit sa veste noire et sortit. Rodolphe l'attendait en bas, dans sa voiture. Quand ils arrivèrent à Morterive, Pauline était en train d'écosser des petits pois, dont raffolait le comte. Les trois hommes s'enfermèrent dans la salle à manger, et elle put entendre ce qu'ils se dirent. Comme d'habitude, Rodolphe s'y prit très mal avec son père. Il attaqua :

— A quoi ça sert de réparer les murs quand l'intérieur s'écroule ! Morterive est un tombeau au ventre pourri !

— Quand les murs seront solides, on trouvera le temps de refaire l'intérieur ! dit le comte d'une voix rapide.

Pendant ce temps, Clément, près de la fenêtre, regardait dehors. Le col de sa chemise noire était remonté sous ses cheveux lisses, remplis de lumière. Enfin, quand il comprit que Rodolphe était à bout d'arguments, il se retourna.

— Henri, tu vas recevoir la visite de l'huissier pour un commandement de payer.

Le comte, debout près de la cheminée éteinte, chancela ; son grand corps sembla perdre l'équilibre. Il toucha, d'une main distraite, les armoiries de la famille, gravées sur l'immense pierre grise, parcourut la sculpture de la pointe des doigts.

— Ils n'oseront jamais !

— Henri, tu refuses la vérité, qui te fait mal. Il n'y a pas de solution !

— Alors, pourquoi avez-vous pris la peine de venir ?

— Parce que nous voulons te sauver !

— Je n'ai pas besoin de vous ! dit le comte d'une voix ferme.

Il sortit, laissant ses deux visiteurs dans la pièce, et retourna à son chantier accompagné du vieux Sam.

Rodolphe et Clément n'insistèrent pas. Henri les regarda monter en voiture avec cette lueur de défi dans le regard qu'il avait depuis son voyage à Paris. Lui, le vingt-troisième comte de Morterive, ne pouvait être expulsé de son château comme un employé de la « Manu » du pavillon qu'il vient de faire construire ! La règle commune ne pouvait pas s'appliquer à lui, comme elle ne s'était jamais appliquée à un Morterive. Il savait ce qu'on lui avait dit à Paris.

— Ils n'oseront jamais! répéta-t-il entre ses dents.

Si, « ils » osèrent. Maître Oustier, huissier de justice à Tulle, monta à Morterive le 3 mai 1962. Le temps était gris. La pluie attendue ne venait pourtant pas, et toute la nature avait cessé de vivre dans cette attente. Le comte reçut l'homme de loi sans descendre de son échafaudage. Celui-ci lut le commandement de payer; Henri ne broncha pas. Oustier avait l'habitude et savait tester ses clients aux premières paroles. Celui-là lui parut aussi dangereux qu'un tigre. Il termina rapidement sa lecture, demanda au comte de signer.

— Signer votre torchon? Vous n'y pensez pas!

L'huissier ne demanda pas son reste et partit en se disant que, la prochaine fois, il prendrait la précaution de se faire accompagner par les gendarmes.

Depuis le départ de Laure, Morterive n'avait plus d'âme. Le vent du sud réveillait les sanglots de dame Eliana et, parfois, le château tout entier semblait pleurer l'absence de sa petite fée. Martin s'accoudait à la fenêtre. A mesure que les jours s'allongeaient, les bruits de l'antique bâtisse étaient moins menaçants.

Honorine se remettait lentement de sa maladie. Elle était encore faible, et Martin s'occupait à sa place de la basse-cour. Les dimanches après-midi, il suivait parfois Boule rendre visite aux filles

Chaumet. Aline était douce, son rire éclatait, joyeux et pur. Martin lui jouait des airs d'harmonica qui faisaient briller ses yeux. Ils s'asseyaient dans l'herbe nouvelle, écoutaient les oiseaux et le bruit du vent dans les feuilles, mais jamais Martin n'avait osé prendre sa main ni passer un bras sur son épaule. Aline, qui devait en avoir quelque dépit, dit un jour à Martin :

— De toute façon, c'est Laure de Morterive que tu aimes. Je le vois dans tes yeux.

Il ne protesta pas. L'absence de la jeune fille n'avait fait qu'accroître son sentiment pour elle tout en gommant ce qui l'en séparait. Il l'avait installée dans ses rêves. Là, il n'était plus un nabot aux grandes oreilles. La réalité avait toujours été trop dure pour Martin, alors il aimait des reflets, parlait à des ombres, transformait le monde en manège de fête foraine où rien n'avait d'importance. C'était sa manière de survivre.

Il voulait lui écrire. Le papier, l'enveloppe, il les avait pris dans le tiroir de la cuisine où Honorine en avait toujours une réserve. Chaque soir, il s'installait sur la petite table à côté de son lit, sa feuille blanche devant lui. Alors, tout se brouillait. Les belles phrases qu'il avait imaginées devenaient des niaiseries. Il butait sur l'orthographe de tous les mots. Envoyer à Laure une lettre pleine de fautes était, à coup sûr, le meilleur moyen de se faire moquer de lui. Il renonçait, se couchait, des envies honteuses au ventre.

Depuis qu'il l'avait entendu jouer de l'harmonica, le petit Julien ne lui criait plus de méchancetés. Il venait parfois le voir et lui parlait de sa maîtresse d'école, Mme Jonsac, de ses sœurs et de son père. L'harmonica le fascinait.

— Dis, tu me joues de la musique ?

— Non, c'est pas le moment !

— A Noël, je vais en avoir un ! Tu m'apprendras ?

— Si tu es gentil avec moi !

Une fois par semaine, Martin descendait à Salons en vélo faire les courses d'Honorine et de Pauline. Il entrait, non sans appréhension, dans l'épicerie où Éloïse lui lançait des regards espiègles pleins de sous-entendus. Cette femme le troublait. Elle s'en était aperçue et passait volontairement très près de lui, le frôlait pour le faire rougir. Il croisait aussi la Demoiselle qui marchait derrière les chèvres et les appelait de sa voix chantante : « Petites, petites, mes petites ! » La Demoiselle vivait dans la maison délabrée qui touchait le presbytère. D'un bout à l'autre de l'année, elle était vêtue d'un manteau noir. Elle portait des petites chaussettes dans ses vieilles pantoufles de corde. On la disait très riche, mais avare... Martin voyait aussi le facteur, Gerbert, à l'accent pointu des gens d'ailleurs, éviter le curé. Il passait devant l'usine Rouget. C'était un bâtiment tout neuf sur l'ancienne route de Tulle, éclatant de crépi blanc avec, en grosses lettres : SALAISONS DUPRÉ-

ROUGET. Martin savait que cet homme, désormais le plus important de Salons, était arrivé ici, comme lui, par le train, avec une valise de l'Aide sociale. A côté, se trouvait le garage de Jean Marmillot. Des voitures, des tracteurs exhibaient leurs entrailles. Martin s'arrêtait pour les regarder avec envie.

Le début du mois de mai fut chaud et sec. Juste se plaignait déjà. Il évoquait la sécheresse de 1945 et surtout celle de 1911, qui restait gravée dans la mémoire de tous les vieux. La Noiselle était à sec, il n'y avait plus d'eau dans le puits du château et il fallait porter les seaux de la fontaine basse qui était la seule à ne pas avoir tari. Juste parlait de cette catastrophe avec de grands mouvements de bras. Les blés étaient maigres, les sarrasins ne mesuraient pas plus de vingt centimètres. Le paysan prenait alors un air grave et disait à Martin :

— C'est l'année où on a tué le dernier loup. Mon pauvre père t'en aurait parlé, il l'avait vu comme je te vois !

Juste retenait toujours le côté dramatique du moindre événement. Trois jours de soleil brûlant, et il prévoyait un été torride, mais trois jours de pluie lui rappelaient les pires années pourries où les pommes de terre étaient rongées par le mildiou, où le foin n'arrivait pas à sécher. Honorine, plus réservée, prenait son air moqueur, passait son index sur le bouton de sa joue et lui disait :

— Toi, Juste, tu lis trop de livres et tu vois des romans partout !

La chaleur faisait craquer le château. Quand la nuit tombait, des coups sourds secouaient la charpente. Le silence était parfois coupé de sifflements. Martin s'était habitué à ces bruits et se souvenait, amusé, de ses terreurs lorsqu'il était arrivé à Morterive.

Le dimanche après-midi, quand Martin n'allait pas avec Boule, il partait à la promenade avec Juste. S'il était de bonne humeur, le paysan racontait des histoires de sa jeunesse, du temps où Morterive était « aussi plein qu'un œuf ». Vers quatre heures, ils allaient boire le café, et Honorine sortait du four de sa cuisinière une tarte aux pommes qui mettait l'eau à la bouche. La femme les regardait entrer. Juste, la casquette en arrière, agitait les bras pour ponctuer son propos, Martin l'écoutait, béat, comme un petit garçon à qui l'on raconte sa première histoire. Elle souriait, les mains sur les hanches.

— Vous deux, vous m'en faites une paire !

Ce jour-là, ils s'occupaient à nettoyer le tracteur dans la grange. Juste racontait, tout en astiquant le capot rouge, qu'il avait battu M. Henri à la chasse et que le comte ne le lui avait jamais pardonné.

— C'est vrai qu'il tire bien, M. Henri, mais tu

trouveras pas meilleur que le Juste pour tomber les palombes au vol !

Miss se mit à aboyer. Une 4 CV noire montait en soulevant un nuage de poussière et s'arrêta devant la maison. Juste s'apprêtait à sortir quand il vit descendre Juliette et son gendre. Honorine était déjà devant la porte et embrassait les fillettes intimidées par cette grand-mère qui leur tombait du ciel.

Juste se cacha derrière la porte. Il dit à Martin :

— Bah, qu'est-ce qu'ils viennent foutre ici sans avertir ?

Miss reniflait les roues de la voiture. Honorine fit entrer tout le monde dans la maison. Contrarié, Juste dit :

— Vas-y, toi. Tu diras que je suis parti à la pêche !

Encore une fois, il reculait. Faire un pas vers celle qu'il avait chassée lui semblait impossible. Il resta tout l'après-midi dans le noir, redoutant qu'Honorine ou les petites filles qui jouaient devant la maison ne le découvrent.

Martin partit se promener sur le chemin de Salons. Il croisa M. Rouget qui devait revenir de Tulle à bord de sa 404 Peugeot bleue. Le maire s'arrêta et lui fit un signe. C'était un petit homme gras qui marchait en se dandinant. Il portait des lunettes à monture dorée qui glissaient sur son nez minuscule. Une fine moustache dessinait sa lèvre supérieure épaisse. Le visage rond et sanguin, les tempes dégagées, il avait le regard fixe de ceux qui savent commander. A Salons les gens l'appréciaient parce qu'il était sans manières. Il s'approcha de Martin, tendit sa petite main potelée.

— Tu tombes bien, je voulais te voir.

Martin prit un air étonné.

— Juste m'a dit que tu te débrouillais bien en mécanique. Et je te vois souvent t'arrêter devant le garage...

— J'aime bien. Quand j'étais au foyer, le samedi, j'allais donner un coup de main à Jean Mounier.

— Tu es du centre d'Aide sociale à l'enfance de Tulle, je crois ?

— Oui, monsieur. Ma mère travaille à l'usine Michelin à Clermont-Ferrand.

Pourquoi Martin avait-il parlé de sa mère à cet autre sans famille qu'était M. Rouget ? Il le regrettait et baissa les yeux. L'homme fourra sa petite main dans sa poche, sortit un étui à cigarettes doré.

— Je sais, je sais... Mais, dis-moi, pourquoi tu n'es pas allé en apprentissage ?

Le soleil tapait fort sur la route. Rouget alluma sa cigarette et s'essuya le front.

— M. Ribet voulait que j'aie le brevet. Et puis je l'ai raté... Je suis venu ici en attendant le régiment. Après, je passerai le concours des Postes.

Rouget était de ces hommes sans idées préconçues. Son expérience lui avait montré que le chemin de l'apprentissage, réservé aux mauvais élèves par ces gens qui ne rêvaient que d'un emploi sûr et tranquille au chaud dans un bureau, était souvent le meilleur pour sortir du rang ceux qui voulaient se battre.

— Les Postes ! Tu as mieux à faire. Tu dis que la mécanique te plaît ? Pourquoi t'irais pas apprendre chez Jean Marmillot ? C'est un bon mécanicien et un homme honnête.

— Mais, monsieur, je veux pas partir de chez Juste et Honorine. Je veux rester à Morterive.

Martin baissa les yeux, honteux d'avoir avoué cet attachement.

— Qui t'a dit que tu allais partir de Morterive ?

Rouget n'ajouta rien. Il monta dans sa voiture et s'en alla. Martin se demandait pourquoi cet homme important voulait s'occuper de lui.

Rouget vint à Morterive le lendemain. Il arrêta sa voiture bleue devant l'étable de Juste. Miss se mit à aboyer. Rouget n'y prêta pas attention ; il regarda un moment le comte qui s'affairait sur son échafaudage. Le mur était presque réparé. Martin promenait la grand-mère. Sous son immense chapeau de paille, la vieille poursuivait son monologue en patois. Les revenants de Morterive la hantaient, et elle en parlait constamment. Juste invita le maire à entrer boire un verre. Rouget desserra le nœud de sa cravate et tendit son bel étui doré. Avec ses gros doigts, le paysan eut beaucoup de mal à saisir une cigarette. La gitane au papier immaculé donnait à son visage un air de fête. Finalement, Rouget dit :

— Paraît que Martin est doué pour la mécanique !

Juste repoussa sa casquette, ses épais sourcils se dressèrent en arc de cercle.

— Et rudement, même !

— C'est pour ça qu'il faut l'envoyer en apprentissage. J'ai vu Jean Marmillot, ce matin.

Juste leva les yeux au plafond.

— Mais c'est pas possible. Il peut pas partir d'ici.

Ce n'était pas seulement pour le travail que Juste disait ça. Il s'était habitué à ce garçon timide et ne pouvait plus faire un pas sans lui. Rouget sourit.

— Bien entendu. Il ne va pas partir d'ici !

Juste eut un sourire en coin. Rouget poursuivit :

— Il restera ici, mais il pourrait aller deux ou trois jours par semaine chez Marmillot pour apprendre la mécanique.

Juste ânonna : il était d'accord, mais il fallait en parler à l'Honorine qui était allée ouvrir la maison des Parisiens. Puis, clignant de l'œil droit, la tête penchée sur l'épaule gauche, il demanda, retors :

— Mais pourquoi que vous faites ça ?

Rouget vida son verre.

— Parce que, si personne ne m'avait aidé quand je suis arrivé à Salons, je serais pas où je suis.

Cet argument finit de convaincre Juste. Il était

sensible à cette générosité, une bouffée d'émotion lui brouilla le regard.

— Je m'arrangerai avec l'Aide sociale, vous tracassez pas !

Le ciel s'était enfin couvert et annonçait un orage pour la soirée. Il n'y avait pas de vent ; une chaleur moite montait du sol. Juste, qui se plaignait pourtant du manque d'eau, ne voyait pas ça d'un bon œil.

— Mauvais ! L'orage, après toute cette chaleur, va détraquer le temps et on pourrait bien se retrouver avec trois mois de pluie.

Pour lui, le temps qu'il allait faire était un inépuisable sujet de conversation. Il n'y avait pas meilleur météorologue que lui. Il écoutait les prévisions à la radio pour se moquer de ces « ingénieurs à la noix » qui n'y connaissaient pas plus que son chien. Et, s'il lui arrivait de se tromper, c'était le temps qui avait tort, pas lui.

— Avec leurs bombes atomiques, leurs avions à réaction et leur bazar, ils ont tout détraqué ! disait-il, d'une voix sifflante.

Martin rentrait de la promenade en donnant le bras à Noélie. Le chapeau de la vieille dépassait ses maigres épaules. Elle soufflait, accablée de chaleur et, pour une fois, était contente de rentrer. Elle ne discernait que des ombres, de vagues silhouettes, et ne reconnut pas le maire.

— C'est entendu avec Juste! dit Rouget. Lundi prochain, tu te présentes chez Marmillot à huit heures.

Martin n'eut pas le temps de bredouiller un vague merci. Le maire alla saluer le comte qui était descendu de son échafaudage. Le soleil de ces jours derniers avait tanné sa peau. Ses cheveux n'en étaient que plus blancs. Rouget bavarda de l'orage qui s'annonçait, mais pas du rachat possible du château par la commune. L'adjudication judiciaire aurait probablement lieu à l'automne et il avait déjà contacté le préfet à cet effet. Il s'excusa de ne pas avoir beaucoup de temps, passa dire bonjour à Pauline et s'en alla. En manœuvrant sa voiture, il regarda Martin qui portait un seau de grain à Rosette. L'image de ce prêtre qui l'avait tiré des griffes d'un vieux paysan avare et méchant pour le placer dans la charcuterie Dupré lui revint en mémoire. Sans lui, il serait peut-être resté commis de ferme toute sa vie. Ces choses-là ne s'oublient pas quand on est de cette grande famille des abandonnés.

Le lundi matin, sous le regard critique de Juste, Martin tenta de maîtriser ses cheveux raides à force d'eau, et réussit à tracer une raie sinueuse sur le côté gauche de son crâne. Juste accompagna le garçon jusqu'au vélo et lui renouvela ses recommandations :

— Marmillot, c'est pas un mauvais gars, mais le fais pas mettre en colère, parce qu'il devient fou !

Le ciel se dégageait des brumes de la nuit. Il faisait déjà chaud. Martin arriva à Salons tandis que les enfants se rangeaient devant le portail de l'école. Le facteur était au bistrot en train de boire son premier verre de vin blanc, celui, disait-il, qui nettoie les boyaux. Le coiffeur, marchand d'articles de pêche et chasse, ouvrait ses volets. Éloïse Pelletier prenait le frais devant la porte, à moins qu'elle ne guettât le passage du docteur Cassant. Elle sourit à Martin.

— Déjà debout, le jeune homme ?

— Bonjour, madame ! fit-il.

Il arriva au garage. Jean Marmillot était un homme extrêmement sale. Sa salopette luisait de cambouis. Sur son visage, les pores de la peau étaient imbibés de graisse et lui donnaient un teint grisâtre. Au pays, il avait la réputation d'être un bon mécanicien, mais peu soigneux. N'importe quel moteur, à force de fil de fer, retrouvait la vie entre ses mains poisseuses. Son visage était continuellement agité de tics. La moindre contradiction le faisait bégayer. Sa femme, Jeanine, servait l'essence et les bouteilles de gaz. Ses cheveux blonds et frisés entouraient sa figure large et peu gracieuse.

— Ah, c'est toi, le nouvel apprenti ! Bon, eh bien, t'as qu'à aller voir Jean, il est dans l'atelier.

Martin entra timidement dans le garage sombre.

Marmillot et son commis, Marc Ponthiat, travaillaient dans la fosse, sous une voiture. Une lampe baladeuse faisait une flaque de lumière jaune. Des fenêtres aux vitres sales venait un jour laiteux qui éclairait un fouillis infini, des moteurs posés sur des cales, des voitures le capot ouvert, des châssis, des roues... Ça sentait le fer froid et le cambouis. Marmillot dégagea sa tête et regarda Martin.

— Le maire m'a parlé hier, dit-il, sans cesser de travailler. Donc, c'est d'accord, je te prends comme apprenti. La première semaine, c'est pour apprendre. Ensuite, tu gagneras deux mille francs par semaine. Des anciens, bien sûr !

— Salut ! dit Marc Ponthiat avec un sourire forcé.

C'était un jeune homme d'une vingtaine d'années, maigre et bossu : son menton plat avançait sous sa bouche aux lèvres fines.

— Bon, il faut commencer par le début ! dit Jean. Pour aujourd'hui, tu vas démonter des pneus et réparer les chambres à air. Je vais te montrer comment t'y prendre parce que tu me sembles bien gringalet, mais un bon mécanicien n'a pas besoin d'être fort. Il a surtout besoin d'être malin. Et puis tu trouveras une salopette, c'est ce qu'il y a de plus pratique pour travailler.

Son visage se contracta à plusieurs reprises en une grimace qui découvrit ses dents irrégulières. Il se dirigea dans un coin de l'atelier où étaient entassées des roues avec un nom marqué à la craie et lui montra comment glisser le levier le long de la jante en évitant de pincer la chambre à air.

A midi, Martin avait mal aux bras. Il n'avait pas l'habitude de manier ces énormes leviers, ces roues beaucoup trop lourdes pour lui. Tandis qu'il mangeait son casse-croûte dans un coin de l'atelier, Marmillot lui tapa sur l'épaule.

— T'en fais pas, c'est le métier qui rentre !

L'après-midi, Jérôme Leblanc vint faire régler l'embrayage de sa voiture rouge. Il vit Martin mais ne le salua pas. Quand il fut parti, Jean dit à Ponthiat :

— Celui-là a de la chance d'avoir son père, sinon, il crèverait de faim.

Il rassembla quelques clefs dans une caisse et sortit.

— Je vais voir la 4 CV du facteur qui veut pas démarrer. J'en ai pas pour longtemps.

Quand le patron fut sorti, Marc Ponthiat passa la tête de la fosse.

— Viens me donner un coup de main.

Martin glissa sous la voiture. Marc était très maigre ; sa salopette flottait autour de ses hanches étroites.

— Ça tombe bien que le patron soit parti. On a deux ou trois choses à se dire, tous les deux. D'abord, c'est moi le chef. Si quelque chose va pas, tu m'en parles. Je saurais si ça vaut la peine d'avertir le patron. Il n'aime pas qu'on le dérange pour rien. Ensuite, tu te tais. Si, un matin, tu vois qu'il manque des boulons dans la boîte que tu as remplie la veille, c'est pas la peine d'en faire une histoire. Le patron s'est servi, c'est tout. La même chose avec les pièces neuves. Quand tu les rangeras sur les étagères, tu t'occupes pas de savoir combien il y a ! Pigé ? Bon, alors, j'ai besoin d'une lime à épaissir. Tu vas aller m'en chercher une chez l'Éloïse. Tu dis que je passerai la payer ce soir.

Son rire sec allongea son menton blanc piqué de quelques poils noirs qu'il oubliait de raser. Dehors, le soleil passait entre les nuages, dessinait les îlots de lumière sur les collines. Devant la porte de la poste, Noémie Gerbert grattait un parterre de fleurs. Martin entra dans la quincaillerie. Paul n'était pas là, comme chaque jour à cette heure. Éloïse était en train de ranger des boîtes de sardines sur une étagère. Elle était penchée sur le carton, son décolleté laissait voir ses seins libres.

— Tiens, notre petit mécano ! fit la belle femme en montrant ses dents blanches.

Martin n'osait pas lever les yeux sur elle. Il la trouvait belle, avec son visage rond, ses cheveux noirs abondants et frisés, son sourire, et surtout cette odeur de femme qui le troublait.

— T'es bien timide, toi ! Paraît que tu viens de l'Assistance ?

— Oui, madame. Je voudrais une lime à épaissir.

Elle le regarda fixement, éclata d'un rire sonore,

se redressa et lui caressa la joue. Le contact de ces doigts doux et chauds accentua son malaise.

— Je parie que c'est Ponthiat qui t'envoie. Il n'y a que lui pour avoir autant d'humour.

— Oui, madame, c'est lui.

— Eh bien, va lui dire que c'est sa cervelle à lui qui ferait bien d'épaissir... Enfin, réfléchis : une lime à épaissir.

Martin comprit qu'il avait été ridicule. Il rougit. Éloïse passa dans la pièce voisine et revint avec une boîte qu'elle ouvrit devant lui.

— Prends donc un cigare. Tu le fumeras ce soir. Je te promets qu'il est bon.

Martin, qui n'osait pas refuser, prit le cigare du bout de ses doigts tremblants aux ongles déjà noirs, des ongles de mécanicien.

— Va falloir que tu te délures un peu, si tu veux approcher les filles de Salons. Elles n'aiment pas les mauviettes !

Martin remercia et courut au garage, libéré de cette femme trop vraie pour lui qui fuyait toujours la réalité. Il aperçut Boule et son patron qui chargeaient des poutres sur un camion garé près de la scierie. Devant l'église, la Demoiselle gardait ses chèvres qui broutaient autour du monument aux morts. Martin lui dit bonjour ; la vieille fille le regarda de ses yeux rouges et ne lui répondit pas.

Au garage, Marc éclata de rire.

— Alors, elle te l'a donnée, cette lime ?

Martin ne répondit pas et s'en alla au fond de

l'atelier réparer ses chambres à air. L'autre lui cria :

— Je parie que t'as pas osé lui mettre la main au cul !

Il riait encore quand le patron arriva et reprit sa place dans la fosse.

— Ce Gerbert sera toujours un maladroit ! dit Jean Marmillot. Il avait oublié d'ouvrir l'essence ! La prochaine fois, je le fais payer. Comme si j'avais le temps de me balader toute la journée pour ouvrir des robinets !

La première semaine chez Marmillot fut la plus dure. Le soir, Martin rentrait à Morterive les bras douloureux, les reins en feu. Il mangeait rapidement et allait se coucher. La fatigue éloignait ses rêves et ses peurs. Il dormait d'une traite jusqu'au matin quand Juste tapait aux carreaux.

La deuxième semaine se passa mieux. Marmillot lui confia plusieurs réparations et il s'en tira bien. Lorsque arriva le samedi soir, Jeanine l'appela au bureau et lui donna sa première paie, deux beaux billets de dix nouveaux francs. C'était la première fois qu'il avait une somme aussi importante sur lui. Quand il travaillait à l'usine Singer, l'automne et l'hiver derniers, son salaire était récupéré par l'éducateur qui lui donnait deux cents anciens francs par semaine d'argent de poche et plaçait le reste sur un livret de caisse d'épargne.

Jean Marmillot était content de lui et l'avait dit à Rouget. Martin travaillait sans rechigner, ne s'arrêtait pas pour fumer une cigarette comme

Marc. Le soir, il était toujours volontaire pour balayer l'allée sinueuse entre les amas de ferraille et le bureau où Jeanine préparait les factures sur les recommandations de son époux.

Avant d'arriver à Morterive, Martin s'arrêta pour souffler. Il sortit les billets de sa poche, les déplia et les regarda à la lumière, défit les cornes des coins. Leur odeur de cuir et de papier mélangée était agréable, et ce bruit particulier lorsqu'il les froissait ! Le garçon avait décidé d'économiser jusqu'à ce qu'il ait de quoi s'acheter un accordéon. Il préférait cet instrument puissant à la guitare trop frêle qu'aimaient tant les jeunes yéyés.

Chaque soir, en arrivant, il posait son vélo et cherchait Juste. Que le paysan soit dans le champ voisin, au potager ou dans le pré le plus éloigné, il le rejoignait. Quand Juste l'apercevait, il se redressait et disait, immanquablement :

— Ça a été comme t'as voulu ?

Ils bavardaient, Juste racontait ses histoires ; il en avait toujours une nouvelle. Il suivait la politique à la radio et sur son journal et commentait les événements. Salan était en prison, mais l'O.A.S. n'avait pas dit son dernier mot. C'était bien fait pour de Gaulle qui voulait jouer au roi. La nomination de Georges Pompidou Premier ministre en remplacement de Michel Debré le remplissait d'aise, bien qu'il ne soit pas de son bord :

— Il a une bonne tête ! Et son grand-père était

marchand de vaches en Auvergne ! C'est pas un étranger, et il connaît la musique !

Martin l'écoutait ou pensait à autre chose, mais il était heureux près de cet homme plein de partis pris, qui savait tout mieux que les autres. Après la politique, Juste revenait toujours au même sujet :

— Il a pas l'air de se faire beaucoup de bile, M. Henri. Il croit que l'huissier est venu pour rien, mais il se trompe !

Pour lui, la lutte des classes était toujours d'actualité et M. Henri, bien que totalement ruiné, ne trouvait aucune grâce à ses yeux. Ses dettes le confortaient. Sa petite maison, à lui, était bien solide et les joints de chaque pierre faits avec soin. Le toit ne fuyait pas. Il avait un peu d'argent placé au Crédit agricole. Honorine voulait une douche, il allait en parler au plombier. Sa modeste aisance était sa fierté.

— L'huissier viendra pas chez nous ! disait-il, la tête haute.

Quand ils rentraient au hameau, Juste s'occupait des bêtes, Martin apportait le bois et l'eau de Pauline, fermait les poules. Chaque soir, il vérifiait l'attache de Rosette et savait, le lendemain, si M. Henri s'était rendu au chantier pendant la nuit. Ces jours-là, il partait à Salons avec un relent aigre dans la bouche, le sentiment d'être lâche... Le comte le fascinait. Il le regardait travailler de loin et s'en voulait de ne pas avoir le courage de lui proposer son aide.

Parfois, la nuit, un bruit énorme réveillait les aboiements des chiens. Le château rappelait sa présence à tous. Alors, Martin pensait à Laure. Il n'était pas pressé qu'elle revienne. Son image le suivait partout. Le matin en allant à Salons, le soir en rentrant, il lui parlait, lui racontait sa journée. Il aurait voulu apporter des fleurs à Mouchka, mais ne savait pas comment retrouver la chambre au portrait dans cette multitude de couloirs, d'escaliers et de pièces.

Ce soir, le temps était encore à l'orage. En sortant de l'étable, Juste montra à Martin les montagnes sombres qui se formaient sur l'horizon et avançaient dans le ciel clair.

— Ça, fit l'homme, c'est de la grêle et un vent à foutre tous les arbres par terre :

« *Les orages venus du nord*
Sont toujours les plus forts !

Les hirondelles rasaient les herbes. Pauline parlait avec Honorine. Elle redoutait que Pompidou ne supprime sa pension. Honorine essayait de la rassurer, mais la grosse femme était lancée et rien ne pouvait l'arrêter.

— Pompidou... Un nom de clown. En plus, il a un grand nez.

Juste entendit et prit la mouche.

— Qu'est-ce que vous avez contre les grands nez ? dit-il renfrogné.

« *Que ce soit ailleurs ou dans les parages,*
Un grand clocher fait l'honneur du village.

Pauline était sans manières et parlait souvent avec des mots excessifs.

— Oh, vous, Juste, pour ce qui est de dire des conneries !

Juste était vexé. Il entretenait avec Pauline des relations ambiguës, tantôt amicales, tantôt distantes. Il la critiquait de loin et évitait de le faire devant elle, car elle savait trouver les termes qui blessent.

L'orage roulait au loin ses tonneaux vides. La nuit tombait, lardée d'éclairs qui allumaient la route et le château d'une lumière bleue. Juste regardait par la fenêtre avec anxiété. La lampe vacillait, s'éteignait puis s'allumait de nouveau. Martin avait peur. Juste lui avait raconté que le père de Bernier avait été foudroyé devant sa porte :

— Les pierres du chemin brûlaient avec des flammes hautes comme ça ! Tu aurais dit l'enfer !

Tout à coup, un bruit énorme précédé d'un claquement sec fit sursauter tout le monde. Le vent se leva, rageur, contre le pignon de la maison. Une pluie torrentielle fouettait les vitres. Juste se félicitait d'avoir fait vérifier sa toiture l'automne dernier.

— J'en connais un qui va perdre des ardoises !

L'électricité fut coupée. Ils se retrouvèrent dans le noir total. Les éclairs faisaient surgir les visages graves de Juste et d'Honorine. Un nouveau coup de tonnerre aussi violent que le premier explosa contre les vitres. La pluie martelait la toiture. Miss haletait sous la table.

L'orage dura une heure pendant laquelle personne ne bougea de sa place. Enfin, quand les éclairs s'espacèrent, Honorine prit la lampe électrique et alla chercher une bougie dans le placard.

Juste ne voulut pas aller se coucher sans avoir vu ses bêtes. Martin le suivit. Ils vérifièrent l'attache de chaque vache, allèrent caresser Rosette que le tonnerre avait terrorisée. Comme chaque soir, ils s'arrêtèrent contre la haie pour uriner. Juste montrait à Martin la frange claire de nuages qui formait un nouvel orage au-dessus de Tulle quand son regard fut attiré par une lumière près du château. Intrigué, il s'approcha du mur. Un lointain éclair illumina l'aile et la tour Eliana que la foudre avait frappée. La toiture était éventrée, ses chevrons cassés, nus comme des os. Une partie du mur en dessous s'était effondrée, ouvrant une brèche sur une pièce qui n'avait pas été visitée depuis des années. Sur le côté, le comte, tête nue, trempé, regardait le désastre. Juste prit Martin par le bras :

— Viens ! dit-il. C'est pas nos oignons.

Martin suivit avec regret. Que pouvait-il, en effet, pour aider ce géant réduit à la plus sombre misère ? Rien ; pourtant, cet acharnement lui faisait mal, cette volonté qui semblait dérisoire cachait une détresse que l'enfant sans chez-soi comprenait.

Quand Juste eut éteint dans la cuisine, Martin

passa dans sa chambre, hésita. Il sortit de nouveau et longea le mur du parc. Les arbres s'égouttaient; le tonnerre grondait encore au loin. Des éclairs révélaient l'image furtive de M. Henri, le dos voûté, immobile près du monticule de pierres. Le comte leva la tête et aperçut Martin, qui ne se cacha pas. Il fit lentement demi-tour et s'approcha du garçon.

— Il va de nouveau pleuvoir! Vous feriez bien de rentrer! dit-il d'une voix grave.

Il tourna les talons, et Martin entendit décroître le bruit de ses chaussures sur le gravillon mouillé de l'allée.

Martin retourna dans sa chambre. La lumière avait été rétablie et, pour chasser un sentiment trouble au fond de lui, il contempla ses billets. Où allait-il les ranger? Quelque part dans cette chambre? La porte ne fermait pas à clef et le petit Bernier pouvait y rentrer pendant son absence. Les garder sur lui? C'était risquer de les perdre. Les cacher dans le foin? Non, la foudre pouvait y mettre le feu... Il ne voulait pas les enterrer, car le sol humide aurait tôt fait de les détériorer! Il décida de ne pas s'en séparer. Il les mettrait dans sa petite boîte de pastilles et la boîte dans la poche intérieure de sa veste qu'il condamnerait avec deux épingles de nourrice. Rassuré, il se mit au lit, s'enfouit sous les couvertures pour ne pas entendre le tonnerre, et s'endormit en pensant à Laure.

Le lendemain, quand il se leva, le ciel était clair,

mais d'un bleu pastel qui laissait prévoir de nouveaux orages. Juste, qui avait pris l'habitude de l'attendre dans la vieille cuisine ou devant la porte, toussait, se raclait la gorge pour signaler sa présence. Il balança son grand nez tranchant pour exprimer sa perplexité.

— Faudrait que ça se couvre, sinon, le soleil va réveiller un autre orage.

De la terre mouillée montaient des odeurs d'herbe, de moisissure. Le soleil lustrait à grands coups de langue les pentes vers Salons. Juste et Martin allèrent rendre visite à Rosette et purent mesurer l'ampleur des dégâts de la nuit. Une entaille de plus de deux mètres fendait la tour Eliana. On voyait l'intérieur d'une pièce, le plancher pourri, le plafond enrubanné de toiles d'araignées. Les tentures pendaient au mur. Le château montrait sa misérable intimité, avec l'indécence des dessous d'une vieille femme.

A Salons, la nouvelle de l'éboulement prit vite des proportions considérables. On racontait qu'une aile entière du château de Morterive s'était écroulée. Le curé Jabertie expédia sa messe et enfourcha sa moto. La route était jonchée de branches cassées, traversée de coulées de boue. Dans la plaine de Salons, les blés déjà hauts s'étaient couchés.

Le curé trouva le comte en train de débarrasser les pierres sous le regard triste du vieux Sam. M. Henri ne s'arrêta pas de travailler quand il le vit. Ses yeux avaient une lueur froide, impersonnelle. Au bout d'un silence, il dit, d'une voix rauque :

— Qu'est-ce que vous croyez ? Je le reconstruirai.

— Mais voyons, Henri, vous savez bien que cela ne servira à rien. Demain, c'est une autre partie qui va s'effondrer. Croyez-moi, si vous voulez sauver Morterive, il faut le vendre pour que les travaux soient entrepris au plus vite.

— Jamais, vous entendez, jamais !

Jabertie n'insista pas. Il était de l'avis de Clément Alone, et ses prières ne suffiraient pas à éviter le drame. Il se rendit chez Pauline.

La femme était en train de faire le ménage dans sa petite maison. Sur le poste de télévision se trouvait une photo de son mari, pipe à la bouche. A côté, une autre photo montrait ses quatre petits-enfants qui ne venaient qu'aux vacances. Ils habitaient Belfort, et c'était si loin !

— Je me fais du souci pour M. Henri ! dit le curé.

Pauline fronça les sourcils.

— Et vous croyez que je m'en fais pas ? Mais c'est pas la peine de lui dire quoi que ce soit, il est borné.

Comme midi approchait, elle sortit deux verres à apéritif et une bouteille de pineau des Charentes.

— Moi, ce qui m'importe, dit-elle, c'est ma petite Laure. Je veux pas qu'elle souffre.

— La pension était ce qu'il y avait de mieux, convenez-en !

— J'en conviens, mais je m'ennuie, monsieur le curé, et Rodolphe ne veut pas me la laisser pour les vacances.

— Dans la situation actuelle, je pense la même chose que lui. Il est préférable qu'elle passe les vacances ailleurs... Vous irez la voir ! conclut Jabertie en portant le verre à ses lèvres.

La nuit suivante, en passant dans sa chambre, Martin entendit les bruits des roues ferrées sur le chemin de la rivière. Il fit le tour par le petit pré qui appartenait à Boule et entra dans le parc. Le comte, auréolé de cette lumière bleutée qui flottait dans l'air, descendait par le sentier en retenant la jument. Il ne prenait plus autant de précautions qu'au début. L'ampleur de la tâche ne lui laissait pas le temps de penser aux détails.

Sam tourna la tête vers lui mais n'aboya pas. Le comte aussi se tourna machinalement. Ses yeux luisaient dans la nuit avec cette fixité des yeux de félin ou d'oiseau de proie. A cette heure, Martin avait envie de se montrer, d'aller prendre la pelle pour l'aider. Comme lui, ce descendant de la plus illustre famille de la région était seul. A Morterive et à Salons, les gens se moquaient de lui. Tous attendaient avec un plaisir pervers l'heure de la curée, l'heure où ce géant plierait le genou, enfin vaincu. Martin savait que, ce jour-là, il pleurerait.

Martin s'était très vite adapté à sa nouvelle vie. Il aimait la mécanique, et Jean Marmillot ne lui refusait pas ses conseils. Par contre, avec Marc Ponthiat, les accrocs étaient fréquents. Marc n'en faisait qu'à sa tête et voulait jouer au chef. Il ne manquait pas une occasion d'humilier Martin et de lui imposer les tâches les plus ingrates.

Le mois de juin rayonnait. Les collines étaient baignées d'une lumière intense. Le comte avait construit un nouvel échafaudage contre la tour Eliana et par tous les temps, aux heures torrides de l'après-midi, sous la pluie battante des orages, empilait sans relâche les pierres, et le mur reprenait forme, le château cachait ses dessous.

Quand il rentrait de l'atelier, Martin courait au pré aider Juste à rentrer le foin. Après la soupe, il allait se promener. L'air frais reposait ses membres fatigués et lui donnait des envies de caresses. Il aurait voulu être poète, comme Juste, pour inventer de jolies rimes et exprimer ce qu'il ressentait. Il retrouvait son rêve. Laure marchait à côté de lui sur le chemin creux de la Noiselle. Ils s'asseyaient dans les herbes odorantes, s'étendaient, la face contre le ciel. Les étoiles s'allumaient et Laure posait sa tête sur son épaule. Comme c'était doux de caresser cette peau, d'y promener ses doigts et ses lèvres, de regarder ses genoux, ses cuisses qui dépassaient de la robe retroussée ! Ses seins pointaient ; il en apercevait la naissance par un bouton dégrafé. Alors, sa gorge se nouait. Son imagination butait sur l'inconnu et il manquait d'audace pour inventer des sensations nouvelles.

Dans sa boîte, les billets de mille anciens francs s'entassaient. Les dimanches, il suivait rarement Boule au bal ou aux fêtes pour limiter les dépenses : il était pressé d'avoir son accordéon.

Pourtant, Marc Ponthiat ne manquait pas une occasion de lui faire ouvrir la bourse. Un matin, il s'occupait de la 4 CV du facteur qui « toussait comme un poitrinaire, mais ne voulait pas démarrer ». Il dit à Martin :

— Je te parie que c'est le carburateur.

— Non, c'est l'allumage ! répliqua Martin, sûr de lui.

— Pari tenu !

Martin ne connaissait pas encore tous les caprices de la mécanique et aurait mieux fait de se taire.

— Celui qui perd paie un verre demain matin avant l'embauche ! dit Marc.

Martin avait perdu, et, le lendemain matin, Marc l'attendait à l'entrée du bistrot en bavardant avec Gerbert et il comprit qu'il allait devoir payer pour les deux. A ce train-là, son beau billet de mille anciens francs serait vite parti ! Il serra la main des deux hommes. Le facteur suivit sans même attendre l'invitation. Gerbert avait un visage court, la lèvre inférieure retroussée, une moustache blonde hérissée de poils gris. Il commanda son verre de vin blanc, Marc fit de même et Martin se vit obligé, sous peine de passer pour une mauviette, de prendre la même chose. Alice souriait derrière le comptoir. Ses yeux ronds et noirs, ses boucles lui donnaient un vague air de Lollobrigida qu'elle cultivait. Quand le facteur et surtout le docteur Cassant le lui disaient, elle minaudait et courait dans la pièce voisine se passer un peu de rouge à lèvres, mais si Maurice, son mari, était là, elle haussait les épaules et lançait avec un regard dédaigneux :

— Toi, tu trouverais belle une chèvre habillée en marquise.

Le facteur bavardait depuis un moment avec Marc, quand il se tourna vers Martin qui avait sorti son billet sans pli et le tendait avec regret à Alice.

— Tiens, je vais te faire un pari !

— Je parie plus ! fit Martin, qui avait compris la leçon.

— T'es qu'un trouillard et un radin ! dit Marc en se moquant. En plus, tu as peur des femmes.

Martin plongea le nez dans son verre. Chaque gorgée de vin lui soulevait l'estomac.

— Laisse-moi finir, dit le facteur en posant sa besace. L'Éloïse Pelletier, tu la connais ? Et même que c'est une belle femme. Tu sais qu'elle n'a pas froid aux yeux. Si tu lui mets la main au cul, je te donne mille francs !

— Je parie pas ! dit Martin.

— Attends, si tu le fais pas, tu me devras rien. Alice, remets-nous ça, c'est ma tournée.

— J'en veux plus ! fit Martin, bougon. Et puis je vais travailler.

Marc rit aux éclats.

— Il n'y a pas de combine. Tu sais, l'Éloïse, elle aime ça. Allez, bois ton verre !

— J'ai plus soif.

— Comment ? T'es pas un homme !

A l'atelier, le patron comprit vite que Martin n'allait pas bien. Il se tourna vers Marc avec des yeux sévères. L'autre rit.

— Ben, quoi, c'est pas moi qui l'ai obligé à boire ! fit-il.

— Bon, dit Jean au garçon, va donc prendre l'air. Tu vois pas que tu es pâle comme un mort ! Ramène-moi un paquet de cigarettes.

Éloïse tenait aussi le bureau de tabac. Marc regarda Martin et lui fit un clin d'œil entendu.

Martin sortit en baissant la tête. Le temps était

clair, un peu de brume flottait sur la Noiselle. Le curé Jabertie traversait la place de son pas d'homme pressé. Martin pensait toujours à ce pari stupide. Il imagina sa main se promenant sous les jupes de la femme. Des frissons froids serpentaient le long de son dos.

Éloïse rangeait des paquets de cigarettes sur les étagères. Quand elle vit Martin, elle sourit. Son regard exprimait cette générosité, cette franchise propres aux femmes sensuelles affranchies des barrières, des carcans que les hommes ont construits autour de leur corps.

— Tiens, notre petit mécano...

Il baissa les yeux. Il n'aurait jamais osé faire ce que lui avait dit Gerbert, mais ne pouvait s'empêcher d'y penser.

— Je parie que ce vaurien de Marc a inventé un nouveau tour, dit-elle encore. Je t'ai vu entrer au bistrot avec Gerbert, tout à l'heure. Ah, ceux-là...

Elle minaudait en parlant, se caressa la base d'un sein d'une main distraite, remonta sa jupe au-dessus du genou pour se gratter du bout de l'ongle.

— Viens, dit-elle, tu as bien une minute. Tu es bien trop timide pour ne pas être malheureux.

Elle l'entraîna dans l'arrière-boutique. Sa cuisine était minuscule, avec une table en coin, deux chaises, un évier, une gazinière blanche et un réfrigérateur. Elle poussa Martin jusqu'à une porte qui donnait sur une salle à manger sombre avec un beau vaisselier verni, orné d'assiettes où étaient peints des oiseaux, une table avec ses chaises aux montants tournés et, près de la fenêtre, un canapé en face de la télévision.

— Assieds-toi. Qu'est-ce qu'ils t'ont fait? dit-elle en montrant le canapé.

— Rien, madame.

— Rien! A ton âge, on est sensible. On sait rien et on voudrait tout savoir. On a peur de tout, voilà la vérité.

Il ne répondit pas.

Elle s'était assise en face de lui. Sa jupe était remontée à mi-cuisse; Martin n'osait pas la regarder. Elle prit une boîte sur la table, l'ouvrit et la tendit vers le garçon.

— Prends un bonbon. Ça te donnera un peu de salive. Tu n'as pas dû rire tous les jours, toi. Moi non plus, remarque, mais t'en fais pas, j'ai pris ma revanche et je la prends encore! Si tu veux m'en croire, il faut que tu fasses la même chose.

Elle se leva et lui caressa la joue.

— Va, maintenant, le père Marmillot te fâcherait. C'est un brave homme, mais il ne connaît que le travail.

Martin sortit. Il aurait voulu dire tant de choses impossibles à Éloïse, qui l'attirait par sa douce voix de mère, mais aussi par ses gestes de femme. Il partit, pressé comme un voleur.

Il arriva au garage, Marc le regarda en coin, son menton plat pointé vers lui, comme un défi. La tête baissée, Martin se remit au travail.

La nuit précédente, il avait fait un terrible cauchemar. Le comte, après être allé chercher du sable, était entré dans sa chambre. Sous sa chemise aux manches retroussées, il ne restait qu'un squelette. Martin aurait voulu crier, mais il n'avait plus de voix. Il sentait encore cette main crochue accrochée à son bras.

Marmillot revenait des étagères où il rangeait les pièces de rechange. Sa tête était grosse par rapport à ses épaules. Ses cheveux gris brillaient dans la lumière diffuse des fenêtres sales. Une série de tics anima son visage.

— Personne n'a vu les clefs plates que j'ai achetées la semaine dernière à Tulle ? Je suis certain de les avoir posées sur cette étagère.

— Peut-être, dit Marc, fanfaron, mais, depuis, vous les avez déplacées et dans ce bordel...

— Non, je les ai pas déplacées. J'ai voulu m'en servir ce matin, et impossible de mettre la main dessus ! C'est curieux, non ?

En parlant, Marmillot s'était tourné vers Marc, qui ne baissait pas les yeux.

— Pourquoi vous me regardez comme ça, patron, comme si c'était moi qui les avais volées ?

— Surtout, continua Jean Marmillot, c'est pas la première fois que ça arrive...

Il n'ajouta rien. Il retourna à son travail, mais ne sifflait pas comme d'habitude. Marc profita de l'instant où le patron était sorti avec un client pour s'approcher de Martin.

— C'est toi, salopard, qui les as piquées !

Martin prit un air offusqué.

— Mais c'est pas vrai ! Je te jure que c'est pas vrai !

— Si tu te dénonces pas, moi, je le ferai. Ici, la fauche, c'est mal vu. Et moi, je veux pas perdre la confiance du patron.

Martin se rappela ce que Marc lui avait dit le jour de son arrivée. Il avait la certitude que c'était lui, le voleur. Il osa :

— Moi, je n'ai pas la clef de l'atelier et je bricole pas des voitures à la maison.

Marc blêmit. Son menton plat tremblait.

— Redis ça, merdeux, et je te casse la gueule !

Le patron revint. Marc s'éloigna en sifflotant. Marmillot parla de Bourat, un paysan du haut de la commune :

— Il trouve que l'embrayage s'est usé trop vite. Forcément, il a toujours le pied dessus et comme il pèse plus de cent kilos...

A midi, Martin mangea son casse-croûte sans appétit. Ces clefs volées le tracassaient. Marc pouvait le dénoncer et il n'avait aucun moyen de prouver son innocence. Pourtant, les jours suivants, personne n'en reparla, et Martin crut que l'histoire était oubliée.

Le samedi suivant, comme il sortit de l'atelier plus tôt que d'habitude, il enfourcha son vélo et s'en alla à Tulle en pédalant à toutes jambes. Il se rendit directement au magasin d'instruments de musique, dans l'avenue Victor-Hugo. L'homme qui l'accueillit était chauve et très pâle. Ses larges oreilles étaient plaquées contre les tempes. Ses lunettes à monture noire lui donnaient un regard austère. Il portait une blouse bleue de travailleur d'atelier. Martin regardait autour de lui, émerveillé par une rangée de violons pendus au mur comme une batterie de casseroles, plusieurs pianos, des mandolines, un banjo.

— Bonjour, jeune homme, qu'est-ce que je peux pour vous ?

Martin hésita un bref instant, puis se lança.

— Je voudrais acheter un accordéon.

— Un accordéon... Tout dépend du prix. J'ai là une superbe Maugein à trente mille nouveaux francs.

Martin reçut un coup de gourdin sur la tête. Trente mille nouveaux francs ! Il ne pourrait jamais ! L'homme comprit et sourit. Martin remarqua une incisive en or.

— Je vais voir ce que j'ai en occasion.

Il disparut dans l'arrière-boutique. Martin tremblait légèrement. Il avait le sentiment de faire quelque chose de mal, de s'engager dans une voie de perdition pour un plaisir coupable. L'homme revint avec deux accordéons.

— Celui-ci pour mille nouveaux francs.

— Mille nouveaux francs ? Donc cent mille francs !

— C'est bien ça !

C'était déjà plus dans ses prix, mais l'instrument était beaucoup moins gros que l'autre et avait servi, cela se voyait. Il ne brillait pas, des griffures rayaient le vernis, mais ses touches de nacre luisaient quand même à la lumière du jour.

— Il est bon, je vous le garantis. Vous voulez l'essayer ?

— Je ne sais pas jouer, c'est pour apprendre.

— Alors, il fera l'affaire.

Martin avait une folle envie de cet instrument, mais combien de temps faudrait-il pour économiser mille nouveaux francs ? Un grand découragement s'empara de lui.

— Je n'ai pas assez d'argent ! dit-il d'un ton résigné. Tant pis, je reviendrai.

L'homme se passa une main sur son crâne lisse et arrêta Martin qui fuyait vers la porte.

— On peut peut-être s'arranger. Je peux vous faire crédit. Combien vous avez ?

— Trente mille anciens francs.

L'autre sourit.

— Allez, je ne veux pas arrêter une jeune vocation. Prenez cet accordéon, il est à vous. Vous m'apporterez le restant d'argent quand vous l'aurez.

Martin bredouilla quelques mots de remerciement, souleva l'accordéon qui émit une plainte aiguë. Il était rose de plaisir. L'homme souriait.

— Vous reviendrez me montrer ce que vous avez appris. Je suis sûr que ce sera bien. Ceux qui ont de grandes oreilles sont toujours bons musiciens.

Martin donna ses billets sans hésiter et se retrouva dans la rue avec l'accordéon dans son étui râpé aux coins. Il était si heureux qu'il faillit le laisser tomber devant une voiture. Il le fixa sur le porte-bagages de son vélo et fila vers Morterive en se demandant s'il ne venait pas de faire une grosse bêtise.

Quand il le vit arriver, Juste resta un moment perplexe. Il ne savait pas s'il devait se fâcher ou rire. Honorine dit que c'était de l'argent dépensé pour rien et que Martin aurait mieux fait de le placer à la caisse d'épargne. Alors, Juste, par simple esprit de contradiction, décida :

— C'est une rude idée que tu as eue ! Tu vas pouvoir nous faire danser !

En fait, il ne comprenait pas ce qui avait poussé Martin à acheter cet instrument ; le garçon avait son harmonica, c'était bien suffisant, mais il n'insista pas. Martin passa dans sa chambre, prit l'accordéon, le regarda longtemps avant d'oser le poser sur ses genoux et d'appuyer sur la première touche. Un son puissant en sortit, puis un autre. Ce soir-là, il ne se coucha pas de bonne heure. Comme Juste avait dit que la musique lui cassait la tête, il partit jouer dans la grange entre les meules de foin qui étouffaient le bruit.

Le mois de juin passa. Bernier travaillait à ses foins et se rendait au pré juché sur son tracteur aux grandes roues étroites suivi de sa ribambelle de filles et de ses trois chiens. Julien profitait de toutes les occasions pour venir tourner autour de Martin. Il avait fini par se faire acheter un harmonica et tirait de cet instrument des sons tellement disgracieux qu'il fut à l'origine d'une prise de bec entre Juste et son père. Bernier, devant la porte de sa maison, criait à Juste qu'il était plus peureux qu'un lièvre, insulte d'autant plus vexante qu'elle était vraie. Juste, dressé sur la pierre au pignon de son écurie, raide comme un coq, hurlait en patois d'une voix stridente qui ressemblait aux aboiements d'un roquet toutes les grossièretés qu'il connaissait et invitait Bernier à « venir jusque-là, s'il était un homme ». Il battit en retraite le premier en se demandant ce qui le retenait d'aller chercher son fusil.

Maintenant, Martin savait conduire le tracteur.

Juste lui laissait le volant pour aller dans le pré, quand la remorque était vide. Lorsque le chargement était fini, le paysan conduisait, car, disait-il, fallait avoir la main, et Martin était encore un « bleu ». Pourtant, Juste était d'une autre époque, de celle des bœufs et des chevaux. Sa maladresse lui faisait frôler la catastrophe chaque jour. L'entrée de la grange demandait une petite manœuvre qu'il ne réussissait que rarement. Il tournait toujours trop court et la remorque touchait le coin du mur. Juste se mettait en colère, tentait de reculer, jurait puis finissait par se résigner. Il fallait alors transporter le foin avec la fourche.

Martin ne passait pas une journée sans jouer de l'accordéon. Il commençait à se débrouiller et avait retrouvé de mémoire tous les airs à la mode qu'il entendait à la radio et dans les bals. Un samedi, il alla à Tulle payer une partie de sa dette. L'homme chauve lui demanda où il en était. Martin, modestement, lui dit que ça commençait à entrer.

— Tiens, fais voir ! dit le marchand en sortant un accordéon neuf de son étui.

Martin regarda l'instrument, ravi. Il s'assit, timide, mais, très vite, il prit de l'assurance et se mit à jouer. Le visage de l'homme s'éclaira.

— Et qui t'a appris ça ?

— Personne, monsieur. J'apprends seul, dans la grange de Juste parce que ça casse les pieds à tout le monde.

— Tu sais lire la musique ?

— Un peu. J'ai appris au collège. C'était la seule matière où j'étais bon.

Le marchand alla dans son arrière-boutique et revint quelques instants plus tard avec un carton.

— C'est des partitions. Il y a de tout, du classique, du moderne, du musette... Tu as de quoi t'amuser.

Martin prit le paquet, dit un merci confus et s'en alla.

Au garage, Marc était toujours plus mordant et multipliait les réflexions désagréables. Martin encaissait et se taisait. Marc se moquait surtout de son goût pour la musique. Quelle idée avait-il eue d'acheter un accordéon ? Comment un garçon qui avait toute la journée ses mains dans le cambouis pouvait-il avoir les doigts assez agiles pour jouer ? Martin le laissait parler.

Le patron passait beaucoup de temps dans la remise où il rangeait les pièces de rechange. Un soir, avant de débaucher, il fit irruption dans l'atelier, le visage déformé de tics, et alla directement au vélo de Martin à l'entrée. Il ouvrit la sacoche et sortit une clef à molette. Surpris, Martin crut à une farce.

— Et ça ? fit Marmillot. C'est pas la preuve que c'est toi le voleur de clefs ? Je voulais le coincer, eh bien, c'est fait !

Il s'approcha de Martin, menaçant, l'énorme

clef à la main, comme une massue. Martin, sous le coup de la surprise, ne trouvait rien à dire.

Jean Marmillot grimaçait. Il jeta la clef dans l'atelier et, dans son élan, frappa Martin à la tête. Jeanine, qui avait assisté à la scène du bureau, se précipita.

— Jean, arrête ! cria-t-elle.

— C'est pas moi, dit Martin, je jure que c'est pas moi.

Pour une fois, Marc balayait l'allée. Il sifflotait et semblait absent.

— Tu peux jurer quelque chose ! Cette clef, c'est moi, peut-être, qui l'ai mise dans ta sacoche ?

— C'est pas moi ! cria encore Martin. Je vous jure que c'est pas moi qui l'ai mise dans la sacoche.

Il avait très mal à la nuque. Il se traîna à genoux devant l'homme, toujours pâle. Les rides imbibées de cambouis rayaient ses joues mal rasées, ses yeux se fermaient par saccades, il retroussait les lèvres. Sa peau semblait se boursoufler, comme si elle était parcourue de courants électriques.

— Je vous jure que c'est vrai ! insista Martin.

— C'est Marc, peut-être ?

Marc se mit à rire en poussant son balai devant lui.

— Et moi qui te faisais confiance ! T'avise pas de revenir ici !

Martin pleurait à grosses larmes. La morve au nez, il se dirigea vers son vélo et sortit. Marmillot le suivait des yeux.

— Va savoir d'où ça vient, cette racaille de l'Assistance ! dit-il à sa femme.

— Te mets pas dans cet état ! Ça sert à rien ! dit-elle en retournant à son bureau.

Martin marcha un moment en plein soleil. Les maisons de Salons rôtissaient. Devant la poste, Noémie Gerbert surveillait sa petite retardataire qui courait autour du monument aux morts. Martin eut la tentation d'aller se confier à la belle Éloïse qui le croirait sûrement et irait trouver Marmillot. Il était sûr que Marc avait mis la clef dans sa sacoche, mais comment le prouver ? Boule le vit passer de la scierie et courut au-devant de lui.

— Mais tu pleures ? Qu'est-ce qui se passe, copain ?

— Il m'accuse d'avoir volé une clef !

Boule alluma une cigarette et dit :

— Marc Ponthiat, c'est un combinard, tout le monde le sait. Mais tu es bien dans la merde. Bon, faut que j'y aille.

Martin continua son chemin, passa devant l'école vide à cette heure et se dirigea vers Morterive. Comment allait-il apprendre la nouvelle à Juste et Honorine ? Après ça, ils ne voudraient plus le garder, c'était certain. Il sortit du village et marcha dans la côte en poussant son vélo. Le soleil grillait l'herbe du fossé. Les gousses noires des genêts s'ouvraient avec un bruit sec. Martin s'enfonça dans un boqueteau, s'assit au pied d'un arbre.

Non, il n'allait pas retourner à Morterive. Il laisserait le vélo près de chez Boule pour que Juste puisse le récupérer et il partirait à Tulle et, de là, à Clermont-Ferrand. Il irait attendre sa mère à la sortie de l'usine Michelin... Sa mère ! Martin fit une grimace. Elle avait d'autres soucis, un mari, une fille... Non, il n'irait pas à Clermont-Ferrand ! Une voiture passa sur la route de Salons. Le bruit du moteur décrut lentement. Un écureuil descendit sur une branche basse, mais Martin ne le vit pas. Il était au fond d'un puits sombre et gelé. Il tremblait.

Le soir voilait les collines. Une lumière d'or pleuvait sur les arbres, cascadait dans les pentes. Des odeurs de foin sec, de tilleul fleuri roulaient par vagues lourdes. L'air était sonore comme une peau de tambour. A Morterive, Juste avait regardé l'horizon et savait que la nuit serait calme. Il était pourtant anxieux : Martin n'était pas rentré et il tournait en rond, les yeux fixés sur la route. Honorine n'avait fait aucune remarque, pourtant, elle aussi regardait par la fenêtre ouverte. Un petit air d'accordéon lui aurait fait tant plaisir ! Elle vit Juste planté devant la porte et s'en prit à lui.

— Tu crois pas que tu pourrais aller faire quelque chose ?

Juste ronchonna et s'en alla vers le château. Le comte travaillait encore sur son échafaudage. Il avait étalé une bâche sur la partie de toiture cassée. Juste s'approcha de Pauline, qui profitait de la fraîcheur pour désherber son potager.

— Je sais pas ce qui se passe, le gars n'est pas revenu !

— Bah, il est allé faire un tour au bistrot !

— C'est pas son habitude.

Juste continua. Il n'avait pas envie de parler pour rien dire, son anxiété était trop grande.

Il revint à la maison. Honorine le questionna des yeux.

— J'ai rien vu ! Mais je sens bien qu'il s'est passé quelque chose !

Il sortit de nouveau. Une Mobylette montait, le moteur poussé à fond faisait un bruit strident. C'était Boule. Juste partit aussitôt à sa rencontre. Quand il eut appris ce qui s'était passé, il se renfrogna, baissa sa casquette sur ses yeux.

— Moi, il m'a jamais rien pris ! dit-il.

— Il aura pas osé revenir. Il a eu peur de se faire engueuler !

Juste n'ajouta rien et rentra chez lui. La nouvelle était si inattendue qu'il fallait l'avis d'Honorine La femme se fit rassurante :

— Il sera pas allé bien loin, t'en fais pas !

— Va savoir ce qui lui a passé par la tête !

La nuit était tombée, une nuit d'été, pleine de bruits d'insectes. A cette heure, Juste devait être au lit, Martin se demanda ce que ferait M. Henri si les gendarmes le prenaient en train de voler du sable. Il eut envie de revoir Morterive. La pensée de Laure revenait régulièrement à son esprit, mais il la rejetait. Il monta au hameau, rangea le vélo contre le tilleul de Juste. Miss l'avait entendu et grattait sous la porte. Il courut à la grange et se roula dans le foin chaud. Malgré la faim et le tracas, il s'endormit profondément et, quand il s'éveilla, les étoiles s'éteignaient dans un ciel de lait. Le coq chantait dans le poulailler. Il secoua le foin de sa chemise. La réalité s'imposa de nouveau à lui, un carcan ! Il regarda dehors par une fente entre les planches. La porte de la maison s'ouvrit ; Miss courut dehors et Juste se dirigea vers la chambre de Martin. Le garçon eut envie de se montrer. Miss, qui avait réussi à pénétrer dans la grange, lui léchait la main en remuant la queue. Le chien était content de le revoir, tout n'était donc pas perdu !

— Il a posé le vélo ! dit Juste entre ses dents. Il ne doit pas être bien loin !

Alors Martin n'eut pas la force de se cacher plus longtemps. Il se montra ; le visage de Juste s'éclaira.

— Maquarelle de sacripant ! dit-il.

Il sortit machinalement son paquet de tabac.

— Bandit ! C'est l'Honorine qui va être contente !

— C'est pas moi qui ai volé les clefs ! dit Martin en baissant la tête.

— Je le sais bien que c'est pas toi. Et tu as osé penser que le Juste et l'Honorine te prenaient pour un voleur ?

Le ton bourru, plein de reproches, cachait son émotion et sa joie. Dans certaines circonstances, Juste avait un grand cœur mais ne voulait pas le montrer, car il considérait que c'était une marque de faiblesse.

— Viens déjeuner, que tu dois avoir faim. Le Jean Marmillot est un bon gars. Je vais aller le trouver.

Ce ne fut pas la peine. Ils n'étaient pas entrés dans la maison que Ponthiat arriva sur sa moto. Il s'arrêta devant la maison. Quand Martin le vit, la colère lui noua la gorge. Juste sortit et lui serra la main. L'autre dit sans arrêter son moteur :

— J'ai tout arrangé avec le patron. Il a dit que Martin pouvait revenir. Il retiendra le prix des clefs sur sa paye.

— Mais j'ai rien volé, moi ! cria Martin de l'intérieur.

— Estime-toi heureux de t'en tirer aussi bien ! fit Ponthiat en tournant sa moto.

Juste roula tranquillement une cigarette, l'alluma et dit à Martin :

— Tu vas venir m'aider à décharger la charrette et après tu descendras. Je te dis que le Jean n'est pas un mauvais homme et il te croira !

Honorine n'avait pas parlé. Elle lavait sa vaisselle dans l'évier. Quand Ponthiat fut parti, elle s'essuya les mains et se mit à préparer le casse-croûte de Martin. Elle coupa des tranches de pain et ouvrit une boîte de pâté de lapin qu'elle étala sur les tartines. Martin la regardait ; chaque coup de lame sur la mie avait la douceur d'une caresse.

La charrette déchargée, Martin se lava rapidement au bac devant l'étable. L'eau fraîche ravivait ses membres courbaturés. Il prit sa musette et s'en alla. A Salons, devant le bistrot, Ponthiat bavardait avec le facteur. Marguerite Lenoir, la coiffeuse, ouvrait ses volets sur la place. La Demoiselle emmenait ses chèvres brouter sur la route de Tulle... Martin entra timidement dans le garage. Marmillot était à son établi en train de démonter des pistons et ne leva pas les yeux sur lui quand Martin lui dit un timide bonjour. Le garçon resta quelques minutes en retrait, attendant que le patron lui donne du travail. Marmillot tourna vers lui sa grosse tête aux cheveux gris.

— Tu vas démonter l'allumage de la Simca. Faut refaire tout le faisceau...

Martin hésita, puis dit :

— Je vous jure que c'est pas moi qui ai volé les clefs !

Marmillot leva la tête vers Martin. Son visage s'anima de contractions brutales. Ses yeux battirent à plusieurs reprises. Martin insista :

— Que je meure tout de suite si c'est moi qui ai placé la clef à molette dans la sacoche.

Le patron posa son tournevis, se gratta les cheveux de ses doigts poisseux.

— On en reparlera quand ce sera le moment ! dit-il. En attendant, mets-toi au travail !

Martin n'insista pas. Le soleil montait sur Salons, illuminait les toits. Les martinets criaient en se pourchassant. Éloïse balayait devant sa porte. Elle était très légèrement vêtue et Martin voyait, à travers le tissu blanc, la masse provocante de ses seins.

Le soleil de juillet brûlait les collines. Les prés fauchés roussissaient ; l'herbe rase ne conservait un peu de vert que près des haies, sous les noyers et autour des mares dont l'eau sale, couverte de lentilles et de nénuphars, croupissait. La Noiselle se réduisait à quelques filets d'eau entre les cailloux. Les travaux du barrage étaient commencés. Des mines avaient été tirées pour creuser le rocher dans lequel devait s'ancrer le mur de ciment.

Juste et Martin entrèrent la dernière charrette de foin le 13 juillet. L'homme regarda le ciel.

— C'est de l'orage pour demain :

« *Un 14 Juillet sans tonnerre*

Fait un été de misère !

« En attendant, on rentre le dernier foin de l'année, ça se fête.

Par habitude, il fauchait toujours le pré bas en dernier. Le ruisseau de Morterive se jetait dans la Noiselle à cet endroit. Juste avait emporté une pelle et fit un clin d'œil à Martin.

— On va voir s'il y a une truite !

Il remonta le ruisseau jusqu'à un ancien barrage de moulin. Les ruines du bâtiment étaient envahies de ronces et de grandes herbes grasses. C'était là que, chaque année, Juste détournait l'eau.

— Si personne est passé avant nous, on va manger de la friture !

L'eau sale coulait dans l'ancien canal. Bientôt, il n'y eut plus que des flaques où les truites prisonnières se débattaient. Martin voulut en prendre une à la main, elle glissa. Juste riait.

— Tu me fais un sacré braconnier ! C'est pourtant facile !

Ils allèrent jusqu'à l'embouchure avec la Noiselle et prirent une quinzaine de truites. Juste était satisfait.

— Le ruisseau de Morterive, c'est encore le meilleur !

Pour lui, tout ce qui venait de Morterive dépassait le reste, les fruits en particulier, et il ne mangeait que les pommes de ses pommiers. La terre de Morterive était meilleure que celle des hameaux voisins.

— T'as qu'à voir les châtaigniers ! Ils sont deux fois plus gros qu'à Salons !

Parfois, Martin osait une critique.

— C'est aussi le village qui a les champs le plus en pente !

Juste se tournait vers le garçon, avec ce faux air de condescendance qui lui allait si bien.

— La terre de Morterive, comment te dire, c'est..., c'est du gâteau pour les plantes.

Son argument final était toujours le même :

— Si tu crois que c'est par hasard qu'on a construit un aussi grand château à cet endroit !

Les grands travaux d'été terminés, Juste se donna un peu de repos. Il faisait la sieste puis s'occupait de son potager laissé à l'abandon depuis le mois de juin. Martin rentrait plus tard de l'atelier. Le soir, il mangeait la soupe et allait jouer de l'accordéon dans la grange en fermant les portes pour que le bruit ne dérange personne. Il s'entraînait à déchiffrer les partitions et y arrivait assez bien.

Il s'étonnait surtout que Laure ne soit pas venue en vacances. Il n'avait pas osé demander des nouvelles à Pauline et attendit tout le mois de juillet. Le dimanche, il suivait parfois Boule et passait l'après-midi avec Aline, mais il préférait rester avec Juste ou jouer de l'accordéon.

Il avait fini par confier son secret à Boule, qui se moqua de lui.

— T'es vraiment con ! Qu'est-ce que tu vas te monter la tête avec cette fille ! Tu crois qu'elle a besoin de toi ?

Boule avait raison, pourtant, Martin ne pouvait pas chasser Laure de ses pensées.

— C'est comme ça ! dit-il d'un air résigné et fataliste. Et je sais pas où elle est.

— J'ai entendu dire que Rodolphe veut pas

qu'elle revienne, rapport au comte qui est fou ! fit Boule en allumant sa cigarette.

Un matin, en arrivant à l'atelier, Marmillot, qui était au bureau, vint au-devant de Martin en souriant.

— Au fait, dit-il à voix basse. Je sais que tu n'as pas volé les clefs !

Martin sursauta. Le patron alluma une cigarette.

— Je le sais depuis hier, mais surtout n'en parle à personne, surtout pas à Ponthiat.

Le midi, Martin et Boule avaient pris l'habitude de se retrouver pour manger leur casse-croûte et aller boire un verre chez Alice, qui ne les faisait pas payer. On était déjà au début du mois d'août. En pleine journée, la chaleur était torride, l'air brûlait. Les oiseaux se taisaient, les poules ouvraient le bec et rentraient dans les abris. A l'intérieur de l'atelier, la température était agréable.

Un soir, en arrivant à Morterive, Martin vit une voiture beige arrêtée devant chez Juste. Il se cacha derrière une touffe de noisetier. Juste sortit de la maison accompagné d'une femme blonde, pas très grande. Un homme brun marchait derrière en donnant la main à une petite fille.

— En principe, il rentre à cette heure, dit Juste.

Il ne semblait pas très chaleureux. D'ordinaire, Juste était plus volubile avec les gens.

Martin dévisagea la femme. Cette tête ronde, ces

yeux tristes, un peu tirés, ce nez droit et cette bouche étroite... Son cœur bondit : il la reconnaissait maintenant. Elle avait habité ses rêves d'enfant. Il l'avait attendue chaque veille de Noël avec tant de ferveur... C'était sa mère, sa mère qu'il n'avait pas vue depuis plus de dix ans. Elle n'avait pas changé, ses joues s'étaient seulement un peu creusées, quelques rides nouvelles barraient son front. Ses cheveux blonds coupés court descendaient sur ses oreilles un peu décollées. Martin regarda aussi l'homme, qui était grand et robuste. La petite fille avait la peau mate de son père.

— Vous pouvez aller faire le tour du château. Il va pas tarder ! dit Juste d'une voix aigrelette, cassée, différente de celle que Martin lui connaissait.

Visiblement, cette visite le dérangeait. Il poussa sa casquette sur les yeux et s'éloigna vers ses étables tandis que les visiteurs marchaient le long du mur du parc.

La petite fille lâcha la main de l'homme pour courir vers sa mère. Martin eut envie de s'enfuir, de retourner à Salons et d'attendre qu'ils soient partis. Il n'aurait pas su dire pourquoi, mais il ne voulait pas voir sa mère devant Juste et Honorine.

Ils arrivèrent à la maison de Pauline. Une jeune fille sortit, s'approcha d'eux. Martin sursauta : c'était Laure, Laure qui arrivait ce mauvais jour. Elle bavarda un moment avec eux et rejoignit Pauline.

Le couple fit le tour du château, s'arrêta au pied de la tour Eliana pour regarder le comte qui tapait à grands coups de marteau sur les chevrons. Ils revinrent à leur voiture. Juste, qui devait les surveiller de loin, leur proposa froidement d'aller au-devant de Martin et leur expliqua où se trouvait le garage Marmillot. L'homme s'assit au volant, la petite fille monta sur le siège arrière et la Peugeot beige s'en alla. Martin éprouvait un grand soulagement. Il fut surpris de voir la voiture tourner sur la route de Tulle au lieu de continuer vers Salons. Les visiteurs s'en allaient. Ce n'était donc pas lui qu'ils étaient venus voir, mais le château ! Il eut un haut-le-cœur. Son casse-croûte de midi lui pesait sur l'estomac.

Il remonta à Morterive mais n'osa pas se montrer. D'abord, il redoutait de croiser Laure, de confronter son rêve complaisant à la réalité. Et puis il ne savait pas quelle attitude prendre envers Juste et Honorine, comme si la présence de cette mère tombée des nues était contraire à un sentiment confus, né en lui au fil des jours. Il redoutait aussi que sa mère ne se soit trompée de route et qu'elle fasse demi-tour.

Finalement, Martin rejoignit Juste dans l'écurie. L'homme fumait sa cigarette en regardant la jument, qu'il s'apprêtait à mettre au pré. Rosette craignait, en effet, la grande chaleur et on ne la sortait que le soir et le matin.

— Ah ! c'est toi ! fit Juste.

Il semblait gêné lui aussi et ne tourna pas les yeux vers le garçon. Il s'avança pour détacher la jument.

— Tu as vu ? La Peste est revenue, mais pas pour longtemps. Paraît que Rodolphe veut plus la laisser avec son père.

Martin ne montra pas son trouble. Juste pensait à la même chose que lui, mais ne voulait pas en parler. Rosette sortit lentement, s'arrêta devant la porte, éblouie par la lumière rasante du soleil bas sur l'horizon.

Quand le cheval fut dans le pré, Juste ferma la barrière et se dirigea vers son potager. Martin le suivit. Ils étaient tristes tous les deux, sans raison. Quelques nuages légers comme des toiles d'araignées flottaient très haut dans le ciel. Juste remarqua que c'étaient des nuages d'août et qu'ils n'apporteraient pas d'orage. Il flâna un moment entre les carrés de salades, puis finit par dire :

— Au fait, on a vu ta mère.

— Je sais, dit Martin.

Juste leva sur lui ses yeux ronds de lapin.

— Quand j'ai vu que c'était elle, je me suis caché ! fit Martin.

Juste le regardait, étonné. Il remua la tête, gratta son grand nez sec.

— Toi, alors...

Il n'en dit pas plus, mais il avait retrouvé sa faconde habituelle.

— Tu sens pas, cette odeur de poussière, dans

l'air. C'est signe de beau temps ! Mais tu n'as pas plus de nez qu'un cornichon !

Il se tourna vers le château, éblouissant de soleil. Ses murs ocre se dressaient avec, par endroits, les parties plus sombres qui correspondaient aux réparations du comte.

— Ça va mal ! Paraît que l'huissier va venir afficher la date de la saisie.

— Et M. Henri ?

— Il fait comme si tout était normal. Ça sent mauvais, je te le dis.

L'heure des comptes arrivait, revanche des pauvres sur le dernier d'une famille qui avait dominé le pays, et Juste trouvait, pour en parler, des mots pleins d'emphase : il aimait la justice, mais seulement quand elle le servait... Ils regagnèrent la maison. Honorine ne parla pas de la visite et demanda à Martin d'aller promener la grand-mère. Il prit le bras de la vieille et partit. Devant chez Pauline, il vit Laure, qui lui fit un sourire.

— Bonsoir, Martin ! dit-elle.

Martin rougit. Noélie se fâcha parce que le garçon marchait trop vite. Le soir tombait, plein d'une lumière précieuse ; les moustiques formaient des pelotes d'étincelles.

Laure n'avait pas changé. Elle portait une robe blanche longue, très légère, un bandeau rouge retenait ses cheveux, dégageait son front large et lisse.

Martin ramena la grand-mère et mangea d'un

bon appétit. Après dîner, il suivit Juste et Honorine qui allaient cueillir des haricots dans le champ du haut. Ils croisèrent Bernier et sa femme qui prenaient le frais devant leur porte. Ils détournèrent la tête. Miss et les trois chiens, respectueux du pacte de silence des humains, ne se regardèrent même pas. Martin ne savait pas très bien pourquoi, mais, en cueillant les gousses vertes, il se sentait heureux...

Laure de Morterive embrassa Pauline et sortit. La nuit tombait lentement, une de ces nuits calmes d'été. Elle marcha un moment dans le chemin qui sentait la bouse sèche et la poussière. Les enfants Bernier jouaient dans la prairie en dessous du château. Elle passa dans le parc, marcha jusqu'à la terrasse qui surplombait la plaine de Salons. Le ciel était encore clair même si les premières étoiles brillaient. Laure s'assit sur la pierre plate où elle venait autrefois contempler l'horizon et prier la Sainte Vierge de la faire grandir très vite. La jeune fille repoussa la mèche noire qui roulait toujours sur son front. Qui devait-elle croire ? Son père, qui attendait l'argent et le soutien de ses amis parisiens, ou bien Rodolphe, pour qui le comte avait perdu la tête ? Quelle route allait s'ouvrir devant ses pas ? Prisonnière des adultes, voilà ce qu'elle était ? Rodolphe décidait tout pour elle, désignait ses compagnons, choisissait ses lieux de vacances. Que lui restait-il à part ses rêves, des désirs confus de son corps et cet immense espoir qu'un jour tous ses tourments disparaîtraient, qu'elle pourrait enfin s'appuyer sur l'épaule solide d'un jeune homme, ce jeune homme sans visage qu'elle aimait déjà ? Cette pensée lui donnait la force de supporter le présent, les humeurs de son demi-frère et sa solitude.

Personne ne savait vraiment qui elle était. Juste et les autres disaient à qui voulait l'entendre qu'elle courait les garçons ! Laure sourit à cette pensée. Les garçons ! C'était vrai qu'elle recherchait leur compagnie, que près de Jérôme elle oubliait un peu sa condition. Jérôme l'avait embrassée quelquefois, mais elle ne ressentait pour lui que de l'amitié. Personne encore n'avait allumé ce brasier qui sommeillait en elle.

Son nom prestigieux n'avait jamais été une source d'orgueil, Rodolphe lui avait assez dit qu'elle n'était qu'une bâtarde ! A Sainte-Marie, ses professeurs lui avaient fait comprendre qu'elle était là par faveur, pour remercier Clément Alone, qui avait rendu de précieux services à la communauté.

Mais Laure n'était pas jalouse des autres, de Jérôme qui avait une voiture et se payait toutes ses fantaisies, de son amie, Josy, qui était partie passer l'été en Angleterre pour parfaire son anglais et surtout rencontrer de beaux garçons. Elle aurait sa revanche, c'était une certitude. Plus tard, Laure serait heureuse.

Un lointain air d'accordéon lui fit tendre

l'oreille. Elle sourit : Martin n'était pas comme les autres. Il n'était ni grand ni beau et, pourtant, il l'attirait avec sa manière de rougir pour un rien, sa sensibilité que dénonçait chacun de ses gestes et ce côté petit enfant qui donnait envie de le protéger, de le pouponner. Martin était aussi seul qu'elle, plus pauvre, et pourtant il jouait de la si belle musique ! Laure eut envie de le rejoindre, puis y renonça : Pauline devait être en train de prendre le frais devant la porte et la verrait.

Elle fit le tour du parc. La nuit n'était pas sombre. Un hibou poussait son cri bref sur un if. Quelque part dans le château, un bruit sourd retentit. L'accordéon s'était tu. Laure prit un sentier entre les grandes herbes qui conduisait jusqu'à une mare. Elle s'arrêta pour écouter les grenouilles. La lune se levait. Demain, elle serait privée de toute cette féerie, des tours de Morterive puisqu'elle partait dans un camp d'adolescents jusqu'à la fin du mois d'août. Ensuite, elle espérait rester quelques jours comme Rodolphe le lui avait promis, Morterive lui avait tant manqué durant ces mois à Sainte-Marie.

Elle vit Martin se diriger vers sa maison, son étui à accordéon en bandoulière. Encore, elle eut envie de le rejoindre, mais n'osa pas, retenue par une espèce de pudeur, l'impression que ces quelques pas dans la nuit auraient exprimé un sentiment qu'elle n'éprouvait pas. Elle le suivit des yeux jusqu'à ce qu'il disparaisse dans l'ombre de la porte. Le garçon qu'elle aimerait ne serait certainement pas Martin, mais, à ses côtés, l'air serait agréable à respirer, comme il l'était près de lui. Au fait, pourquoi ne se tutoyaient-ils pas ?

La jeune fille remontait vers le château quand elle vit Martin sortir de nouveau. Il avait posé son instrument et se dirigeait vers le parc. Elle se dissimula dans l'ombre d'un marronnier, attendit qu'il passe.

— Qu'est-ce que c'est ce méchant qui oublie d'apporter des fleurs à Mouchka ? dit-elle en se montrant.

Martin sursauta. Laure éclata de rire. Martin, rouge, baissait la tête.

— C'est pas vrai, j'ai apporté des fleurs...

— Regardez le menteur ! Votre nez remue et vos oreilles aussi !

Il expliqua qu'il avait eu peur de se perdre dans le château et de se faire surprendre par le comte, mais il y avait pensé tous les jours. Laure le regardait en silence. En quelques mois, il avait grandi et ses épaules avaient forci. Ses joues avaient perdu leur rondeur d'enfant. Il n'était pas devenu beau, mais, dans cette nuit pleine du bruit des grillons, son visage poudré de lumière exprimait ce que Laure n'avait jamais vu sur d'autres visages, force et fragilité, une blessure ouverte qu'il cachait. La haute silhouette du comte se détacha de la lumière d'une fenêtre.

— Mais Laure, voyons, où es-tu ?

— Il faut que j'y aille ! fit Laure. Je pars demain, mais je reviendrai une dizaine de jours à la fin du mois. On aura le temps de se voir, d'accord ?

Elle avait parlé très vite, d'une voix basse dont Martin n'entendit que la musique et l'espoir immense : pour la première fois de sa vie, il n'était pas rejeté. Le rêve continuait.

Laure tourna les talons et s'éloigna en courant.

Maître Franck Oustier avait demandé aux gendarmes de l'accompagner à Morterive. Il voulait bien prendre des risques, mais dans la mesure du raisonnable. Il redoutait les réactions de ce hobereau au regard perçant. On disait que le comte avait complètement perdu la tête, et Oustier ne devait pas seulement annoncer la vente publique du château, mais aussi coller des affiches sur les portes. C'était la loi, et le petit homme avait pour métier de la faire appliquer. Cela le changeait un peu des constats d'adultère ou des dettes ordinaires. Morterive, c'était une affaire marquante dans sa carrière.

Il était presque heureux malgré son appréhension. Sa Renault noire toute neuve roulait avec souplesse. Un bref coup d'œil à son rétroviseur le rassura : les deux gendarmes suivaient.

Après le chantier du barrage, il passa le pont sur la Noiselle, et l'immense château lui apparut. On ne voyait que lui ! Combien de vies humbles, combien de paysans avaient été sacrifiés pour cet édifice, marque d'un orgueil démesuré, de la domination du riche sur le pauvre, du noble sur le roturier ! Oustier se dit que son acte avait une dimension historique. Il portait dans son sac la revanche des sans-nom, puisque le château serait bientôt la propriété de la commune de Salons. La justice existait en ce bas monde, même si elle arrivait souvent en retard.

Sa voiture entra dans le parc. Coup d'œil au rétroviseur : les gendarmes s'arrêtaient derrière lui. C'était un petit homme très raide, le poil dur, le crâne luisant. Il marcha avec assurance jusqu'à l'escalier, frappa à la lourde porte. Personne. Les gendarmes attendaient à côté de leur véhicule, Oustier aurait préféré les avoir près de lui. La chaleur était torride. Il trouva le comte qui montait des pierres sur son échafaudage.

— Monsieur de Morterive ! dit Franck Oustier.

L'homme examina une pierre, la tourna dans ses mains et la posa dans la brouette. Oustier ne pouvait s'empêcher d'être impressionné par sa taille, sa tête haute, ses yeux clairs qui le fixaient. L'huissier fouilla dans sa serviette.

— Le temps est passé ! dit-il. Je suis obligé de procéder à l'affichage de la décision du tribunal de commerce de Tulle. Morterive sera vendu aux enchères publiques le 23 octobre 1962. Il vous reste donc soixante-douze jours pour payer ou déménager, beaucoup plus que le délai légal.

Le comte se tourna vers Oustier. Des gouttes de sueur ruisselaient de son front haut, coulaient sur ses joues et gouttaient du menton. L'huissier se tenait sur ses gardes. Dans ce silence, gêné par ce regard intense qui le fixait, c'était lui qui se sentait coupable. Au bout d'un long moment, le comte parla :

— Faites ce que vous avez à faire. Mais Morterive ne se vendra pas !

Oustier n'insista pas. La loi serait respectée, quoi que fasse M. de Morterive. Quand ce serait le moment, la force serait requise si nécessaire. Il tourna les talons, fouilla dans sa serviette. Il monta l'immense perron, étala une affiche sur la porte d'entrée. Comme il ne réussissait pas à enfoncer les punaises dans le vieux bois, il chercha une pierre dans les herbes. Le comte ne bronchait pas. Oustier alla coller une autre affiche sur le fer brûlant du portail déglingué de l'entrée, puis revint vers M. Henri qu'il salua, étonné par autant de passivité.

— Ces affiches doivent rester en place sous peine de sanctions ! crut-il bon de préciser.

Il revint à sa voiture et fit signe aux gendarmes qu'il avait fini. Le soleil grillait les prairies. Les oiseaux se taisaient. Le hameau dormait, écrasé de lumière, à part quelques hirondelles très haut dans le ciel blanc de chaleur.

Henri de Morterive se dirigea vers le perron. Des étoiles de mica scintillaient sur le granit. L'homme entra dans le château et on ne le vit plus de la journée. Pauline, qui le surveillait, se demanda où il pouvait être. Elle passa dans la cuisine et demeura aux aguets jusqu'à ce qu'elle l'entende déplacer un fauteuil dans son appartement.

Il sortit vers quatre heures, chercha une lampe électrique dans la commode de l'entrée. Il était grave, mais toujours aussi impassible. Pauline n'osa pas lui parler et se tourna vers ses casseroles. Il monta au premier étage, suivit un couloir sombre, entra dans la galerie des ancêtres. Une odeur de vieilles choses, de bois ciré en train de pourrir prenait à la gorge. Henri suivit un à un les portraits de ses aïeux. Il était le maillon d'une chaîne ininterrompue depuis le premier Morterive, Robert dit « Tête noire », au XIIIe siècle, jusqu'au petit Louis, le fils de Rodolphe, âgé de six ans. Les portraits des premiers Morterive avaient été perdus ou n'avaient jamais été peints. Il ne restait d'eux qu'un nom sur le magnifique arbre généalogique que l'aïeul d'Henri, Charles de Morterive, avait fait peindre au temps de la splendeur, en 1850. Sept cents ans d'histoire, des croisades aux satellites artificiels, pour en arriver à une affiche jaune annonçant la saisie immobilière ! Le déshonneur qu'aucun Morterive n'aurait supporté !

Il descendit l'escalier, sortit dans le parc. A côté de la tour Eliana se trouvait la chapelle désaffectée dont le clocher perdait ses ardoises. Les comtes de Morterive étaient tous enterrés là. Faudrait-il troubler leur repos, déplacer leurs pauvres restes pour une fosse commune du cimetière municipal ?

Il s'éloigna, Sam derrière lui. Le souvenir de Mouchka l'illumina un instant. Il le chassa, embrassa du regard son château. L'affiche faisait une tache jaune sur la porte, marque de l'infamie. Non, ce n'était pas possible ! La certitude que cette fin honteuse serait évitée allumait dans ses yeux une lueur de défi que Clément Alone considérait comme la marque du destin.

Après le dîner, dame Eliana se réveilla. Une plainte désespérée venait de la tour, bien différente de ce qu'on avait l'habitude d'entendre. La réfection du mur, l'échafaudage transformaient le bruit du vent en un poignant appel. De sa chambre, Martin avait l'impression qu'il s'adressait à lui.

Il sortit. La nuit était douce et claire. Le château tout entier pleurait, se révoltait de toutes ses blessures, suppliait. Martin sentait le besoin impérieux de faire quelque chose. Il se dirigea vers l'écurie. Rosette s'ébroua. Il attendit un long moment. Si le comte avait l'idée de venir, il ne se cacherait pas et lui proposerait son aide. Enfin, il détacha la jument et l'attela à la charrette. Les roues ferrées sonnaient sur les cailloux. Il arriva au barrage. Une lumière diffuse révélait les arbres et les machines rangées près du talus. Il se mit à charger du sable sans penser, poussé par ce bruit aérien qui arrivait jusque-là, cette protestation que le vent d'altitude arrachait aux vieilles pierres.

Rosette ne bougeait pas ; elle avait l'habitude de ces sorties nocturnes... Tout à coup, Martin se tourna vivement. M. Henri était derrière lui, qui le regardait. Il eut envie de s'enfuir, honteux de montrer à cet homme qu'il connaissait son secret et cet attachement contre nature d'un enfant de l'Assistance au vingt-troisième comte de Morterive.

Sans un mot, l'homme fit demi-tour et s'éloigna. Martin eut brusquement conscience qu'il pouvait se faire surprendre par les gendarmes. Il déchargea le sable et remonta au hameau, le cœur battant à se rompre, l'esprit envahi de contradictions.

L'été 62 fut marqué par la campagne électorale pour le référendum, qui eut lieu le 28 août. Le général de Gaulle demandait aux Français d'approuver l'élection du président de la République au suffrage universel. Juste était contre, Pauline pour. Ils s'étaient heurtés plusieurs fois et, en particulier, un dimanche matin, tandis que Juste ramenait Honorine de la messe. Pauline, qui nettoyait les parterres devant sa porte, était passée à l'attaque.

— Vous croyez pas que c'est justice que le président de la République soit élu par tout le monde ? Eh bien, je le crois et vous m'en ferez pas démordre !

Juste s'était planté, raide sur ses petites jambes.

— Non, c'est pas justice, c'est en faire un roi et c'est tout ce que veut de Gaulle !

— Vous avez vu des rois élus, vous, Juste? Cessez de dire des conneries! Avec de Gaulle, au moins, j'ai ma pension tous les mois... Avec les autres, j'en suis moins sûre!

— Mais, maquarelle, vous l'aurez toujours, votre pension! C'est vous qui dites des conneries!

Ça tournait mal. Honorine appela Juste qui, ce matin-là, se sentait d'humeur belliqueuse. Il insista :

— Ma pauvre Pauline, vous comprenez pas plus la politique que moi le latin!

Pauline lui lança un regard assassin.

— Et vous? Vous criez fort de loin, mais quand vous êtes au pied du mur...

Rappeler à Juste sa lâcheté était le meilleur moyen de le vexer. Il s'en alla, croisa le comte qu'il salua en soulevant sa casquette.

Le 15 août, une série d'orages détraqua le temps. Il plut toute une semaine. Les Parisiens vinrent passer deux jours dans leur maison en se rendant dans le Midi. Martin eut le temps d'apercevoir deux jeunes filles dont l'une avait les cheveux très longs, une femme qui lui sembla très belle. Un matin, en partant pour le garage, il vit les volets fermés; la voiture était partie. Juste dit que c'était dommage d'avoir une aussi belle maison et de l'occuper si peu.

— Paraît qu'ils la gardent pour la retraite! dit-il à Martin.

Le 22 août au soir, Juste faisait la tournée de ses

étables. La nuit tombait, le vent était frais. Quand Juste arriva à l'écurie, Pauline sortit de sa maison et s'écria :

— Celle-là, elle est un peu forte !

— Et qu'est-ce qui se passe, la Pauline ?

— Qu'est-ce qui se passe ? On a essayé d'assassiner le général de Gaulle. Au Petit-Clamart, à côté de Paris !

Juste fut surpris, mais ne le montra pas. En bon socialiste qui n'avait jamais voté pour l'U.N.R., tout ce qui venait de De Gaulle était douteux. Il s'écria :

— Et je parie qu'ils l'ont manqué !

Il se mit à rire.

— Et ça vous fait rien ? Moi, ça m'a retourné les sangs !

— De Gaulle est un malin ! fit Juste. Il a monté ce coup pour gagner le référendum. Voilà la vérité !

Il s'éloigna, content de ce qu'il venait de dire, et ne parla plus de l'attentat, preuve que ça le préoccupait. Le lendemain, à Salons, les gens se rassemblaient pour commenter l'événement. Lachassagne était du même avis que Juste. Jean Marmillot, un des « blancs » de la commune avec la Demoiselle et Rouget, avait suivi les informations à la télévision et écouté la radio une partie de la nuit.

Le référendum eut lieu le dimanche suivant. Juste en profita pour aller boire un coup chez Lachassagne. La victoire prévue du oui lui fit dire que la France s'orientait vers une dictature à la Franco et, pourquoi pas, vers le retour des rois.

Chaque soir, en rentrant de Calone, Martin regardait longuement du côté de chez Pauline et guettait la porte du château. Il espérait que Laure reviendrait comme elle le lui avait dit en juillet, mais Rodolphe avait dû oublier sa promesse et elle ne vint pas.

Le fils de Pauline passa la dernière semaine d'août à Morterive. Il arriva à bord de sa Panhard grise. Les portières s'ouvrirent, et quatre garçons turbulents en sortirent en poussant des cris d'animaux. Toute la semaine où ils restèrent, Pauline n'alla pas à la cuisine du château. Elle apportait chaque matin un panier au comte qui se débrouillait seul. Vers onze heures, toute la famille se tassait dans la voiture et on ne les revoyait pas avant le soir.

Le début du mois de septembre fut très beau. Un grand soleil rappela qu'on était encore en été. Pourtant, sur les collines, la lumière était plus jaune, épaisse. Les feuilles des noyers se piquaient de points sombres, la rouille attaquait déjà celles des cerisiers.

Un soir, alors que Martin passait devant le bistrot, Maurice Lachassagne lui fit un signe. Boule était avec lui et fumait une cigarette avec beaucoup d'application.

— Viens donc prendre un verre! cria Maurice.

Martin s'étonna de tant de sollicitude. D'habitude, Maurice ne lui adressait pas la parole.

Le garçon entra dans le bistrot. Des hommes étaient attablés devant leur pastis. Maurice, derrière le comptoir, tendit la main à Martin. C'était un homme solide, au visage carré et au regard droit. Ses joues et son menton étaient bleus d'une barbe abondante. Ses « pattes » descendaient jusqu'à la moitié des joues, ce qui lui donnait un air menaçant.

— Qu'est-ce que je te sers ? Un Pernod ?

— Bah, il peut bien boire un Pernod ! Ça lui fera pas de mal ! dit Boule, qui voulait se mettre en valeur.

— Dis-moi, continua Maurice, je t'ai entendu jouer de l'accordéon, l'autre soir à Morterive. C'est que tu te débrouilles drôlement bien.

Martin rougit, but une gorgée, retint une grimace.

— Il est drôlement bon ! fit Boule. Il joue aussi bien que Ségurel.

— Et les chansons à la mode, tu peux les jouer ? demanda Maurice en grattant sa magnifique moustache.

— Bien sûr, s'exclama Boule. Il les entend une fois et il les sait !

— Laisse-le parler ! fit Maurice, agacé.

— Si je les entends deux ou trois fois, je peux les jouer, dit timidement Martin. Ou alors si j'ai la partition.

Maurice siffla entre ses dents. Il vida son verre de Pernod d'un trait. Martin tenta d'avaler une nouvelle gorgée.

— J'ai la grande salle, derrière, qui fait rien ! continua Maurice. Et je me disais que si tu voulais venir y jouer le dimanche, ça ferait une animation au pays. Ça attirerait les jeunes qui s'ennuient à rien faire. J'ai un gars de Tulle qui t'accompagnera à la guitare. Il joue aussi du saxo et un de ses copains batteur est prêt à venir.

— Mais je joue pas assez bien pour faire danser ! Et puis avec le gars, il faut qu'on s'entraîne !

— Bah, même si vous faites quelques fausses notes, personne s'en rendra compte.

Martin resta un moment indécis. Jouer le dimanche avec un guitariste et un batteur, c'était déjà le début de l'orchestre dont il rêvait, l'orchestre Martin Legelle ! Le timide complexé par ses grandes oreilles avait tant besoin qu'on le regarde, qu'on l'admire ! Il fit le modeste.

— Je sais pas si je suis capable !

— Bah, tu joues mieux que tous ces musicos du dimanche. Et puis je te paierai un peu.

— Eh bé, toi, s'exclama Boule, tu peux dire que tu as de la chance. Tu fais de l'argent avec tout.

— Mais tu vas la fermer ! dit de nouveau Maurice.

Boule mit le nez dans son verre et se tut.

— Bon, c'est entendu. Si ça va bien, je te donne cinq cents francs par après-midi. Si ça marche, bien sûr ! Je t'attends dimanche, le guitariste sera là et vous pourrez vous entraîner.

Martin vida son verre d'un trait, retint un haut-le-cœur et sortit. Il était tellement heureux qu'il faillit se casser la figure en remontant à Morterive. Il chercha Juste et lui expliqua ce que Maurice venait de lui proposer. Juste n'était pas content : tout le monde voulait lui prendre Martin et les heures qu'il passerait au bistrot, il ne les passerait pas ici, avec lui. Il pinça les lèvres et se planta au milieu du chemin :

— Le Maurice, c'est un roublard !

Il fit deux pas, les mains dans les poches de son pantalon trop large, ajouta :

— *C'est pas en faisant la coquette,*
Que la cigale remplit son assiette !

Martin passa dans sa chambre et regarda son accordéon. L'envie de jouer lui brûlait les doigts. Il s'en alla dans la grange. Honorine, qui entendait la musique de la maison, soupira : à force, elle s'était habituée, mais tout de même ce garçon finirait par s'user les oreilles !

La 404 bleue freina devant la maison de Juste. Miss, qui était couché dans la poussière, se mit à aboyer. Luc Rouget claqua la portière. Honorine était seule. Le maire demanda Martin. Il était rouge et semblait en colère.

Juste et Martin étaient au potager en train de nettoyer le carré d'endives.

— De toutes les salades, avait dit Juste, l'endive est la meilleure. Et celle qui pousse à Morterive, meilleure encore. Si les gens savaient qu'il y a de l'or dans la terre de Morterive, ils viendraient la voler la nuit !

Martin imagina un convoi de voleurs de terre sous la lumière bleue de la lune, retenant leur cheval dans le sentier du barrage. Rouget arriva dans le potager. Son veston était ouvert sur son ventre, qui tendait sa chemise blanche. Le temps était couvert et frais ; le vent venait de l'ouest, il allait pleuvoir. Rouget salua Juste et se tourna vers Martin.

— Qu'est-ce que c'est ce bordel? dit-il, renfrogné.

Martin baissa les yeux. L'autre continua :

— Tu crois que tu vas gagner ta vie avec ton accordéon ? Qu'est-ce qu'il a inventé, ce Lachassagne ?

Juste avait sorti son paquet de tabac. Il cria au chien qui passait sur les rangées de légumes.

— Un tripot qu'il veut faire à Salons ? Et toi, le musicien, comme dans un bordel ! Celui-là, il va m'entendre !

Juste opina. Il savait, comme tout le monde à Salons, que Lachassagne avait le poing leste, et Rouget se contenterait de crier de loin. Ils n'étaient pas du même bord politique, et Lachassagne ne se gênait pas pour dire que le maire était un « vendu et un pourri de capitaliste ».

— Écoute, fit-il en posant sa main sur l'épaule de Martin, tu vas passer ton C.A.P. Les dimanches, au lieu de jouer tes couillonnades, tu ferais mieux de travailler les maths et le français. J'ai trouvé des livres pour toi.

Il se tourna vers Juste, qui allumait sa cigarette.

— Jouer de la musique au bistrot ! On aura tout vu ! Je sais pas ce qui me retient de lui prendre cet accordéon. Quand on est de l'Assistance, on n'a pas le temps de s'amuser !

— C'est bien ce que je pensais ! dit Juste.

En fait, il ne pensait rien, mais il était content que Martin reste à Morterive, le dimanche. Rouget s'approcha des pieds de tomates accrochés à leur piquet. Il les regarda un moment.

— Les tomates de Morterive ! dit-il, pensif.

Juste se dressa sur ses jambes courtes. Son visage rayonnait.

— Elles sont plus rouges qu'ailleurs ! fit-il avec émotion. Mais c'est la fin. Un de ces matins, elles vont ramasser un coup de gel et adieu...

Le maire se tourna vers le château, dont on voyait les tours au-dessus des arbres.

— Et là-haut ? demanda-t-il.

— Toujours pareil ! fit Juste. Il parle de rien. Il continue comme avant. Même la Pauline n'a pas pu lui arracher un mot.

Rouget dit à Martin :

— Viens chercher tes livres, et qu'on me parle plus de cette musique. Je vais dire à Lachassagne que tu as autre chose à faire.

Martin suivit Rouget jusqu'à sa voiture, prit les livres empilés dans un carton.

— Avec ton niveau, tu devrais y arriver tout seul.

Il se tourna encore vers le château.

— De ne pas avoir d'ancêtres, c'est quelquefois un avantage !

Il salua Pauline, qui était sortie sur le pas de la porte, monta dans sa voiture et s'en alla. Martin était effondré, le beau rêve s'écroulait ; il avait envie de pleurer. Honorine le comprit et dit :

— Il a raison, tu sais. Il vaut mieux que tu travailles à ton métier.

Il alla se promener au bord de la Noiselle. Depuis la nuit où il était descendu chercher du sable au barrage, il redoutait de croiser le comte. Qu'est-ce qui l'avait poussé à commettre un acte aussi stupide ?

Le samedi suivant, Martin avait demandé sa journée à Marmillot. Il devait aller à Tulle avec Juste et Honorine s'habiller pour la noce du cousin Roland Levrault qui épousait une nièce d'Éloïse Pelletier. Honorine avait décidé d'acheter un tailleur, un costume pour Juste et un autre pour Martin. Juste ne cessait de grogner que son costume, acheté en 1953 à l'occasion du mariage du neveu Jacques, ferait bien l'affaire, et que c'était pas la peine de se mettre en frais pour un cousin second. Ce qui gênait Juste, c'était surtout les manières qu'il fallait faire chez le marchand. Jusqu'au dernier moment, il refusa. Honorine se mit en colère.

— Le costume du neveu Jacques est plus de mode !

— La mode, moi, tu sais...

— Et moi, je sais qu'il te faut un costume. Qu'est-ce qu'ils vont dire les gens à la noce ? Que le Juste n'a pas un sou pour s'habiller ? C'est ça que tu veux qu'ils disent ?

L'argument avait porté. Juste avait un grand

amour-propre. Il tenta une sortie pour sauver l'honneur.

— Mais tu peux bien le prendre sans moi !

Le regard d'Honorine lui fit comprendre qu'il n'aurait pas raison. La femme porta machinalement le doigt à son grain de beauté et se tourna ensuite vers Martin :

— Et toi aussi, il te faut un costume. Tu es habillé comme l'as de pique !

Le samedi matin, Martin aida Juste à faire démarrer la Juva. Honorine éteignit le feu et enferma le chien. Il lui fallut bien dix minutes pour trouver la bonne position sur le siège avant, défroisser sa jupe, caler son énorme sac à main sur les genoux.

A Tulle, c'était jour de marché. La place de la cathédrale grouillait de monde. Les paysans des environs apportaient les produits de leur ferme dans des paniers qu'ils posaient devant eux, sur le trottoir, au milieu de la bousculade. Juste gara la Juva dans la rue du Trech. Il voulut gagner du temps et proposa à Honorine d'aller faire un tour au marché pour acheter du plant de chou-fleur, le sien étant rongé par la vermine. Honorine fut impitoyable :

— On va acheter le costume en premier. Après, tu iras où tu voudras !

Ils s'arrêtèrent devant plusieurs vitrines. Honorine comparait les prix et les qualités. Martin marchait à côté de Juste, riait de ses mimiques. Le paysan, habitué à la solitude de Morterive, était dépaysé dans cette ville. Il dévisageait les gens et poussait Martin du coude.

— Tu as vu celui-là, avec ses dents ! On dirait la Rosette !

Honorine décida enfin d'entrer dans un magasin. Juste suivit, la casquette à la main. L'odeur de tissu neuf, la moquette où ses chaussures raides s'enfonçaient, le vendeur impeccablement cravaté le mettaient mal à l'aise. Honorine ne se pressait pas. Elle allait d'un costume à l'autre, avec un air mécontent. Juste étouffait. Il put, pourtant, se prêter à la séance d'essayage avec bonne grâce. Pour cacher son malaise, il ne cessait de parler, de raconter des bêtises qui ne faisaient rire que Martin. La casquette de travers, il entra dans la cabine étroite avec Honorine ; Martin l'entendit ronchonner en patois. Enfin, il sortit. Le pantalon faisait des plis sur les chaussures, la veste trop large pendait. Il ressemblait à un clown, mais ne broncha pas quand le vendeur fixa des épingles pour marquer les ourlets. Quand ce fut fini, Honorine se tourna vers Martin.

— A ton tour !

Le visage de Juste s'illumina. Il avait l'œil brillant quand le garçon sortit de la cabine.

— On dirait un lapin habillé en évêque !

Il fut convenu avec le marchand que les retouches seraient faites dans la semaine et qu'on pourrait venir chercher les vêtements le samedi suivant.

— Voilà une bonne chose de faite ! dit Honorine en sortant du magasin.

Ils ne s'attardèrent pas beaucoup au marché. Juste, qui redoutait d'y croiser sa fille, prétexta qu'on avait assez perdu de temps et se dirigea vers la voiture.

Les jours suivants, il plut. L'automne était là avec ses soirées dont la longueur surprenait. Déjà Juste, le soir, ne lisait plus devant la porte ou sur la table de la cuisine, il se mettait au coin du feu, et Honorine faisait une flambée. Comme il n'y avait plus grand-chose à faire, Martin allait à l'atelier tous les jours. Marmillot l'avait augmenté, et le garçon se sentait gêné par rapport à Juste et à Honorine qui l'hébergeaient sans jamais rien lui demander. Un soir, à l'étable, il voulut en parler. Juste préparait des légumes pour les bêtes, Martin apportait de la paille. C'était difficile pour lui, mais il réussit à dire :

— C'est que je gagne des sous. Il va falloir que je paie ma pension !

Juste le regarda de ses yeux ronds, le couteau à la main.

— Maquarelle, tu as envie de t'en aller ?

Martin sursauta.

— Oh ! non, mais... Et le costume ? Il n'y a pas de raisons que...

— Va parler de ça à l'Honorine et tu vas voir la paire de baffes que tu vas ramasser !

On n'en parla plus. Honorine avait repris ses

habitudes d'hiver. Elle trouva que les pulls de Martin étaient bien trop fins pour Morterive et se mit à tricoter. Chaque soir, elle lui disait de cette voix rude qui n'acceptait aucune réplique :

— Tourne-toi que je voie !

Il se tournait, elle ajustait le pan de gilet sur le dos du garçon, comptait les mailles. C'était le temps des noix. Juste les ramassait tous les matins, et les soirées se passaient à grignoter. Parfois, un bruit étrange faisait lever la tête à tout le monde. Le château rappelait sa présence aux hommes de Morterive. Martin pensait à Laure, à leurs escapades dans les couloirs sans fin... Où était-elle à cette heure ?

Au garage, il y avait beaucoup de travail depuis que Marc Ponthiat était parti après une dernière dispute avec Marmillot qui l'avait menacé de le sortir à coups de pied au cul. Martin ne s'économisait pas à la tâche, et le patron était content. Il avait commencé à réviser les maths et le français avec les livres du maire, mais son accordéon lui prenait encore beaucoup de temps.

Un matin, Gerbert, qui apportait le courrier au patron, l'appela.

— Une lettre pour toi ! dit-il.

Martin prit l'enveloppe. Il redoutait que ce fût sa mère, mais le premier coup d'œil à l'adresse le rassura. C'était une écriture ronde, bien déliée et droite.

Il n'osa pas l'ouvrir devant Marmillot et la mit

dans sa poche. Une lettre, pour Martin qui n'en recevait jamais, c'était ce qui lui manquait le plus, une pensée de quelqu'un d'autre, un appel, un signe, c'était un lien. Il alla aux toilettes qui se trouvaient au fond du garage, s'enferma et, les doigts tremblants, déchira l'enveloppe. Il lut.

Cher Martin,

Vous savez que les scellés vont être apposés sur toutes les ouvertures du château et je n'ai que vous pour m'aider. Le portrait de ma mère est toujours dans la grande pièce à l'étage. Passez par la petite porte que vous connaissez et qui est toujours ouverte et allez le récupérer. C'est tout ce qui me reste d'elle. Vous le garderez jusqu'aux vacances de Noël où, j'espère, on me permettra d'aller embrasser Pauline.

Je suis bien seule, pensez à moi.

Laure

Martin, les joues en feu, relut la lettre. Laure pensait à lui puisqu'elle lui avait écrit. Elle lui demandait de sauver le portrait ! Ah ! comme il était heureux ! Comme il avait envie de chanter, de siffler sa joie ! Il glissa l'enveloppe dans sa poche et sortit, radieux. Marmillot lui dit, sans lever les yeux de son moteur :

— T'en as mis un temps, tu faisais des cordes de violon ?

Martin se remit au travail, mais il était impatient de s'en aller. Le soir, après le dîner, il prétexta une grande fatigue pour se retirer dans sa chambre. Il attendit que Juste fût couché, prit sa petite lampe électrique et sortit sans bruit. Un vent humide soufflait sur les collines, arrachant des tourbillons de feuilles aux hêtres. Le château se taisait. Martin contourna la maison de Pauline en passant par le parc. Au château, une fenêtre était allumée, celle de l'appartement du comte. Le garçon se glissa le long du mur et arriva dans l'ombre à la petite porte, qui grinça quand il l'ouvrit. Il monta l'escalier de pierre en retenant son souffle. Il redoutait que Sam se mît à aboyer, mais le vieux chien, enfermé avec son maître, ne l'avait pas flairé. Martin arriva au deuxième étage. Sa lampe éclairait un immense couloir, il le suivit. Des bruits, des grincements venaient de l'ombre de ces chambres vides ; il poussa une porte. Le plancher était défoncé. Un lit à baldaquin se trouvait en coin avec un fauteuil renversé couvert de poussière. La lumière s'attarda sur une armoire à la porte défoncée, des bibelots ternes sur une commode. Une tenture rouge garnissait le mur. Le tissu déchiré bougeait lentement, comme poussé par une main invisible. Martin se mordit la lèvre. Son cœur battait très fort. Il entendit des pas derrière lui, se tourna vivement, le couloir était vide.

Il ouvrit la porte voisine. C'était un débarras de vieux meubles entassés, de coffres disparates. Tout à coup, il s'immobilisa, terrorisé. En face de lui, sortant de l'ombre, un long manteau noir, posé sur une sorte de mannequin, ondulait lentement. Et le mannequin s'approchait, Martin voyait nettement le mouvement de ses jambes d'osier, et cette boule blanche à la place de la tête s'allumait d'une lumière froide. Il recula, sa chaussure buta contre le rebord d'un tapis, il tomba sur les fesses avec un bruit qui lui sembla énorme. Un cri strident, venu de la tour Catherine, lui glaça le sang. Il courut jusqu'à l'escalier sans se soucier de ses pas qui devaient se répercuter jusqu'à l'appartement du comte.

Là, Martin tenta de se calmer en se disant que les fantômes n'existaient pas ; pourtant, dans ce château, rien n'était comme ailleurs : les statues de plâtre pouvaient danser, les portraits sourire et les ombres parler.

L'envie d'aider Laure fut la plus forte. Martin pensa qu'il s'était trompé d'aile et suivit le couloir opposé. Il ouvrit plusieurs portes et ne trouva rien. Son faisceau éclaira de nouveau un escalier. La chambre au portrait était au bout d'un couloir, cela limitait les recherches, mais une multitude de couloirs partaient dans tous les sens. Il en prit un au hasard et arriva à la galerie aux statues. Une poutre s'était effondrée et avait décapité les deux premières. La tête de l'homme avait roulé près de celle de la femme et la touchait de ses lèvres de plâtre... Martin fit un long détour ; il était prêt à abandonner quand la chance lui sourit. En ouvrant une porte au hasard, il reconnut tout de suite le fauteuil au milieu de la pièce et les coffres du fond.

Le portrait de Mouchka était posé par terre. Il le prit et rebroussa chemin. Un cri, sorte de hurlement lugubre venu de la tour, le glaça d'effroi. Il n'eut qu'une hâte, sortir de ce labyrinthe trop grand, trop vide et trop froid. Il descendit un escalier, chercha le couloir qui conduisait à la petite porte et se trouva dans une pièce vide où pourrissaient des cageots de fruits. Il chercha un nouvel escalier, arriva dans une cave immense, voûtée comme une cathédrale. Le bruit de ses pas semblait se répercuter jusqu'au centre de la terre. Il rebroussa chemin, emprunta d'autres couloirs, monta et descendit d'autres escaliers. Il s'était de nouveau perdu. Sa lampe commençait à faiblir. Qu'allait-il devenir sans lumière ?

Il tenta de retrouver la chambre au portrait, courut à travers un vestibule. Des poutres craquaient, le château vibrait, bruissait de toutes ses bouches noires. La chambre était de nouveau introuvable. Il était prisonnier de ce couloir quand il reconnut l'aiguière en cuivre du rez-de-chaussée, près de l'appartement du comte. Le couloir bas qui conduisait à la petite porte était à côté, Martin avait dû passer plusieurs fois devant sans le voir.

Une fois dehors, il se mit à trembler. Le portrait sous le bras, il avait tout à coup très froid et claquait des dents. Tandis que la lune sortait des nuages, il lui sembla revenir du pays des morts.

Le mariage eut lieu le dernier samedi de septembre. Ce fut toute une histoire. Il fallut confier la grand-mère à Pauline qui rouspétait, et enfermer le chien dans la grange où il se mit à hurler à la mort. La veille, Honorine commença par s'en prendre à Juste qui ne voulait pas se laver. L'homme dit que seuls ceux qui sont sales se lavent et lui se trouvait très propre. Il conclut :

— *Pas besoin de sentir la fleur*
Pour être un homme de cœur !

— Tu pues comme un vieux verrat ! dit Honorine en sortant les serviettes.

Chez les Levrault, il n'y avait pas encore de salle de bains comme chez Pauline. Et Juste dut se laver dans la bassine remplie d'eau chaude. Le soir en rentrant de l'atelier, Martin eut droit au même traitement tandis que Juste, pour qui la corvée était passée, avait retrouvé le goût de la plaisanterie :

— L'Honorine a la peau aussi douce qu'une brosse en chiendent.

Il trouva même pour l'occasion un de ces adages dont il avait le secret :

— *Une fois l'an tu te laveras le cul,*
Une fois le jour, tu t'assoiras dessus.

Ça ne voulait pas dire grand-chose, mais la formule lui plut tant qu'il la répéta.

Le lendemain, après avoir porté à manger à Rosette, il fallut s'habiller, ce qui prit une bonne heure. Juste avait toujours perdu quelque chose et criait après Honorine :

— Mes chaussettes ?

Il sortit de la chambre avec son costume neuf. Ça changeait sa silhouette : ses épaules étaient plus carrées, il semblait plus petit. Honorine le regarda de haut en bas.

— Tiens-toi droit, on dirait un vieillard !

Quand tout le monde fut prêt, Honorine alla donner les dernières recommandations à Pauline : apporter le grain aux poules à cinq heures et pas avant, fermer le poulailler à la nuit. Pauline, qui était de mauvaise humeur, dit d'une voix aigre :

— Vous me prenez pour une demeurée ! C'est la troisième fois que vous me le dites !

Ils partirent. Honorine prit place dans la Juva, son gros sac à main sur les genoux, Martin monta à l'arrière. Juste constata :

— Depuis que le gars fait de la mécanique, cette voiture marche comme si elle était neuve.

— Heureusement, parce que toi, tu es maladroit

comme un manche ! trancha Honorine que cette sortie mettait de mauvaise humeur.

Ils allaient à La Bâtisse, un village situé au sud de Tulle, sur la route de Brive. Les invités se rassemblaient devant l'église et bavardaient en attendant les mariés. Le bistrot était plein d'hommes que la messe n'intéressait pas.

C'était un mariage à l'ancienne. Après l'église, on se rendit chez la mariée. La table avait été mise dans une grange nettoyée et décorée pour la circonstance. Le boulanger avait cuit une fournée spéciale de lourdes pâtisseries aux fruits, des gâteaux de pommes de terre, des choux farcis. Les jeunes époux, étudiants en lettres à Toulouse, avaient voulu respecter la tradition. On avait cuit une grande quantité de *millassous* et de *farcidures*. Juste était à son affaire. Il parlait tout le temps, et Honorine, qui n'était pas loin, lui disait d'arrêter de raconter des bêtises.

— Et bois pas tant, que tu vas être malade !

Martin avait été placé à côté d'Éloïse, tante de la mariée. Paul Pelletier était en face. C'était un homme peu bavard, sobre, qui tétait sa pipe et se contentait d'écouter les autres. Un électrophone relié à des haut-parleurs avait été prévu, mais, avant de danser, les invités se calaient l'estomac.

Quand la musique commença, il était nuit depuis longtemps. Juste, qui avait déjà trop bu, voulut danser avec la mère de la mariée. C'était une femme sèche qui mesurait vingt centimètres de plus que lui. Il se lança dans une valse hésitante, faillit tomber plusieurs fois et bouscula tout le monde. Éloïse riait fort ; Martin, dans son costume neuf, n'osait pas bouger de son siège.

— Maquarelle ! dit Juste en passant près de lui, tu vas pas danser un peu ?

— Allez, viens ! dit Éloïse en le tirant par le bras.

Martin avait bu plusieurs verres de champagne, et la tête lui tournait. Avec le temps, son estomac s'était un peu habitué au vin, preuve, disait Juste, qu'il devenait un homme.

— Je sais pas danser ! fit-il.

— C'est l'occasion d'apprendre ! répondit Éloïse.

Il ne mit pas longtemps pour comprendre. Éloïse fut étonnée de sa facilité. Elle transpirait, et son odeur de femme le troublait. Elle avait dû s'en apercevoir et le serrait contre sa poitrine brûlante.

Le bruit était infernal, la chaleur torride. Les gens sortaient prendre le frais avant de boire de nouveau. Une fois vaincue l'appréhension du début, Martin avait pris goût à la danse. Il osa inviter la jeune fille qui se tenait en face de lui. Musicien, il avait le sens du rythme.

Vers minuit, en sueur, il sortit se promener dans la nuit. Il avait besoin de se retrouver un peu seul avec son rêve, avec Laure. Il marcha dans le chemin, contempla une prairie luisante de lune. Il faisait très doux. Un petit vent bruissait dans les herbes mortes et les fougères sèches du fossé. Martin avait le feu aux joues. La musique arrivait jusqu'à lui, mêlée aux éclats de voix. Quelqu'un marchait derrière lui, il se tourna.

— Où vas-tu si seul, Martin ?

C'était Éloïse. Elle avait beaucoup bu et titubait un peu.

— Viens avec moi ! dit-elle. Il fait si bon, dehors !

Il se laissa entraîner dans le sentier entre les genêts jusqu'à un pré entouré de hautes haies sombres. La femme l'invita à s'asseoir à côté de lui, sur un tapis de feuilles.

— C'est beau la nuit, avec ces étoiles... Donne ta main.

Son décolleté laissait voir la naissance de ses seins.

— Je parie que tu en as jamais vu ! dit-elle d'une voix langoureuse. Il faut bien que tu apprennes.

Elle déboutonna son corsage et posa la main de Martin sur son sein. C'était chaud et doux. Il tremblait.

— Tu peux caresser ! dit-elle. Faut apprendre à caresser si tu veux que les femmes soient contentes de toi. Mais, dis-moi, tu as déjà fait l'amour ?

Des désirs contradictoires se bousculaient en lui. Du feu coulait dans ses veines. Il avait peur d'Éloïse qui avait l'âge de sa mère, peur de se souiller à son contact, de commettre un sacrilège qui le transformerait définitivement, et, pourtant, il avait envie de découvrir ce que son imagination n'avait jamais pu lui montrer. Comment était fait un sexe de femme ? Comme celui d'une vache, de Rosette ? Il n'en savait rien, et il lui semblait que cette ignorance le privait d'une partie de lui-même.

— Laisse-toi faire ! Je vais te montrer !

Elle guida la main du jeune homme sur la peau brûlante de son ventre jusqu'à la culotte. A travers le tissu très fin, il sentait des poils durs. Il haletait et se laissait faire.

— Aucune femme ne t'a jamais touché, je parie ?

La main d'Éloïse se posa sur sa braguette, se referma sur son sexe raide.

Un groupe approchait. Martin entendit Juste l'appeler. Le paysan s'était engagé dans le sentier.

— Martin ? Maquarelle, où que tu es ?

Derrière, Honorine dit à un homme près d'elle :

— Ce pauvre Juste ! Dès qu'il voit pas ce garçon de cinq minutes, il le cherche partout ! Ah ! ils font une sacrée paire !

Martin, malgré le trouble qu'Éloïse avait fait naître en lui, eut très chaud au cœur. Il rejoignit Juste, qui urinait contre un arbre et avait bien du mal à se tenir debout.

— Eh bé, voilà que je viens de pisser sur mon pantalon !

Ils retournèrent tous les deux dans la grange. Honorine regarda sa montre et décréta qu'il était temps de rentrer, mais Juste n'était pas pressé.

Quand il s'assit au volant, une heure plus tard, il ne s'était jamais senti aussi bien. Martin pensait à Éloïse, à la douceur de ses seins, à son sexe. Désir et répulsion se mêlaient en lui ; le désir pourtant était plus fort que la répulsion et il avait, maintenant, le sentiment d'être passé à côté de l'essentiel, cette découverte qui l'aurait définitivement sorti du monde de l'enfance... Jusqu'à Morterive, la Juva frôla vingt fois la catastrophe.

Le lendemain, Martin se leva vers midi. Honorine était déjà en train d'écosser des haricots. Juste somnolait sur le banc devant la cheminée. Il se plaignait de la tête et avait l'estomac retourné.

— Je sais pas ce qu'ils nous ont fait manger de sale ! dit-il.

— Si tu avais moins bu ! rouspéta Honorine.

Les jours suivants, Martin revit Éloïse sur le pas de sa porte ou dans l'épicerie quand il allait faire les achats pour Morterive. La jeune femme ne lui parla jamais du mariage. Lui, ne pensait qu'à ça et rougissait chaque fois qu'elle le regardait.

La mi-octobre approchait. Tout le monde, à Morterive, et Juste le premier, avait lu les affiches et savait que la vente était prévue le 23 octobre si la dette n'était pas réglée. Le comte ne semblait pas s'en préoccuper. Absent de cette réalité qui resserrait ses liens sur lui, il continuait son travail habituel, replaçait les pierres du donjon.

Clément Alone avait encore une fois accepté de

jouer le jeu de Rodolphe. Ses ennemis accusaient l'avocat d'être cynique et sans pitié. Mais qui savait, à Tulle et dans les environs, quel homme était Clément Alone ? Secret, il vivait dans une grande maison retirée au milieu des bois, à côté de Virevialle. Comme il n'était pas marié, sa manière de s'habiller faisait courir sur lui les pires bruits, qui avaient au moins le mérite d'alimenter les conversations dans les bistrots, autour de la cathédrale. Il allait parfois au marché le samedi matin et les paysannes s'écartaient sur son passage, comme s'il était le diable.

Clément et Rodolphe montèrent le 19 octobre. Juste, qui avait entendu la voiture de son étable, courut se cacher derrière le mur. Henri ne descendit même pas de son échafaudage pour les accueillir.

— Henri, il est temps de te rendre à l'évidence ! dit Clément.

— Quelle évidence ? demanda le comte.

Clément regarda son ami. Il avait eu une idée, celle de la dernière chance : proposer au comte de venir habiter chez lui, à Virevialle, de se cacher au milieu des bois dans sa grande maison, mais il comprenait à cet instant qu'Henri n'accepterait aucun arrangement. Ces yeux où la lumière se brisait en éclats imprécis étaient ceux d'un homme déterminé. Rodolphe intervint :

— Écoutez, père, soyez raisonnable.

C'était la meilleure manière de le braquer.

Clément laissa faire. Henri se cala sur sa jambe raide et cria :

— Je ne quitterai jamais Morterive ! Vous voilà avertis !

— Ce n'est pas possible ! s'insurgea Rodolphe, qui s'animait. Dans quelques jours, le château va être vendu ! L'appartement de Tulle est libre. Viens t'y installer !

— Vendu, ce château ? Pour mes dettes, dis-tu ? Mais voyons, depuis que les Morterive existent et servent ce pays, ce sont les autres qui ont une dette envers eux !

Le comte avait beaucoup maigri pendant l'été ; le soleil avait grillé sa peau et ses joues s'étaient ridées. Rodolphe poursuivit :

— Tu ne serais pas loin de nous. Nous nous occuperons de toi et Louis pourra enfin profiter de son grand-père qui a tant de choses à lui apprendre. Laure pourra y passer les vacances, il y a assez de place !

— Tu es bien bon, Rodolphe ! Tu es bien bon ! dit Henri d'une voix profonde. Mais je ne reviendrai pas sur ma décision.

— Alors, les gendarmes te mettront dehors. Ici, ce n'est plus chez toi !

— Les gendarmes ! Ils n'oseront jamais !

— Henri, il faut que nous parlions, tous les deux ! dit Clément, qui venait d'avoir une autre idée. Je passerai te prendre, ce soir ; nous irons dîner à La Toque blanche. A tout à l'heure.

Clément monta dans la voiture qui s'éloigna en soulevant un tourbillon de feuilles mortes. Il faisait un beau soleil d'automne, les premières gelées du matin avaient roussi les fougères et les feuilles des hêtres. Le parc flambait.

— Je viens le chercher ce soir pour l'emmener dîner ! dit Clément à Rodolphe. Ensuite, je me débrouillerai pour ne pas le lâcher de quelque temps.

Clément savait que sa tentative n'aboutirait probablement pas, mais il voulait gagner du temps. Non, il n'était pas cynique, il était clairvoyant et avait appris que les apparences cachent des vérités qui échappent à la plupart des hommes.

Quand il fut seul, Henri de Morterive regarda un long moment l'allée où les feuilles s'étaient assagies, puis se tourna vers le donjon, seul vestige des débuts de Morterive. Le reste avait été construit à différentes époques, chaque génération voulant apporter sa touche personnelle. Le comte se dirigea vers le portail. Il surprit Juste qui fit semblant d'essuyer ses chaussures dans les grandes herbes, puis rentra au château. A cette heure, les vieilles charpentes étaient calmes. Il monta directement dans la galerie des ancêtres et regarda les portraits les uns après les autres. Les Morterive avaient participé à tous les grands événements de l'histoire... Le premier dont il restait un authentique portrait, en fort mauvais état d'ailleurs, était un Jean de Morterive, né en 1512 et mort en 1538 dans un accident de chasse. Il avait déjà le visage long, le nez droit et fort... Celui d'Henri était au bout du rameau principal. Peint en 1930, il représentait un homme fier et grave. La place suivante était vide. Un nom y figurait : Rodolphe, né le 6 mai 1932. On ne l'avait pas fait peindre et, par mesure d'économie, on avait pensé à une photo. Il manquait le nom de Louis, le fils de Rodolphe, dernier bourgeon d'une lignée de sept siècles. C'était lui le futur comte de Morterive, l'héritier de la tradition et des valeurs familiales.

Le comte resta un long moment devant son portrait, ce regard du passé qui lui faisait des signes, qui l'appelait. Il pensa à Mouchka. Pour elle, il avait manqué à ses devoirs essentiels, mais ne le regrettait pas. Une lassitude infinie engourdissait son corps et il n'avait plus la force de bouger. La fatigue de ces années de bagne s'emparait de lui d'un coup et le terrassait.

Jusque-là, il avait espéré un miracle, un retournement spectaculaire de situation. Le destin de Morterive ne pouvait être quelconque. Le général de Gaulle, qu'il avait fidèlement suivi en 1940, ne lui avait pas répondu. Ses amis de Paris n'avaient pas tenu leurs promesses. Peut-être l'avaient-ils simplement pris pour un fou. Il était seul devant son destin et devait faire face à ce qu'un Morterive ne pouvait pas supporter, le déshonneur, pis, la déchéance la plus totale. Ce soir, Clément l'emmenait dîner. Pour dire quoi ? Pour l'inciter à partir de ce château dont il était un élément vivant ? Pourrait-il survivre ailleurs ? Une branche peut-elle fleurir quand on a coupé l'arbre qui la porte ? Non, il ne serait pas un passant quelconque sur les trottoirs de Tulle, un retraité ordinaire qui promène son vieux chien et s'arrête sous les platanes pour regarder d'autres retraités jouer aux boules. Rodolphe n'aurait pas cette joie ! Henri était d'une autre pâte, celle des maîtres qui ne baissaient ni la tête ni les yeux et à qui personne, surtout pas un tribunal, ne donne d'ordre.

Pendant plusieurs jours, il avait pensé à résister, à créer un scandale immense autour de son affaire pour ameuter la presse. Réfugié dans le château, il pensait accueillir la police et les nouveaux propriétaires à coups de fusil. Il comprit vite que ce combat était perdu d'avance. Qui se soucierait de lui ? Bien sûr, si Rodolphe avait été de son côté, tout aurait été différent, mais, seul, il n'y avait plus aucun espoir. Il pensa à Martin qui avait surpris son secret et n'en avait rien dit. Pourquoi était-il descendu au chantier avec la charrette ? Pour l'aider ?

Son nom était écrit en lettres d'or : « Henri, né le 14 octobre 1902. » Il prit son crayon de maçon à grosse mine dure et ajouta : « Mort le 19 octobre 1962. »

Il descendit le grand escalier, passa dans son appartement, chercha quelque chose dans le tiroir de son bureau, siffla Sam. Il était très calme.

Il se rendit chez Pauline pour lui dire que, ce soir, il dînait avec Clément. Pauline effilait les derniers haricots verts de la saison qui avaient échappé au gel parce que son jardin était bien exposé. Le comte lui sembla bizarre. Elle le dévisagea et ne trouva rien de particulier, sinon une légère pâleur aux joues. L'homme s'éloigna en claudiquant. Pauline se remit à son travail en regardant la télévision. Une détonation dans le parc la surprit. Un pressentiment lui fit lever les yeux. Elle se dressa si vite que sa chaise se renversa, sortit devant la porte, rentra de nouveau, passa dans sa chambre. Sam arriva en gémissant.

Pauline courut dans le parc. Le soleil bas illuminait les arbustes. Elle arriva au cyprès, poussa un cri strident. Henri était là, étendu sur l'herbe. La moitié de son crâne était en bouillie. Un sang noir, encore vivant, bouillonnait sur la plaie. Le revolver avait roulé à côté de lui.

Pauline courut sans se soucier des rameaux déplumés qui cinglaient son visage, passa par la trouée du mur et arriva hors d'haleine chez Juste.

— Vite ! cria-t-elle.

Honorine sortit la tête par la fenêtre.

— Vite, le comte...

Juste, qui était dans sa remise, partit dans la direction qu'indiquait la grosse femme. Il avait entendu le coup de feu, mais n'y avait pas prêté attention. Quand il vit M. Henri étendu dans l'herbe, la moitié de la tête arrachée, lui qui n'était pas particulièrement religieux se signa et posa sa casquette. Il comprit qu'il n'y avait plus rien à faire sinon ramener le corps au château et avertir Rodolphe.

Pauline et Honorine arrivèrent. Pauline pleurait sans retenue, gémissait de sa grosse voix d'homme.

— C'est de ma faute! dit-elle. J'aurais dû le suivre, le retenir tout à l'heure.

Juste décida :

— Il faut aller chercher un drap pour cacher la tête et l'emporter. Pauline, il faudrait aussi préparer sa chambre. Honorine va vous donner un coup de main.

Les deux femmes s'éloignèrent. Depuis le départ de Laure, le ménage n'était pas souvent fait dans l'appartement du comte. Pauline commanda à Honorine de prendre un balai. Elle fouilla dans une armoire, trouva des draps propres et fit le lit. Honorine rangea les vêtements posés sur le fauteuil.

Juste les appela pour donner un coup de main. Il était allé chercher le tracteur et la remorque. Pauline demanda si ce n'était pas irrespectueux de transporter ainsi le corps du comte de Morterive. Juste rouspéta :

— Vous voulez le porter sur votre dos?

Elle n'insista pas. C'était le soir, le froid montait de la terre, prêt à tout figer dans une nuit presque hivernale. La brume couvrait Salons.

Martin arriva et s'étonna de trouver la maison

déserte. La grand-mère dit que quelqu'un était venu, mais qu'elle n'avait pas compris qui c'était. Ils étaient tous partis en courant.

— Tout ce remue-ménage pour rien m'a donné mal à la tête ! dit la vieille en posant sa main décharnée aux veines bleues sur son front.

Martin partit vers le château et vit Juste arrêter le tracteur près de l'escalier. Honorine et Pauline, qui pleurait encore, marchaient derrière. Martin s'approcha et vit le comte allongé en travers de la remorque, la tête couverte d'un drap ensanglanté. Il eut un mouvement de recul, se mordit la lèvre inférieure et resta là, incapable de faire un pas.

— Il faut que tu descendes à Salons, dit Juste. Tu vas envoyer un télégramme à Rodolphe, qu'il vienne vite. Son père a eu un accident.

Pauline leva vers Juste ses yeux rouges.

— Oui, insista-t-il. Une pierre lui est tombée sur la tête.

Martin avait vu le pistolet que Juste avait posé sur la remorque. Il avait compris la réalité et regardait ce géant terrassé. Les larmes roulaient sur ses joues sans qu'il puisse les arrêter. Une grosse boule de chagrin bloquait sa poitrine. M. Henri avait fui l'incompréhension des autres, leur bêtise. Il se sentait coupable, lui, le garçon de l'Assistance publique, devant le cadavre du vingt-troisième comte de Morterive, coupable de n'avoir jamais eu le courage de s'avancer vers lui, de lui proposer son aide.

Pauline s'aperçut que Martin pleurait. Elle lui posa sa grosse main sur l'épaule.

— Va, maintenant, faut avertir Rodolphe.

Juste tira le cadavre par les pieds. Pauline s'était placée d'un côté et Honorine de l'autre. Le corps d'Henri de Morterive, déjà raide, pénétra dans le château les pieds devant et fut installé sur le lit. Juste laissa le drap sur le visage mutilé.

Martin courait ; il fuyait et faillit se casser la figure dans le premier tournant. A Salons, la nouvelle ne surprit personne. Depuis le temps que le comtc s'acharnait près de ces murs minés ! On s'étonnait même que cela ne fût pas arrivé plus tôt. Le curé fut le seul à ne pas commenter l'événement. Il prit ses affaires et partit pour Morterive.

Martin remonta lentement. Il n'avait pas envie de retourner au château, redoutant quelque corvée dans la chambre du mort. Il arriva presque en même temps que la voiture noire de Clément. Rodolphe affichait une tête de circonstance, sérieux, les lèvres serrées, les yeux tristes. Sa femme, une grande blonde à la bouche démesurée, avait mis une robe noire et se tamponnait le nez avec un mouchoir en boule. Elle donnait la main au petit Louis qui boudait.

— Mon Dieu, quelle histoire ! répétait-elle à chaque instant.

La visite dans la chambre du mort fut rapide. Le curé souleva le drap, bénit le corps, puis se tourna vers Rodolphe et Clément, qui lui fit signe de le suivre dans le parc. Les trois hommes marchèrent vers la chapelle.

— Il faut surtout que tout le monde continue de croire à un accident ! dit Clément, d'une voix rapide.

Jabertie se gratta le menton. Ce ne serait pas la première fois qu'il cacherait une vérité. Ce suicide était certes un acte d'orgueil, le refus d'une épreuve qui aurait rapproché le comte de Dieu, mais cela ne servait à rien de l'étaler, de le citer en mauvais exemple.

— C'est un accident, nous sommes d'accord ! dit-il. Et il sera enterré chrétiennement.

— Il ne faudrait pas que le docteur Cassant refuse le permis d'inhumer ! s'inquiéta Rodolphe.

— Ne vous tracassez pas, j'en fais mon affaire ! dit Jabertie.

Ils revinrent au château. Louis, qui comprenait la gravité de la situation, se mit à pleurer. Sa mère l'emmena faire un tour dans le parc. Il faisait nuit et froid. La femme entra dans sa voiture avec le petit garçon qui lui demanda d'allumer la radio.

Clément s'adressa à Rodolphe :

— Laure va arriver d'un instant à l'autre. Je suggère que l'enterrement ait lieu après-demain, jeudi.

Rodolphe eut un regard froid en direction de Clément, qui en comprit la signification.

— Mon père sera enterré dans la chapelle

avec tous les Morterive en attendant le transfert au cimetière de Salons quand le caveau sera construit.

— D'accord, dit Clément. Seulement, cela pose quelques problèmes pratiques, n'est-ce pas, monsieur le curé ? La chapelle est désaffectée depuis la fin de la guerre. On ne peut pas y dire la messe d'enterrement.

— La messe sera dite à Salons, fit le curé, comme un enterrement ordinaire, sauf que nous n'irons pas au cimetière, nous monterons ici.

— Cela fait pas loin d'un kilomètre ! remarqua Rodolphe.

— Il faut, reprit Clément, avertir le fossoyeur, Camille Legrand. C'est lui qui avait ouvert le tombeau pour la mort de François en 1941. Juste, vous pouvez peut-être vous en occuper ?

Laure arriva vers neuf heures du soir. On avait envoyé Maurice Lachassagne, qui faisait aussi taxi, la chercher. La jeune fille sortit de la voiture, le visage grave, sans une larme. Elle entra dans la chambre, se recueillit un moment, la tête basse, et ne pleura pas, ce qui étonna le curé.

Clément s'approcha d'elle et dit d'une voix douce qui se voulait rassurante :

— Désormais, c'est Rodolphe, ton tuteur légal. C'est lui qui décidera pour toi jusqu'à ta majorité.

Rodolphe ne dit rien. Laure alla l'embrasser. Elle savait combien il la haïssait.

— Je veux rester avec Pauline ! dit-elle.

— Justement ! fit Rodolphe qui s'était tu jusque-là, Pauline, emmenez-la chez vous qu'elle se repose un peu.

Vers dix heures, les gens de Morterive et quelques Salonnais se rassemblèrent pour une prière dans la chambre du mort. Éloïse Pelletier y participa. Elle avait en poche des notes impayées qu'elle voulait — même si ce n'était pas le moment — glisser dans la poche de Rodolphe. Laure était à côté de Pauline qu'elle ne lâchait pas. Martin se trouvait entre Juste et Honorine. Juste eut un accès de toux au beau milieu de la prière. Les larmes aux yeux, la morve au nez, il ne put s'arrêter et dut sortir.

On se sépara vers minuit. Rodolphe et Clément se proposèrent pour veiller le mort. Pauline emmena Laure chez elle. Vers deux heures du matin, le vent se leva. Les hurlements tristes de dame Eliana furent accompagnés d'un roulement puissant et de coups sourds. Les comtes de Morterive protestaient contre l'injustice d'une telle fin. Dans sa chambre, terrorisé, Martin ne ferma pas l'œil de la nuit.

Lachassagne attendait devant la porte de l'église au volant de sa fourgonnette. Le vieux corbillard avait été abandonné depuis que le cheval était crevé. Au début, certains, dont la Demoiselle, avaient été choqués que l'on emmenât les morts au cimetière dans une voiture à moteur, mais le maire, qui était décidément tourné vers le progrès, les avait fait taire.

— Les morts, avait-il dit, s'en moquent et ça arrange bien les vivants.

Toute la communauté, la parenté et des gens venus de Tulle, de Brive et même de Paris assistaient aux obsèques du comte Henri de Morterive. Au premier rang, Clément Alone tout en noir, ses cheveux luisant dans la pénombre de l'église, pensait au défunt. Durant sa vie entière, Henri avait supporté le poids de plusieurs générations d'inertie et de privilèges. Il payait pour tous les Morterive qui l'avaient précédé. Incapables de s'adapter à la vie moderne, ils avaient continué de vivre en grands seigneurs qui ne savaient rien de l'argent parce qu'ils étaient riches. La dévaluation qui ruina beaucoup de rentiers après 1918 toucha peu ces grands propriétaires terriens, mais leur destin se jouait déjà. Quand l'argent manquait, qu'il fallait réparer une partie des immenses toitures du château, on vendait une coupe de bois. Et, quand il n'y eut plus de bois, on se mit à vendre la terre. Les premières hypothèques remontaient au comte François, le père d'Henri, les dernières à Mouchka, durant ces quelques années de folie...

Clément regarda discrètement Rodolphe. Était-il vraiment de la même race, ce petit fonctionnaire rondouillard dominé par sa femme, Christine ? Il n'en avait ni la taille ni la force de caractère. Dans son esprit étroit, la mort n'avait pas effacé sa haine. Rodolphe regrettait cette disparition rapide de son père : il aurait voulu le voir installé dans le petit appartement de Tulle, descendu du piédestal de Morterive, redevenu un modeste quidam. Il aurait voulu lui faire endurer la vie que lui, Rodolphe, et sa mère avaient menée après que Mouchka se fut installée au château, sa mère, morte quelques années plus tard d'une leucémie. Laure donnait le bras à Pauline. A elle non plus, Rodolphe ne ferait pas de cadeau. C'était un trop petit personnage pour oublier sa rancœur et s'ouvrir aux autres. Clément serait là pour veiller, mais que pouvait-il contre la loi ? Juste et Honorine se tenaient au deuxième rang avec une flopée de cousins dont certains n'avaient jamais vu le défunt.

Il avait été décidé qu'on monterait à Morterive à pied derrière le corbillard. Rodolphe l'avait souhaité ainsi et personne ne s'y était opposé. Ceux qui avaient mal aux jambes n'assisteraient pas à l'inhumation, voilà tout !

Il faisait froid. Les feuilles tournoyaient dans l'air limpide du matin. Un peu de gelée blanchissait les versants de la colline. Martin marchait à côté de Boule. Il ne pouvait pas détacher son esprit de l'image du comte qui le regardait dans la nuit, au barrage. Boule lui souffla :

— Tu as vu la mère Bachellerie, comme elle est bien roulée ?

La jeune femme marchait devant eux. Elle avait épousé Julien Bachellerie, un communiste militant qui avait refusé d'assister à l'enterrement du « bourgeois » et avait envoyé sa femme pour représenter la famille. Elle serrait son manteau, et sa taille légère mettait en valeur la rondeur de ses hanches.

— Elle est secrétaire à l'usine Rouget ! C'est la copine de mon patron. Le maire avait des visées, c'est pour ça qu'il l'a fait monter dans les bureaux, mais paraît qu'il vaut rien au lit !

Le cortège entra dans le parc, contourna le donjon. Depuis deux jours, les ouvriers de la commune avaient nettoyé la chapelle et dégagé l'entrée du tombeau. Lorsque le caveau serait construit au cimetière de Salons, le comte, les restes des ancêtres y seraient transportés et la chapelle rasée... Luc Rouget avait de grands projets : Morterive serait bientôt un centre d'accueil pour enfants défavorisés. Il tourna lentement la tête vers Martin. Cet adolescent rêveur et timide le renvoyait à sa propre adolescence à la boucherie Dupré. Rouget n'avait pas d'enfant, ce qui faisait dire aux mauvaises langues qu'il était impuissant. Il avait toujours rejeté l'idée d'une adoption que sa femme souhaitait, mais dans sa tête tout était clair : Martin ne serait jamais ce fils qu'il n'avait pas. Il avait trop souffert à passer d'une gardienne à l'autre, d'un ivrogne qui le battait à un avare qui lui refusait un morceau de sucre, pour s'imposer aux autres. Les blessures de l'enfance ne se referment jamais ! Il voulait seulement aider ce garçon à parcourir son véritable chemin...

Le défilé devant le caveau ouvert commença. Rodolphe n'avait pas voulu recevoir de condoléances et Clément avait placé un cahier et un stylo sur une table à l'entrée du parc. Les gens, en partant, inscrivaient leur nom et signaient. Au bout d'une heure, il n'y eut plus personne, sinon Clément, Rodolphe et sa femme, Laure et Pauline.

Ils entrèrent dans la salle à manger. Pauline, pour justifier sa présence, se mit à faire du feu. Le petit Louis voulut craquer l'allumette. Rodolphe se donnait des airs de patron et s'était assis à la place de son père. Cette attitude n'avait pas échappé à Clément, qui n'en fut pas étonné. Il tendait ses belles mains aux flammes. Laure s'était assise sur le banc, sous la lourde hotte en pierre. Christine regardait distraitement par la fenêtre ; tout cela ne la concernait pas.

— Bon, commença Rodolphe d'une voix qui se voulait sûre et levant les yeux sur Clément. La question est réglée. Morterive est racheté par la commune de Salons. Les dettes sont épongées.

Laure eut un sanglot qui fit sourciller Clément. Rodolphe poursuivit comme s'il n'avait pas entendu.

— Je suis le tuteur légal de Laure. Elle va rester à Sainte-Marie pour cette année. Hélas, cela coûte cher ! L'été prochain, j'aviserai. Bien sûr, elle ne peut pas venir chez nous pendant les vacances, il n'y a pas assez de place, n'est-ce pas, Christine ?

Christine sursauta. Elle était en train de rêver à une plage dorée, à un soleil très chaud.

— Oui, en effet ! dit-elle.

Clément regardait tour à tour Rodolphe et Christine. Il n'était pas possible que cette belle femme se contentât de ce benêt. Elle devait sûrement avoir un amant ! Cette pensée mit un léger sourire sur les lèvres fines de l'avocat.

Laure, que personne n'avait regardée tandis qu'on parlait d'elle, s'était précipitée contre Pauline et pleurait.

— Pauline, je t'en supplie, ne me laisse pas !

Pauline caressa les cheveux bouclés de la jeune fille, puis se dressa. Les yeux fixes, elle regardait Rodolphe avec un air de défi.

— C'est moi qui l'ai élevée, alors ça me donne des droits. Je la prendrai ici, chez moi, dans ma maison ! Et je m'occuperai d'elle !

Puis, baissant la tête vers la jeune fille toujours serrée contre elle :

— Laure, ma chérie, t'en fais pas.

— Il n'est pas question que vous la preniez chez vous ! trancha Rodolphe d'une voix froide.

Christine bâilla. Ces arrangements de famille l'ennuyaient. Rodolphe se leva et prit sur le dossier d'une chaise le manteau du petit Louis. Pauline, qui avait pâli, s'approcha de lui, les poings sur les hanches, menaçante.

— Rodolphe, je ne sais pas comment tu oses parler de la sorte !

Rodolphe ne prit même pas la peine de répondre. Clément, qui s'était tu jusque-là, s'approcha de Laure et lui dit d'une voix qui se voulait rassurante :

— C'est mieux ainsi, Laure. Il faut tourner la page. Je sais que c'est dur pour toi, mais, plus tard, tu comprendras que c'était la meilleure solution. Tu peux compter sur moi.

— Bon, dit Rodolphe en passant le manteau à son fils, sois heureuse, Pauline, nous te la laissons jusqu'à demain. Un taxi viendra la prendre pour la ramener à la pension. Et toi, Laure, tu ferais bien de profiter de l'après-midi pour mettre de côté tes affaires. Ici, ce n'est plus chez nous.

Le feu péta, des braises volèrent sur le dallage. Rodolphe poussa du pied Sam qui attendait, dans l'entrée, la langue pendante, les yeux mouillés, car il pleurait, lui, depuis la mort de son maître.

— Il va falloir s'occuper de celui-là aussi ! dit-il en sortant, suivi de Christine et de Louis, qui ne voulait pas partir.

— Ah non, on ne touche pas à Sam ! cria Laure en sanglotant de nouveau.

— Qu'est-ce que tu veux en faire ?

Le soleil était sorti. Des pans de brume se coagulaient en énormes nuages sombres qui flottaient, à peine plus hauts que les collines. Rodolphe monta en voiture sans saluer personne. Christine poussa Louis à l'intérieur du véhicule. La Simca roula dans l'allée et bientôt le bruit du moteur s'éteignit dans la descente. Clément embrassa Laure en lui soufflant des mots d'encouragement puis s'en alla sans se retourner. Laure sanglotait toujours.

— Je suis seule, Pauline ! J'ai peur !

— T'en fais pas, ma chérie, tout va s'arranger !

Elles sortirent, Sam les suivit. Ses grandes oreilles touchant terre, il faisait pitié. Depuis deux jours, il errait dans le parc, courait jusqu'à Salons, passait chez Juste, entrait chez Pauline et revenait au pied du cyprès où il se couchait en gémissant.

Juste et Martin coupaient du bois. Par moments, Juste regardait les tours du château, puis la maison de Pauline. Le hameau était orphelin. Le silence du soir se posait sur Morterive, un silence de désert, définitif. Le temps avait basculé. Désormais, le château ne serait plus qu'un lieu de villégiature pour enfants de la ville. Juste se gratta les cheveux.

— Ça fait quand même quelque chose ! dit-il en s'éloignant.

Martin alla à l'écurie. La jument tendit vers lui sa longue lèvre. Le courant d'air de la porte dérangeait les toiles d'araignées sous la poutre. Laure, qui devait avoir vu la lumière, le rejoignit. Ses cheveux rassemblés en chignon augmentaient la rondeur de sa tête et la longueur de ses yeux. Elle s'approcha, passa sa main sur le dos de Rosette.

— Bonsoir ! dit-elle.

Martin la regardait timidement. Devant elle, il avait une fois de plus honte de ses rêves d'amour. Comment oser imaginer qu'une fille aussi belle, qu'une fille, tout simplement, pût l'aimer, lui, avec ses grandes oreilles ?

— Nous ne nous verrons plus jamais, Martin ! dit-elle d'une voix tremblante.

Elle leva les yeux vers lui. Il eut le courage de ne pas baisser les siens. Ce regard gris et or était ce qu'il avait vu de plus beau dans sa vie.

— Je suis seule, comme vous. Plus que vous puisque je n'ai pas de mère.

Une larme roula sur sa joue. Elle s'éloigna de la jument.

— Je veux partir, très loin d'ici. Là où personne ne pourra m'atteindre. Je veux prendre un bateau pour l'Amérique !

Martin siffla entre ses dents. Elle s'approcha de lui :

— Partons ensemble, Martin !

— Comment ?

Il avait presque crié. Laure répéta :

— Partons ensemble. Vous et moi...

Il rougit, baissa la tête. Partir avec Laure ? Son rêve devenait réalité, ou bien c'était l'inverse, la réalité qui basculait dans son monde. La tête lui tournait. Il ne voyait plus nettement la jeune fille, qui caressait de nouveau Rosette. Il voulut faire un pas, ses chaussures rencontrèrent un sol mou dans lequel il eut l'impression de s'enfoncer jusqu'au genou.

Laure s'approcha de nouveau.

— Je vais demander à Pauline la permission de passer une dernière nuit dans le château. Elle viendra avec moi, bien sûr, mais, quand elle sera couchée, je partirai. Je vous attendrai à la sortie du souterrain, à onze heures ! N'oubliez pas le portrait de maman.

Laure tourna les talons. La nuit était presque complète. Sur le ciel encore clair, le château noir se découpait. Son silence, ce soir, couvrait le hameau, la colline, tout le pays. Ce que la jeune fille avait dit à Martin semblait maintenant une monstruosité. Mais que s'était-il passé dans sa tête? Elle était entrée dans l'écurie pour dire au revoir au garçon, pour bavarder un peu avec lui et voilà qu'elle avait proposé une fugue. Depuis quelques jours, Laure s'étonnait de ses réactions. A l'institution, lorsque sœur Louise était venue lui annoncer la mort de son père, la vieille religieuse avait pris une infinité de précautions pour ménager la jeune fille qui avait été surprise de ne pas avoir plus de chagrin. Peut-être était-elle un monstre, incapable d'aimer et seulement tournée vers la haine, comme Rodolphe! Et, ce soir, pourquoi avait-elle demandé à Martin de l'accompagner au lieu de Jérôme ou de Jean-Louis, le frère de Marie-Cécile, son amie de Sainte-Marie chez qui elle sortait parfois, le dimanche? Laure rentra chez Pauline sans chercher de réponse.

De son côté, Martin mit un bon moment avant de réaliser. Comment croire Laure, mais comment ne pas céder? Il se sentait pousser des ailes. Son cœur s'emballait. Il pensa enfin à Juste et à Honorine, se rappela l'achat des costumes, la noce, les promenades avec Juste, la chaleur du feu, le soir à la veillée, tandis que Juste s'endormait sur son livre et qu'Honorine lui disait : « Tourne-toi » avant de poser sur son dos un pan de gilet.

Il sortit et regarda un moment le château

s'enfoncer dans la nuit. Une boule de feu gonflait sa poitrine. Les sabots de Juste raclaient les pierres ; l'homme arriva à sa hauteur et se tourna vers le donjon.

— Ça fait quelque chose ! répéta-t-il comme pour lui-même.

Ils entrèrent dans la maison. Honorine apportait la soupe sur la table. Elle dévisagea Martin, qui baissa les yeux.

— Toi, tu as quelque chose qui va pas ! fit-elle.

Juste s'assit.

— C'est vrai qu'on a tous quelque chose qui va pas !

Honorine remplit le bol de soupe de la mémé et s'installa à côté d'elle pour la faire manger.

— L'hiver sera mauvais ! reprit Juste en se servant du bouillon fumant. J'ai vu passer des oies et elles avaient le cri des hivers mauvais !

Il n'expliqua pas ce qu'était ce fameux cri. Le silence était imprégné de la mort du comte. L'absent était plus présent que jamais.

— Et ce château qui ne fait plus de bruit. Tu croirais qu'il le fait exprès de se taire !

— La petite Laure n'a pas de chance ! reprit Honorine. Et son frère n'a pas beaucoup d'amour-propre...

Ils parlaient pour s'occuper l'esprit, pour oublier un peu que tout allait changer à Morterive. Ils redoutaient cette colonie de vacances, l'arrivée d'étrangers à leur porte qui chambouleraient leurs habitudes. Martin se taisait. Juste mangea, roula sa cigarette et alla près du feu pour lire. Noélie partit dans sa chambre en tâtonnant. Elle se couchait tôt et se réveillait deux heures plus tard, ses yeux aveugles ouverts sur une nuit sans fin.

Honorine se mit à tricoter comme elle le faisait tous les soirs, mais ses doigts étaient moins assurés, moins rapides. Martin regardait les braises palpiter entre les cendres. Sa première stupeur passée, il savait bien que Laure et lui n'allaient pas partir vers l'inconnu. La jeune fille avait parlé dans le vide, pour jouer, pour le faire rougir et se moquer de lui... Juste jeta sa cigarette éteinte et bâilla. Martin l'accompagna aux étables. Les lumières étaient allumées dans l'appartement du comte. Juste le remarqua et dit que c'était certainement Pauline et la Peste qui rangeaient.

Martin passa dans sa chambre. Il eut l'impression, dans ce silence écrasant des vieilles poutres, d'être étranger à cette pièce, d'y entrer pour la première fois, même s'il savait où se trouvaient son sac, ses vêtements dans l'armoire. Les lumières s'étaient éteintes au château. Il mit son accordéon dans l'étui, prit le portefeuille qu'il avait acheté à Salons, compta ses billets et les glissa dans la poche intérieure de sa veste. Son cœur battait très fort, mais il n'avait pas peur. Il était ailleurs, dans son rêve, et partait avec Laure pour l'Amérique.

Le carillon sonna, il regarda l'heure à sa montre. Dix heures, Laure devait dormir sous la garde sévère de Pauline. Martin flottait, hors de son corps. Ce n'était pas lui qui préparait ses affaires, c'était son double.

Il poussa la fenêtre, prit son accordéon, son sac et sauta dans la nuit fraîche en évitant de faire du bruit. Des étoiles scintillaient, annonciatrices de gel pour le matin. Une lampe oubliée brillait sur le pignon des Bernier. Des chiens aboyaient au loin.

— Merde, le portrait !

Il posa son sac et l'accordéon, entra de nouveau dans la chambre. Le portrait de Mouchka était dans la cuisine, où il l'avait caché pour qu'Honorine ne le trouve pas en faisant le ménage. Il escalada de nouveau la fenêtre, mit le portrait dans son sac. Il arriva à la carrière. Une forme sombre se tenait près de l'entrée du souterrain.

— Je savais que vous viendriez ! dit Laure. Et Mouchka ?

Martin sortit le portrait de son sac.

— Merci, dit la jeune fille.

Les tours sombres se plantaient dans le ciel clair comme un défi à la paix de cette nuit. Quelque chose bougea aux pieds de Laure.

— On emmène Sam ! Rodolphe veut le faire piquer !

Martin s'étonna de ne pas protester. Il se laissait aller, emporter par la descente vers Salons. Il ne pensait pas, son esprit vide avait tout oublié, M. Ribet, l'éducateur, Juste et Honorine. Il n'avait jamais vécu avant cette heure ; il ne vivrait pas après. Seul l'instant comptait, la présence de la jeune fille, son épaule qui touchait la sienne.

Laure pensait à Rodolphe, à ses grosses joues qui pendaient sur son col, à ses lèvres fines.

— C'est bien fait pour lui ! murmura-t-elle.

— Pardon ?

— Rien. Quand une voiture passera, faudra se cacher !

Ils prirent la route de Tulle. Sam courait devant eux. Laure glissa sa main dans celle de Martin. Le rêve continuait.

Ils marchaient depuis une heure en silence. La courroie de l'accordéon coupait l'épaule droite de Martin. Ils avaient suivi la route de Tulle en se cachant chaque fois qu'une voiture s'annonçait. Sam ne voulait plus avancer. Martin avait mal aux jambes, mais il ne se plaignait pas.

Ils arrivèrent au croisement de plusieurs routes après un pont. L'eau brisait une lumière froide dans chacune de ses cascades. Quelques grosses étoiles trouaient la mince couche de brume. La lune surveillait les collines de son gros œil rond. Martin montra le forçat à Laure, qui eut un petit sourire.

— Chaque fois que je le vois, je pense à votre père ! dit-il.

— Taisez-vous ! fit-elle, grave.

Ils traversèrent un hameau ; des chiens aboyèrent. A la sortie, une maison était éclairée. La porte s'ouvrit.

— Vite ! fit Laure en poussant Martin derrière un hangar.

Un homme sortit devant la porte, braqua sa lampe devant lui. Sam grognait, Laure lui mit la main sur le museau, il se tut.

L'homme rentra, ferma la porte derrière lui. Laure et Martin coururent jusqu'au tournant. L'accordéon se balançait au bout de sa bretelle et battait le flanc de Martin. Une petite route partait sur la droite à travers la colline et se perdait dans des touffes sombres de noisetiers. A gauche se trouvait un pont métallique et, quelques mètres plus loin, une bâtisse en bordure d'un pré aux reflets bleus.

— C'est une grange, dit Laure. On va y dormir.

Ils passèrent le pont, dont les tôles résonnaient sous leurs pas. La porte de la grange n'était pas fermée. Laure alluma sa petite lampe. Il y avait une ancienne charrette aux grandes roues en bois et un tas de foin. Une fourche plantée dans une botte de paille prouvait que l'endroit n'était pas abandonné. Martin se prit les pieds dans une ficelle et s'étala, l'accordéon soupira, Laure éclata de rire.

— Vous êtes vraiment un nigaud !

La jeune fille monta sur le foin. Sam, qui avait compris, fouillait avec son long museau pour se creuser un nid. Laure décréta :

— Ici nous serons bien, venez ! dit-elle en braquant sa lampe sur Martin.

Elle s'assit, tira sa robe sur ses genoux. Martin, qui n'osait pas s'asseoir près d'elle, resta un moment debout, hésitant. Elle lui prit la main et le tira.

La jeune fille s'allongea dans le foin, glissa son sac sous sa tête en guise d'oreiller, se serra contre Martin, qui avait mal partout ; son cœur allait éclater.

— Allongez-vous, on se tiendra chaud, souffla-t-elle.

Laure se plaqua contre lui. Il n'osait pas bouger, pourtant, le coin de l'étui lui meurtrissait toujours le dos. Les cheveux de la jeune fille lui chatouillaient le visage. Elle se mit à sangloter.

— Mon pauvre papa ! dit-elle en se serrant encore plus fort contre Martin.

Ses larmes mouillaient la figure du garçon. Il ne savait plus où il était, il aurait voulu mourir à cet instant, ne plus jamais bouger, devenir pierre figée pour l'éternité et garder cette chaleur, ce torrent de braises qui lui faisait intensément mal. Des mots lui venaient à l'esprit, mais sa bouche restait muette. Il aurait voulu promener ses lèvres sur ces joues, ce cou, mais il était paralysé... Bien sûr, il allait bientôt se réveiller dans sa chambre, et les sabots de Juste racleraient les pierres sous la fenêtre...

— Je regrette qu'une chose, dit Laure à voix basse, c'est de ne pas avoir eu le courage de mettre le feu au château.

Martin sentait sur sa poitrine, à travers sa chemise, les seins durs de Laure. Entre lui et la jeune fille se dressait toujours cette barrière infranchissable, celle des sens, de la différence, du désir dont il avait honte et qu'il cachait. Laure sombra dans le sommeil, et Martin, ivre de son odeur, de sa peau contre la sienne, ne réussit à s'assoupir que sur le matin.

Sam grogna, Martin se dressa sur les coudes. Que faisait-il dans cette grange ? Laure se frottait les yeux. Ses cheveux étaient pleins de débris de foin. Elle s'assit, chercha un peigne dans son sac. Martin alla regarder par un trou de la porte. Un troupeau de vaches traversait le pont qui résonnait. Un homme criait aux bêtes.

— Il s'éloigne ! dit Martin. On va pouvoir y aller.

Il avait faim et pensait au bon lait d'Honorine, à la tartine de pain beurré qu'il trempait dedans. Honorine ! Et Juste qui était déjà entré dans la chambre et avait trouvé le lit vide ! Martin n'éprouvait aucun remords. Il prit son accordéon, brossa ses vêtements.

— On y va ! décida Laure.

Ils suivirent la berge. Le soleil s'était levé et perçait la brume du matin qui s'effilochait en charpie lumineuse. Un peu de gelée blanche brillait sur l'herbe. Martin avait mal aux jambes mais ne disait rien. Sam, qui courait devant eux, entra dans l'eau. Sur la route, une voiture passa.

Ils marchèrent en silence un bon moment.

Martin ne cessait de changer d'épaule la bretelle de l'accordéon. Laure regarda sa montre.

— A cette vitesse nous ne serons pas à Tulle avant midi.

Elle réfléchit un instant.

— Nous allons arrêter une voiture.

— Et si on nous reconnaît ?

— Nous choisirons quelqu'un qui n'est pas d'ici, voilà tout !

Ils se placèrent au bout d'une longue ligne droite qui permettait de voir arriver les voitures de loin.

— On va se mettre là. Sam, reste près de nous ! dit Laure.

Ils attendirent un long moment. Le soleil allumait sur les arbres l'or et le bronze d'une belle journée d'automne. Le ciel était très haut, d'un bleu profond. Sam dressa la tête : une voiture arrivait. Laure l'observa et la jugea « d'ici » ; ils ne se montrèrent pas. Arriva enfin un camion bâché qui plut à la jeune fille. Elle fit signe au chauffeur, et le véhicule s'arrêta. L'homme qui conduisait avait une énorme figure rouge surmontée d'une casquette bleue minuscule. Un mégot pendait au coin de ses lèvres grasses. Il sourit à Laure.

— Vous allez vers Brive ? demanda-t-elle.

— Ma bonne demoiselle, je vais jusqu'à Périgueux.

— Vous pouvez nous emmener ?

— Tout le plaisir sera pour moi !

Martin resta en retrait. Cet homme à l'allure de bouledogue ne lui inspirait pas confiance.

— Vous tiendrez tous les deux devant ! dit le chauffeur d'une voix rauque. La demoiselle près de moi, bien sûr !

Laure s'assit sur la banquette. Sam refusa de monter et, tremblant, s'accroupit sur le goudron. Martin dut le prendre à pleins bras et le déposer dans le véhicule. Il s'installa à son tour, encombré de son sac et de l'accordéon.

— Un musicien ? dit l'homme. Mais j'ai des artistes !

Il regardait toujours Laure, parcourait son corps de ses gros yeux veinés rouges. Il alluma son mégot en penchant la tête sur la droite.

— Je pose pas de questions. Mais je pense que c'est un voyage d'amour !

Le camion démarra. Une forte odeur de purin nouait la gorge. Sam, couché aux pieds de Laure, tirait la langue.

— Je transporte des veaux ! dit l'homme.

Ils traversèrent Tulle. Le camion s'engagea dans la côte de Souillac et arriva sur le plateau illuminé d'une lumière puissante. Au bout d'un long silence, l'homme grogna :

— Dites, la demoiselle, il doit pas s'ennuyer, le gamin. C'est que vous êtes belle et fraîche.

Laure haussa les épaules. L'homme se tourna vers Martin.

— Tu peux bien me la prêter, ça t'enlèvera rien, à toi !

Sam gémissait. La grosse main rouge de l'homme quitta le volant et se posa sur le genou de Laure.

— Je te parie qu'il te fait ça comme un enfant. Dis que tu veux un homme, un vrai, et tu vas voir ce que c'est !

Laure repoussa la main et se serra près de Martin.

— Laissez-moi ! dit-elle d'une petite voix.

L'homme éclata d'un rire gras. Sa main remonta de long de la cuisse.

— Tu en meurs d'envie, petite salope ! Tu veux te faire prier, ça tombe bien, j'aime ça !

— Laissez-moi ! cria Laure.

Sam vomit sur les chaussures de Martin. L'homme grogna :

— Et en plus le chien a dégueulé ! Qu'est-ce qui m'a pris de vous laisser monter !

L'odeur de vomissure ajoutée à celle du purin était insupportable. Le camion se rangea sur le côté. L'homme dit à Martin :

— Nettoie ça en vitesse !

— J'ai rien..., bredouilla le garçon.

— Tu prends de l'herbe, des feuilles, je sais pas, moi ! Tu te débrouilles !

Martin sauta à terre, arracha de l'herbe et nettoya tant bien que mal les glaires sur ses chaussures et le plancher du camion. L'estomac retourné, il monta de nouveau dans le véhicule qui repartit.

Ils traversèrent Brive et prirent la route de Périgueux. Le temps était plus brumeux que sur les collines de Tulle. L'homme ne desserrait pas les dents. Après une longue ligne droite, en direction de Terrasson, le camion s'engagea dans un chemin étroit et s'arrêta au milieu d'une petite clairière où l'herbe était jonchée de papiers gras. Tranquillement, l'homme se tourna vers Laure.

— Maintenant, tu peux gueuler. Il n'y a personne. Viens par ici !

Il prit brutalement la jeune fille par le bras et ouvrit la portière. Sam se mit à aboyer, mais trouva la marche trop haute pour sauter à terre. L'homme entraîna Laure qui le martelait de ses petits poings. Martin rassembla son courage.

— Laissez-la ! cria-t-il.

— Tu peux regarder, ça te donnera une leçon et ça m'excite qu'on me regarde.

Il poussa Laure contre le capot du camion et souleva sa robe d'un geste brusque. Martin se jeta sur lui, les poings en avant. Le premier coup, placé en pleine figure, le fit reculer.

— Toi, tu mérites une petite leçon.

— Arrêtez, ou on appelle !

— Tu peux appeler, ici, il n'y a personne.

Laure fit front.

— J'ai relevé le numéro du camion. Je vais aller voir les gendarmes en arrivant.

L'homme se ravisa, blêmit. Ses gros yeux rouges avaient perdu leur assurance.

— Hein, pas de blague, c'était pour rire !

— Pour rire ? On verra !

Martin alla récupérer son accordéon qui avait roulé sur l'herbe, puis aida Sam à descendre du véhicule.

— Et puis qu'est-ce que vous pouvez prouver ? D'ailleurs, je vous ai rien fait ! dit le camionneur en retournant vers son véhicule.

Laure et Martin s'éloignèrent. Sam, la truffe sur les feuillcs mortes, courait dans le bois.

— Pas de blague, redit l'homme. Je suis un honnête père de famille, moi. Je croyais que c'était ça que vous cherchiez !

Laure ne détourna pas la tête. Elle appela le chien. Le camion fit demi-tour, s'arrêta à sa hauteur.

— Je vous pose à Périgueux, si vous voulez.

Aucune réponse. Le camion s'éloigna. Le soleil brillait sur de petites collines claires. Laure dit :

— Heureusement que je me suis débrouillée seule. Si j'avais dû compter sur vous pour me défendre...

Martin protesta :

— Je l'ai attaqué ! C'est à cause de moi qu'il vous a lâchée !

Elle sourit.

— C'est pas le premier que je remets en place.

Martin ne savait pas pourquoi, mais, tout à

coup, il se sentait jaloux de ces hommes qu'elle avait remis en place. Une question lui brûlait la langue. Avait-elle cédé à l'un d'entre eux ? Il ne la posa pas.

Ils arrivèrent à la route nationale. Un clocher pointait son aiguille noire dans le ciel clair. Ils marchèrent jusqu'à un village tout en longueur.

— Faut trouver à manger ! dit Martin. J'ai un peu d'argent.

Ils passèrent devant une boulangerie. Martin acheta un gros pain croustillant encore chaud. Dans la charcuterie voisine, il demanda une grosse tranche de pâté.

Laure décida de sortir du village pour manger. Elle craignait d'attirer les regards des curieux.

La route assez droite s'en allait d'une colline à l'autre. Il faisait bon et le soleil chauffait les épaules. Martin avait tellement faim qu'il ne pouvait plus avancer.

— Allez, on s'arrête !

Il s'assit sur une borne.

— Non, il faut se cacher ! insista Laure.

Ils s'enfoncèrent dans le bois. Sam regardait le pain avec envie, le voyage lui avait redonné goût à la vie.

Ils s'assirent sur une souche ; Martin prit brusquement conscience qu'ils n'avaient pas de couteau.

— On va se débrouiller ! dit Laure.

Martin déchira un morceau de tourte et y mordit à belles dents. Laure s'exclama :

— Mais vous vous comportez comme un animal. Regardez, Sam a plus de dignité que vous !

Vexé, Martin mangea avec plus de retenue.

— Et puis cessez d'ouvrir la bouche comme ça ! Je vois vos amygdales.

Martin se renfrogna. Le soleil pleuvait entre les arbres nus. Laure sourit.

— Je vous ai vexé ?

— Mais non ! grogna Martin.

Il avait soif et se souvint d'avoir vu une fontaine sur le bord de la route. Cela lui redonna du cœur au ventre, et il prit un autre morceau de pain. Laure le regardait, un peu amusée.

— Vous êtes un enfant ! dit-elle.

Cette fois, il était vexé. Sam réclama à manger. Laure lui tendit son pâté.

— J'ai plus faim. Et puis il faut y aller, sinon, on n'arrivera pas à Bordeaux avant l'année prochaine.

Ils rejoignirent la route. Deux voitures de sport arrivaient en klaxonnant. Laure et Martin n'eurent pas le temps de se dissimuler. Les véhicules s'arrêtèrent. Deux jeunes gens sortirent de la plus proche. Celui qui conduisait était un garçon d'une vingtaine d'années, très bien habillé. Une jeune fille était à côté de lui, ses cheveux blonds au vent.

— Très chère Câline, dit le jeune homme en s'approchant de Martin, je crois avoir trouvé ce que tu cherchais.

Le garçon portait un costume sombre, cravate et pochette rouges. La jeune fille s'approcha à son tour. Laure remarqua sa superbe robe de daim beige et sa veste ceintrée jaune. Elle eut honte de sa robe râpée.

— Je me présente, Câline Leroy, et mon ami, Jacques Mordiquet. Vous êtes musicien ? demanda-t-elle à Martin.

Laure s'interposa.

— Je suis Laure de Morterive, et mon ami Martin Legelle est un très bon musicien.

— Laure de Morterive ! reprit le garçon en sifflant. Ce nom...

— Un bon musicien ! s'exclama Câline en repoussant ses longs cheveux sur ses épaules. C'est ce qu'il nous faut. Nous vous embauchons pour deux ou trois jours.

L'autre voiture s'était arrêtée un peu plus loin. Un jeune homme sortit la tête par la portière et cria :

— Qu'est-ce que vous faites ? Nous allons être en retard à Girelle.

— Nous avons trouvé un génie de la musique !

La jeune fille blonde se tourna vers Martin et Laure.

— Montez !

Il fallut une fois de plus charger Sam, qui s'était couché. Martin ne se sentait pas très en confiance avec ces beaux jeunes gens. Il redoutait qu'ils ne lui prennent Laure. Jacques Mordiquet était grand et fort, très brun, les cheveux coupés court. Il avait un beau visage un peu long, des yeux châtains pleins de lumière, une fine moustache, parfaitement taillée. Il expliqua :

— Nous faisons une fête à Girelle. C'est ainsi tous les ans depuis des siècles. Mon père faisait déjà une fête à Girelle tous les 23 octobre et nous continuons la tradition. Mais la tradition veut aussi que nous ayons un musicien. Câline voulait que nous allions chercher son oncle qui joue du violon, mais il est ennuyeux et devient mystique dès qu'il a un peu bu.

— Girelle, poursuivit Câline, est la propriété de famille de Jacques. C'est perdu dans la campagne près de Périgueux. Vous y serez reçus comme des princes. La fête dure trois jours entiers ! Et vous alliez où ?

— A Bordeaux, dit Laure.

Après quelques tournants pris à vive allure, Sam vomit. Une forte odeur envahit la voiture. Il fallut s'arrêter.

— Ce maudit cabot ! dit Jacques en se pinçant le nez.

Martin nettoya le plancher. On laissa les portières ouvertes quelques instants. Les autres s'impatientaient.

Il fallut repartir. L'odeur forte et aigre persistait toujours. Câline se demandait si elle avait eu une bonne idée de ramasser ces vagabonds et ce chien. Jacques supportait en silence, mais ne riait plus. Il alluma une cigarette pour s'empêcher d'être malade, et ce fut au tour de Martin d'avoir mal à l'estomac.

Ils arrivèrent à Girelle. Le soleil se couchait. Une lumière rasante éclairait les arbres d'un parc où la pelouse avait été tondue. Les deux voitures se garèrent devant une immense et superbe maison ancienne aux volets blancs. Laure et Martin se sentaient intimidés. Jacques dit :

— Ici, chacun fait ce qu'il veut durant ces trois jours de fête. Les portes sont ouvertes. Il y a dix-huit chambres, vous prenez celle qui vous convient.

Ils entrèrent. Ce que Martin remarqua d'abord dans le grand salon, ce fut le piano à queue. Qu'il était beau ! Comme il se serait senti puissant s'il avait su tirer de la musique de cet énorme instrument ! Il posa son accordéon dans un coin et attendit. Jacques apporta des verres et ouvrit une bouteille de champagne.

D'autres voitures s'arrêtaient devant la porte de la maison qui se remplissait de jeunes gens, tous bien habillés. Ils parlaient fort et riaient. Dans la pièce voisine, quelqu'un mit en marche un électrophone. Jacques demanda à Martin de jouer. Laure intervint.

— Il improvise à merveille.

— A merveille ! dit un jeune homme blond avec des lunettes à monture d'or qui le vieillissaient. On va faire une expérience. Je joue un air au piano, et vous, improvisez sur cet air.

Devant ce piano plein de lumière, Martin n'osait pas sortir son vieil accordéon de l'étui.

Le jeune homme aux lunettes d'or s'assit sur le tabouret et se mit à jouer une mélodie de quelques notes. Des jeunes s'étaient approchés. Un bouchon de champagne sauta quelque part dans la maison.

— A vous, maintenant !

Martin posa l'accordéon sur ses genoux. Il était très intimidé. Laure s'approcha de lui et l'encouragea des yeux. Le jeune homme aux lunettes d'or dit :

— Je répète encore une fois, mais ce sera la dernière. Si vous ne réussissez pas, vous aurez un gage.

Jacques leva son verre pour réclamer l'attention.

— Et quel gage ? demanda-t-il.

— Embrasser le cul de Roxane ! cria une voix.

Une jeune fille brune aux cheveux très courts et abondamment fardée s'écria :

— Et devant tout le monde !

— S'il réussit, quelle sera sa récompense ?

— Il aura ce qu'il veut en privé !

Martin se servit un deuxième verre de champagne, but une gorgée, joua l'air. Certains admirèrent sa manière de l'avoir retenu. Après un moment d'hésitation, il se laissa aller. Ses doigts couraient sur les touches de nacre. La mélodie se gonflait comme une vague de l'océan poussée par un vent lointain, roulait ; des chapelets de notes pleuvaient sur ces jeunes gens silencieux qui oubliaient de boire. Cela dura quelques minutes. Martin ne quittait pas Laure des yeux. Quand il s'arrêta, les applaudissements lui firent monter le rouge aux joues.

— Pas mal du tout ! dit Jacques. Roxane, remercie le musicien.

La fille aux cheveux courts s'approcha de Martin. Elle était vêtue d'une veste marron et portait des pantalons noirs à pattes d'éléphant. Elle serra Martin dans ses bras et plaqua sa bouche contre la sienne.

— Le petit garçon qui rougit tout le temps ! C'est pas beau ! cria quelqu'un.

Les jeunes gens se dispersèrent dans la maison. Il y avait beaucoup de bruit. Jacques brancha un électrophone et chercha un disque. Des couples se mirent à danser. Jacques vint inviter Laure, et Martin eut mal partout. Il se versa un troisième verre de champagne. Dans la pièce voisine, un autre électrophone beuglait des rythmes de rock. A la fin de la danse, Laure s'approcha de Martin.

— Vous voulez aller dormir ?

Il pensa qu'elle voulait se débarrasser de lui.

— Non, j'ai pas sommeil.

Un traiteur avait apporté de la charcuterie, des plats de viande, du poisson. Sam, repu, s'était endormi sous la table. Martin était un peu ivre, mais il trouvait cela agréable. Laure lui prit la main.

— Venez.

Il rangea son accordéon, Laure appela Sam. Personne ne faisait attention à eux. Ils passèrent dans le vestibule. Sur un canapé, un garçon et une fille s'embrassaient ; des jeunes gens dansaient le twist dans la pièce voisine où l'on avait repoussé la table et les chaises, d'autres bavardaient au bas de l'escalier. Laure entraîna Martin à l'étage.

— Nous devons dormir ! Demain, nous partons très tôt pour Bordeaux.

Elle ouvrit la porte d'une chambre, appuya sur le bouton de la lumière. Un couple nu faisait l'amour sur le lit. Elle poussa un petit cri de surprise, éteignit. La chambre voisine était libre ; elle poussa Sam et Martin à l'intérieur.

C'était une grande chambre, meublée d'une superbe armoire en merisier. Deux fauteuils tendus de velours bleu étaient disposés de chaque côté de la fenêtre aux rideaux à grandes fleurs violettes. Le lit ancien était haut avec des boiseries marquetées. Sur chacune des deux tables de nuit se trouvait une lampe de chevet rose. Une porte à poignée de porcelaine donnait sur une petite salle de bains.

Laure se tourna vers Martin.

— Vous voyez qu'on trouve toujours le moyen de dormir. Vous allez rester ici. Moi, je vais trouver une autre chambre.

Le champagne avait donné de l'audace à Martin.

— Oui, vous voulez retourner avec Jacques !

Elle sourit.

— Retourner avec Jacques ? Quelle idée ! Je veux dormir dans un lit, c'est tout.

— Il y en a un ici. Vous pouvez le prendre, moi, je dormirai par terre.

— D'accord !

Elle alla tourner la clef dans la serrure, installa Sam sur le tapis, le couvrit d'une couverture rouge qu'elle trouva dans l'armoire.

— J'éteins, dit Laure, je ne veux pas que vous me voyiez en train de me déshabiller.

Dans le noir, il buta contre Sam, qui gémit, et tomba sur le tapis. Laure tira la couverture et se coucha. Le bruit de la fête arrivait jusqu'à eux.

— Martin ?

— Oui.

— Vous dormez ?

— Non, j'ai froid sur le plancher.

— Bon, venez avec moi, mais jurez que vous serez sage !

Il s'allongea sur le lit, mais n'osait pas se glisser sous les draps.

Laure se tut un moment, puis elle dit :

— Le méchant qui se laisse embrasser par une fille !

Martin sourit. Cette jalousie lui plaisait beaucoup. Laure se tourna vers lui et lui caressa la joue du bout des doigts.

— Venez ! dit-elle. Moi aussi, j'ai froid.

Il se glissa contre elle, dans sa chaleur. A travers sa chemise et son pantalon qu'il avait gardés, il sentait son corps vivant et dut se mettre sur le ventre pour qu'elle ne découvre pas ce désir qui durcissait son sexe et dont il avait honte.

— Votre père, dit-il, je... J'aurais tant voulu l'aider...

Il était sur le point de raconter que le comte l'avait surpris en train de charger du sable au barrage.

— Mais vous n'allez pas vous taire ! dit la jeune fille, agacée.

En se levant, Juste fut pris d'un pressentiment. Il n'aurait su dire pourquoi, mais quelque chose l'oppressait. Il passa dans la cuisine, hésita un moment avant de sortir. Miss lui faisait la fête, et il eut envie d'allumer le feu alors que, d'ordinaire, c'était le travail d'Honorine. La femme arriva à son tour, décoiffée, et s'étonna de voir Juste accroupi près de l'âtre. Il sortit et trouva la fenêtre de Martin ouverte. Il regarda à l'intérieur de la chambre. Le lit était vide. Il en conclut que Martin était parti se promener. Honorine demanda :

— Et le petit, il est pas avec toi ?

— Sa chambre est vide. Peut-être qu'il est descendu chez Marmillot, mais c'est bien tôt !

Il alla voir dans la remise ; le vélo était là. Martin n'était donc pas descendu à Salons. Juste revenait vers la maison quand il vit Pauline qui lui faisait de grands signes. Elle traversa le parc en courant et tout essoufflée dit à Juste :

— Vous avez pas vu ma petite ?

Juste eut une illumination. Il se souvenait maintenant d'avoir entendu la fenêtre craquer et des pas qui s'éloignaient. Une chose était sûre, la Peste avait entraîné Martin. Mais où ?

— Votre petite ? Eh bien... Eh bien...

— Eh bien, quoi ? fit Pauline avec brutalité.

— Eh bien, rien du tout !

Pauline devint rouge. Elle posa les poings sur ses hanches.

— Qu'est-ce que vous voulez dire, Juste ? J'aime pas qu'on passe par Tulle pour aller à Salons. Expliquez-vous !

— Ah ! la Pauline, vous m'agacez ! cria Juste.

— Je vous agace ! Et qu'est-ce que je vous ai fait ?

Juste n'insista pas. Il en voulait au monde entier. Honorine lui conseilla :

— Tu devrais avertir Rouget.

C'était pour Juste une corvée. Changer ses habitudes du matin lui enlevait toute force. Mais il ouvrit les portes du garage. Il était tellement tracassé qu'il se trompa de vitesse, enclencha la marche arrière et faillit cabosser la Juva contre le mur. Rouget était déjà à son bureau. Quand le paysan lui eut expliqué ce qui se passait, il s'écria :

— Le con ! le con ! Le con !

Il réfléchit quelques instants, puis dit à Juste :

— Je m'en occupe. Rentrez chez vous, je vais voir avec le directeur de l'Aide sociale.

A Morterive, Pauline était dans tous ses états.

Elle avait téléphoné à Rodolphe, qui avait dit : « J'arrive », mais il n'arrivait pas. Sa peine était si grosse qu'elle s'était assise dans son fauteuil, chez elle, en face du portrait de son mari, et n'en bougeait plus.

Le jour blanchissait les vitres. Martin ouvrit les yeux. Laure ne bougeait pas. Un filet d'air passait entre ses lèvres avec un léger sifflement. La clarté diffuse qui baignait la pièce découpait son visage rond, enfantin à cette heure. Martin n'osait pas déplacer ses mains, pourtant, il avait envie de caresser cette peau, d'y promener ses doigts très doucement... Sam se mit à gémir.

— Martin, dit Laure, c'est vous ?

— C'est moi ! lui souffla-t-il dans le creux de l'oreille.

Martin était sur une autre terre. Il n'était plus le petit garçon sans père, abandonné. Ses oreilles avaient rétréci. Il était grand et fort, comme Jérôme, comme Jacques. Il était plus qu'eux, avec Laure dans ses bras.

— Bon, fit-elle, il faut se lever. Nous devons partir.

Elle sauta hors du lit. Son jupon glissa sur ses jambes. Martin s'assit, défroissa le bas de son pantalon qui était remonté aux genoux.

— On y va ! dit la jeune fille.

— Et Jacques ? On lui dit pas au revoir ?

— Tout le monde dort. Nous partons.

Elle ouvrit la porte sur un couloir désert. Une odeur de cuisine froide, de vin répandu aigrissait l'air. Sam dévala l'escalier. Sur le canapé, un jeune homme dormait, enroulé comme un chat. Les portes étaient ouvertes, les lampes encore allumées. Les tables étaient encombrées de plats vides, d'assiettes, de bouteilles entamées. Laure sortit devant la porte. Sam courut dans le parc. Martin s'apprêtait à la rejoindre quand une voix s'écria :

— Mais c'est notre génie ! Déjà debout ? Pas moyen de fermer l'œil ! J'ai un de ces maux de tête !

Jacques, débraillé, le col de chemise ouvert, les yeux rouges, les cheveux en désordre, s'approchait de lui.

— J'ai trop bu ! dit-il. Ce n'est pas grave, je vais recommencer ce soir ! Où partez-vous ?

— Nous devons aller à Bordeaux.

— A Bordeaux ? J'y fais mes études de droit. C'est à une heure. Je peux vous y conduire en attendant midi et que tout le monde se réveille.

— C'est pas la peine !

— Mais la voiture guérira mon mal de tête. Et puis...

Martin prit sa veste et son accordéon. Jacques était blême. La barbe salissait ses joues.

— Et puis Câline m'a quitté hier soir, alors, j'ai besoin de me changer les idées.

Il était déjà au volant. Sam revint du bois avec Laure qui s'assit devant, à côté de Jacques. Martin s'installa à l'arrière avec le chien.

La voiture rouge s'éloigna sur la petite route qui descendait vers la nationale. Le ciel était dégagé, couleur brique. Martin le regarda un moment et pensa que Juste en avait déjà déduit le temps de la journée ou même de la semaine. A cette heure, le paysan devait le maudire et avait averti les gendarmes. Tant pis ! Martin n'avait pas de remords et acceptait d'avance la punition. Le vent de l'automne, la lumière jaune du soleil le traversaient. Il n'avait plus de poids, il était fumée.

Jacques faisait un visible effort pour garder les yeux ouverts, et le véhicule fit plusieurs embardées dans le fossé. Au croisement de la nationale, il prit la direction de Bordeaux. Il bâillait et parlait peu. Sam, au bout de quelques tournants, fut malade et vomit de nouveau. Jacques rouspéta contre ce maudit chien.

— Mais que faites-vous avec cet animal grossier et laid !

Laure lui lança un regard méchant.

— C'est Sam ! fit-elle sèchement.

Tandis que Martin nettoyait la voiture, Jacques alla vomir derrière un châtaignier. Il revint, les larmes aux yeux, le visage défait, pâle. Il alluma une cigarette et la fuma paisiblement en regardant le paysage. Laure était partie dans le bois avec le chien. Quand elle revint, Jacques dit :

— Finalement, ça m'a fait du bien. Me voilà beaucoup mieux. Sam, tu es une brave bête, tu viens de me sauver la vie.

Ils arrivèrent à Bordeaux sans encombre.

— Je peux vous laisser à l'esplanade des Quinconces ! dit Jacques. C'est chouette. J'ai un petit appartement à côté, cours Xavier-Arnozan.

Il se gara dans la rue Ferrière.

— Vous êtes presque au bord de la Garonne. Les quais sont à deux pas. Venez prendre un verre chez moi.

L'appartement se trouvait au sixième étage d'un immeuble coquet. Jacques ouvrit une porte de bois ciré, et ils pénétrèrent dans un vestibule encombré de chaussures qui donnait sur une grande salle de séjour avec une table de chêne envahie de papiers et de livres. Jacques expliqua :

— C'est pour faire croire que je travaille !

Il ouvrit un placard et sortit une bouteille de porto.

— C'est l'heure de l'apéro. Je vous sers quelque chose ?

— Merci ! dit Laure.

— Bon, c'est pas tout ! fit Jacques après avoir bu. Il faut que je rentre à Girelle. Au fait, si vous voulez rester ici quelques jours, ça ne me gêne pas ! C'est la maison de tout le monde. Les copains y amènent leurs filles. La clef est sous le paillasson.

Ils l'accompagnèrent jusqu'à sa voiture et prirent leurs affaires. Laure l'embrassa sur les deux joues d'une manière appuyée qui déplut à Martin.

— Qu'est-ce qu'on va faire, maintenant ? demanda-t-il quand la voiture eut disparu au bout de la rue.

— D'abord manger ! dit Laure en pirouettant sur elle-même.

— Manger ? Mais avec quoi on va payer ?

Laure s'approcha de Martin et lui pinça le nez en faisant la grimace.

— Le gros avare !

— Ouais, fit-il en rougissant, mais si on dépense tout maintenant...

— Eh bien, vous allez jouer de l'accordéon !

— De l'accordéon ?

Elle rit. Le soleil luisait sur les toits de la ville. Ils se dirigèrent au hasard des rues.

— Faudrait pouvoir retrouver l'appartement de Jacques, dit Martin, si on veut y venir dormir...

Elle lui prit la main. Ils arrivèrent sur une immense place bordée d'arbres. Tout au fond se tenait une haute colonne surmontée d'une statue qui tenait d'une main des chaînes et de l'autre des palmes. Martin l'admira un moment.

— Au fait, demanda Laure, pourquoi on ne se tutoie pas ?

Martin resta un moment perplexe. Il inspira et dit :

— Parce que vous êtes une princesse et moi un enfant de l'Assistance.

Elle sourit et planta ses yeux dans les siens.

— Martin, tu es un drôle de garçon, toi ! Allez, on se tutoie.

— Faut que je m'y habitue !

Sur la place, il y avait beaucoup de monde. Les gens se promenaient par groupes. Sam faillit se faire dévorer par un énorme chien qui se rua sur lui en grognant. Laure s'interposa, et le gros animal s'en alla.

— C'est ici qu'il faut s'installer ! dit Laure.

Martin sursauta.

— S'installer, mais pourquoi faire ?

— Pour jouer de la musique, tiens !

— Mais je veux pas jouer, moi !

— Faut bien, pour acheter à manger ! Tu vas te mettre là.

En sortant l'accordéon de l'étui, Martin était tout étonné d'entendre cette voix qui le tutoyait. Laure fit coucher Sam à ses pieds, Martin passa les bretelles de l'instrument sur ses épaules. Les promeneurs s'arrêtaient et le dévisageaient.

— Joue, je te dis ! fit Laure.

— Bon, bon !

Il ferma les yeux et ses doigts appuyèrent sur les touches. Les gens ralentissaient le pas ou s'arrêtaient pour écouter. Au bout de quelques minutes, Laure s'approcha de la foule, la main tendue. Martin vit, effaré, les porte-monnaie s'ouvrir et entendit les pièces tinter. Il joua encore quelques minutes puis Laure lui fit signe d'arrêter. Des gens qui n'avaient rien donné tout à l'heure ou qui n'étaient pas là s'approchaient pour tendre une pièce.

— On a largement de quoi aller manger ! dit la jeune fille à l'oreille de Martin.

Il rangea son instrument dans l'étui ; elle sortit les pièces de sa poche et les vida dans une petite bourse.

— On va aller chez Jacques ! dit Laure. Il nous a invités, on n'a pas à hésiter.

Ils trouvèrent l'immeuble sans peine. La clef était sous le paillasson où Jacques l'avait glissée. Ils s'enfermèrent. Laure posa l'argent sur la table et passa son bras autour du cou de Martin.

— Tous les deux, dit-elle avec une étrange lueur dans les yeux, nous renverserions des montagnes ! Jurons que nous rachèterons Morterive ! s'écria-t-elle.

Martin pensait au comte, à son regard posé sur lui...

— Nous rachèterons Morterive ! dit-il.

Ils sortirent de nouveau et prirent la direction de la Garonne et du quai Louis-XVIII. Le ciel était blanc, de grands oiseaux flottaient au-dessus des maisons. Le quai était envahi d'énormes grues qui chargeaient des marchandises sur des bateaux. Des gens s'affairaient autour de camions et criaient. Laure et Martin déambulèrent un moment au milieu de cette cohue laborieuse puis entrèrent dans un bistrot. Ils mangèrent rapidement une omelette. Le fleuve fascinait Martin. Ils retournèrent marcher le long des quais jusqu'au soir en se donnant la main. Combien de temps cela allait-il encore durer ?

Ils revinrent à l'appartement de Jacques. Laure alluma la radio. Une musique douce envahit la pièce. La jeune fille regardait la ville par la fenêtre. La nuit tombait ; des pigeons roucoulaient sur les toits de tuile. Laure arrêta la radio et ils se mirent au lit. Comme la veille, ils s'étaient couchés avec leurs vêtements. Martin laissa sa main courir sur cette peau qu'il découvrait, douce et fraîche. Les lèvres de la jeune fille se posèrent sur les siennes et il sentit la pointe de sa langue chercher un passage entre ses dents.

Ils s'endormirent ainsi, sans bouger, dans une douce béatitude. Au jour, Laure ouvrit les yeux. Elle avait entendu du bruit à la porte. Elle se dressa sur les coudes. On frappa de nouveau. Elle regarda Martin, les yeux interrogateurs. Le garçon sauta du lit.

— C'est sûrement Jacques ou un de ses amis. Nous avons fermé à clef.

Il défroissa son pantalon et alla ouvrir. Devant lui, les mains sur les hanches, M. Ribet, l'éducateur de l'Aide sociale, le regardait d'un air sévère, les lèvres pincées.

— Legelle, tu te rends compte de ce que tu viens de faire ?

La réalité s'imposait à lui, le cinglait, le frappait en plein visage. Il baissa la tête, mais ne regrettait rien. Laure arriva.

— Mademoiselle de Morterive, je suppose ? dit M. Ribet. La balade est finie, mes tourtereaux. Vous allez entendre parler de nous. Et toi, Logelle, c'est la maison de correction qui t'attend. Ouste, on s'en va !

La voiture roulait à travers les vignes du Bordelais en direction de Périgueux. Jean Ribet n'avait pas dit un mot depuis le moment où il avait poussé Laure et Martin sur la banquette arrière. Il pensait, M. Ribet, il pensait aux vins de l'année qui seraient moyens selon les dires de son cousin, viticulteur à Libourne. Il regardait les feuilles rouges des cabernets au milieu des feuilles encore vertes des merlots. Ici, la terre contenait de l'or, l'or des raisins... Ribet était devenu éducateur parce qu'il voulait consacrer sa vie aux défavorisés. En vingt-cinq ans de carrière, ses grandes idées s'étaient singulièrement simplifiées et il se contentait d'apprendre à ces jeunes qu'ils ne devaient pas espérer la lune, que personne ne leur ferait de cadeau, surtout pas le destin. Mais quand même, Legelle avec cette fille...

La route défilait. Après Périgueux, le paysage changeait, se vallonnait. La lumière n'était plus la même. Ribet avait tenu à aller lui-même chercher les fugueurs. Martin méritait un châtiment exemplaire : oser braver tout le monde, partir de chez les Levrault qui s'étaient attachés à lui pour une fille, et pas n'importe laquelle ! Ribet avait encore en tête la scène de Rodolphe de Morterive, qui voulait avertir les gendarmes ! Pourtant, ce gringalet de Legelle, qui semblait en retard pour son âge, qui baissait la tête devant les supérieurs, l'étonnait. Comment avait-il réussi à séduire la fille du château ?

Martin et Laure se taisaient. L'accordéon entre eux, ils regardaient, sans le voir, défiler le paysage. Sam gémit ; la jeune fille lui caressa le front, puis sa main remonta, glissa sur l'accordéon et vint se loger dans celle de Martin. Elle ne regrettait rien non plus. Partie sans savoir pourquoi, peut-être pour obliger Rodolphe à la chercher, elle revenait avec un sentiment au cœur qu'elle n'avait jamais éprouvé jusque-là pour aucun garçon. Et pourquoi Martin ? Elle avait rêvé d'un prince charmant et voilà qu'elle donnait la main à un jeune homme ordinaire, pas beau, mais qui savait mettre du soleil dans chaque seconde passée près de lui.

A Tulle, la voiture franchit un porche, entra dans la cour de Sainte-Marie. Laure blêmit, son visage se crispa. Jean Ribet ouvrit la portière. Une sœur vint au-devant de lui, regarda Laure avec des yeux sévères. Sa cornette blanche se soulevait au vent. Elle sourit à l'éducateur.

— Voilà enfin notre fugueuse! dit-elle d'une voix rêche.

— Il faut être indulgent avec elle. Vous connaissez les circonstances... C'est Legelle qui l'a entraînée.

Laure était debout, près de la voiture. Elle regarda une dernière fois Martin.

— Sam ! murmura-t-elle à la sœur. C'est un si vieux chien !

— Je m'occuperai de lui, fit Ribet, n'ayez aucune crainte, il sera bien.

L'homme ferma la portière et dit à voix basse :

— Il faudra quand même la faire examiner par un médecin. Vous comprenez ce que je veux dire !

La cornette opina, salua l'homme et s'éloigna en prenant le bras de Laure. Avant d'entrer dans l'austère bâtiment qui ressemblait à une prison, la jeune fille se retourna une dernière fois.

Martin était atterré. Il avait envie de crier, de sortir de cette voiture et de courir vers Laure, mais il ne fit rien, retenu par un poids énorme qui l'écrasait. Ribet s'assit au volant, claqua la portière.

— Et maintenant, à nous deux ! Deux jours qu'on te cherche, tu vas voir ce que ça va te coûter !

Il manœuvra la voiture. Martin ne sentait plus son corps. On aurait pu le battre à grands coups de fouet, il n'aurait pas eu mal. Il était plein de l'absence de Laure, plein de ce vide qui se creusait en lui, et dans lequel il s'engloutissait. Ribet se gara dans la rue Souham. Martin descendit, et ils entrèrent sans un mot dans le bâtiment de l'Aide sociale. L'homme marchait de son pas militaire. Ils montèrent à l'étage. Juste et Honorine étaient là, dans le couloir. Juste, assis sur le rebord d'une chaise en fer, tenait sa casquette à la main. Honorine, son gros sac sur les genoux, semblait de marbre. Quand ils virent le garçon, ils se dressèrent tous les deux en même temps. Juste parla le premier.

— Eh ben, toi, tu nous en as fait une peur !

— Enfin, te voilà, dit Honorine d'une voix faible, et elle l'embrassa.

Martin sentit une boule grossir dans sa gorge et bloquer sa respiration. Il éclata en sanglots dans les bras d'Honorine. Juste aussi avait les yeux mouillés, mais il ne voulait pas le montrer. Il regardait par la fenêtre la cour battue par un vent froid.

— Monsieur Ribet, c'est un bon petit ! dit Honorine.

— C'est la Peste qui l'a entraîné. Dis-lui, Martin, que c'est elle ! fit Juste.

Ribet fronça les sourcils.

— Vous savez qu'il est en bonne santé, alors, maintenant, rentrez chez vous.

Honorine boutonna son manteau bleu et regarda sa montre. Juste n'arrivait pas à s'en aller. Il fouillait dans ses poches comme s'il cherchait quelque chose.

— Tu connais le chemin ! dit-il à Martin, et il s'éloigna vers l'escalier.

Quand les deux paysans furent partis, Ribet se tourna vers Martin.

— Maintenant, ça va être ta fête. D'abord, cet accordéon, confisqué ! Ah, tu te croyais tout permis, même de t'envoyer en l'air avec la petite du château ?

Il le poussa dans le bureau. La porte claqua. Martin savait ce qui l'attendait. Ce n'était pas la première fois que Ribet se calmait les nerfs sur lui.

— Assieds-toi.

Martin obéit. Deux gifles claquèrent. Il poussa un cri, se protégea la tête avec les bras. Un coup de poing le fit tomber de sa chaise.

— Petit salopard, dis que tu recommenceras pas ! Tu vas le dire ?

Martin serrait les dents et se taisait. Pour la première fois de sa vie, il refusait de s'humilier devant Ribet et osait s'opposer à lui par son silence.

— Tu es dur ! Je te connaissais pas comme ça ! T'en fais pas. On va te dresser !

Ribet souriait. Il en avait maté des plus costauds que Martin, et l'efficacité d'une bonne raclée n'était plus à prouver. Il assena quelques coups de pied dans les côtes du garçon, qui ne broncha pas, puis s'assit à son bureau.

— Tu passeras la nuit à l'infirmerie, dit-il. J'ai pas de chambre libre et je veux pas te mettre avec les autres. Tu serais trop content de te vanter. Demain, on s'occupera de toi.

L'infirmerie était un petit dortoir isolé. L'infirmière n'y venait qu'occasionnellement quand il y avait des malades. Ce soir-là, il n'y avait personne. Il régnait dans cette grande pièce un silence souverain. Martin s'assit sur un lit et resta longtemps sans bouger. Personne ne lui rendit visite de la soirée. Il pensait à Laure et en oubliait ses côtes douloureuses. Juste et Honorine ne lui en voulaient pas, c'était l'essentiel. Comme il aurait aimé, ce soir, manger la soupe d'Honorine, aller aux étables avec Juste, entendre les craquements du château! Il s'allongea sur un lit et attendit en regardant la ville par la fenêtre grillagée. Dans trois ans, il serait majeur, moins de trente-six mois, neuf cents jours! Le temps de gagner quelques centimètres et de laisser pousser une moustache bien taillée...

Le lendemain, Ribet vint le chercher.

— On s'en va.

Martin, à qui l'éducateur ne proposa pas le petit déjeuner, demanda :

— Et Sam?

— T'en fais pas pour lui. Il est à la fourrière. Il sera piqué. C'était un vieux chien.

Une boule de colère monta dans la gorge de Martin.

— Pourquoi vous faites ça?

Ça aussi, c'était nouveau : Martin protestait. Un rideau de peur s'était déchiré en lui.

— S'il fallait garder toutes les braves bêtes, on serait envahis ! dit Ribet.

— Faut le ramener à Morterive, Pauline ou Honorine s'en occuperont !

— Dis donc, toi, tu vas la fermer, ta grande gueule ? Je sais pas ce qu'elle t'a fait, la petite bourgeoise, mais tu as pris de l'audace ! Il va falloir que je te soigne une fois de plus ?

Martin se tut. La voiture partit dans la nuit vers la gare de Tulle, puis s'engagea sur la route de Brive.

— Tu connais les Pavillons verts ? Tu sais comment on y mate les têtes dures ?

Oui, il connaissait. Une maison de correction où l'on enfermait les mineurs délinquants. Il se mit à trembler : on racontait des tas de choses sur cet établissement. Les garçons étaient battus à coups de fouet. On les enfermait dans des cachots noirs et humides où ils pouvaient à peine se tenir debout.

— Je veux pas y aller. Je suis pas un voyou.

— Et qu'est-ce que tu es, alors ?

Toute la matinée, Juste tourna en rond. Il était allé porter de l'avoine à Rosette puis avait passé plus d'une heure dans l'étable sans se décider à faire quoi que ce soit. Il rentra à la maison, s'assit près du feu pour fumer une cigarette, ce qu'il ne faisait jamais à cette heure. Comme lui, Honorine n'arrivait pas à fixer son attention sur son travail. Elle rassembla ses cheveux en arrière, replaça le peigne blanc, passa machinalement un doigt sur le grain de beauté de sa joue.

— Tu devrais aller trouver Rouget.

Juste alluma son mégot.

— Qu'est-ce qu'il y peut, lui ?

— Moi, je sais que la maison de correction, ça vaut rien pour personne.

Juste ne répondit pas et sortit. Il hésita un moment sur la direction à prendre et finit par s'en aller vers la Noiselle. De la vallée montait une brume épaisse que le soleil allumait. Le château se dessinait en ombres incertaines sur cet écran lumineux. Juste se décida enfin.

— Donne-moi un pantalon et une chemise, dit-il à Honorine. Je descends voir le maire.

Honorine sourit. Les vêtements étaient déjà posés sur le lit. Juste se changea rapidement puis mit sa casquette grise.

Une voiture bleue s'arrêta devant la porte. C'était Rouget, averti par on ne sait quel pressentiment. Le maire entra, en regardant le chien qui grognait. Son large imperméable gris flottait autour de lui. Il ajusta ses lunettes qui avaient tendance à descendre sur son nez minuscule.

— Je m'apprêtais à venir te voir ! dit Juste.

— Quelle histoire ! dit le maire en s'approchant du feu allumé. Ce qu'une fille nous ferait pas faire quand on a dix-huit ans !

— Ils ont parlé de le mettre aux Pavillons verts.

— Aux Pavillons verts ? fit l'homme. Mais ils sont fous !

Rouget remuait beaucoup. Il était assez sanguin et presque imberbe, à l'exception du menton qu'un poil épais bleuissait.

— Avant d'enfermer Martin aux Pavillons verts, il aurait été judicieux de réfléchir, dit-il. Mais Ribet en est-il capable ? Martin n'a pas commis un bien grand crime !

La grand-mère, qui se disait fatiguée et gardait la chambre depuis quelques jours, appela Honorine pour l'aider à se lever. Juste et Honorine accompagnèrent Rouget jusqu'à sa voiture.

— Il faut le tirer de là ! dit-il. Je vais être obligé de m'en mêler.

— Merci ! murmura Honorine, et un soupir souleva sa grosse poitrine.

— Et puis, continua Juste, s'ils veulent, nous...

— Je sais ! fit le maire en claquant la portière.

Il partit aussitôt à l'Aide sociale à l'enfance. Rouget était chez lui dans cette maison, et sa réussite lui avait ouvert les portes de la direction. On savait qu'il avait ses entrées au conseil général et qu'il connaissait le préfet, aussi, personne ne le contrariait.

Jean Ribet le reçut avec un grand sourire. Rouget attaqua.

— Je ne suis pas content du tout !

— Que se passe-t-il ? demanda l'éducateur, qui se doutait de la raison de cette visite inattendue.

— Il y a que vous avez emmené mon protégé aux Pavillons verts. Vous voulez faire d'un bon petit gars un voyou ? C'est ça, le but de votre démarche ?

L'homme accusa le coup et pria Rouget de s'asseoir.

— Il se trouve que Legelle a fait une fugue avec une jeune fille. Vous ne pensez pas que c'est grave ?

— Bah ! Il n'y a pas de quoi lui faire rater sa vie !

— Je sais..., fit Ribet. Mais le tuteur de la jeune fille n'est pas facile. J'ai cru qu'il allait alerter la présidence de la République !

— Il est plus bête que méchant.

— Et si la jeune fille est enceinte, hein ? Une Morterive en plus !

Rouget eut un sourire en coin.

— Enceinte ? Mon pauvre ami, vous ne connaissez pas grand-chose aux adolescents, surtout à celui-là. Mais pas de blague, il faut le sortir de ce guêpier, sinon, j'interviens à un autre niveau.

Ribet se grattait le menton. Encore des ennuis ! Et cette façon qu'avait Rouget de se mêler de ce qui ne le regardait pas énervait l'éducateur, qui précisa :

— Le tuteur légal de Legelle, c'est l'Administration. Elle seule peut juger s'il doit sortir !

— Dans ce cas, j'avertis le préfet et je vais le chercher ! fit Rouget, qui commençait à s'énerver.

Il avait gardé le caractère vif et frondeur qu'il

s'était forgé dans son enfance misérable. Pour lui, entre les hommes, tout était rapport de forces, et l'attaque payait plus que la défense.

— Il n'est pas question qu'il retourne à Morterive ! précisa Ribet.

— A Morterive, il y a trouvé deux paysans en mal de solitude. Il y a trouvé un père et une mère. Si vous savez ce que c'est, lui ne le savait pas jusque-là ! Il doit continuer son apprentissage et passer son C.A.P. Mon ami Auguste Veyre, patron du garage Renault sur la route de Naves, le prendra. Marmillot n'a plus grand-chose à lui apprendre.

Rivet était particulièrement agacé par le ton tranchant de Rouget, qui se comportait comme s'il avait été le chef.

— Seul le directeur peut décider...

— Eh bien, je vais voir le préfet tout de suite !

Martin fut de retour à Tulle avant midi. Rouget l'attendait dans le bureau de Ribet, qui se demandait pourquoi cet homme devenu puissant en faisait autant pour un garçon aussi insignifiant.

Rouget emmena son protégé déjeuner dans un petit bistrot de la rue Turgot. Ribet voyait cela d'un très mauvais œil, mais ne dit rien. Ils mangèrent en silence. Le maire semblait préoccupé. Martin était fatigué. Aux Pavillons verts, il avait eu juste le temps de poser ses affaires dans son armoire au dortoir et de participer à la séance de gymnastique. La course l'avait éreinté. Il avait mal aux bras, aux cuisses et au dos. A la fin de la séance, un éducateur l'avait appelé pour l'orienter en fonction de ses capacités dans un des ateliers attenants. Tout était grillagé, fermé à clef. Les murs étaient sales, couverts de dessins grossiers... Martin redoutait surtout les moments de récréation où il allait se trouver confronté aux autres qui le regardaient déjà d'un mauvais œil. Tout nouvel arrivant subissait, selon la tradition des Pavillons verts, un sévère bizutage autorisé par la direction.

M. Rouget tenait sa fourchette à pleine main et mangeait vite, habitude prise dans les internats de sa jeunesse. Il regardait furtivement Martin. Au fond, il ne lui en voulait pas de sa fugue. Il l'enviait. Luc Rouget avait été privé d'amour toute sa vie. Il avait épousé la fille de son patron, mais il savait maintenant que c'était un mariage d'intérêt. Par la suite, il n'avait pas eu beaucoup de temps à consacrer à son cœur. L'entreprise grandissait et occupait toutes ses pensées. Ce midi, en face de Martin, il se sentait pauvre, frileux. Que lui resterait-il dans ses vieux jours? Deux ou trois aventures lamentables, avec pour seul décor quelques sordides chambres d'hôtel. Lui aussi rêvait d'une fugue. C'était là la véritable raison qui lui avait fait prendre la défense de Martin avec autant de pugnacité. Mais qui pouvait s'en douter?

— Juste et Honorine s'ennuient. Je m'arrangerai pour qu'on te laisse passer quelques jours à Morterive à Noël.

Le visage de Martin s'éclaira : quelques jours à Morterive, avec Juste et Honorine ! Il pensa au château immense et vide.

— Je suppose que tu veux savoir, pour Laure...

Martin rougit jusqu'à la pointe des oreilles.

— Elle est dans sa pension. Rodolphe ne veut plus qu'elle aille à Morterive. D'ailleurs, les travaux vont bientôt commencer au château. Pauline peut la voir, mais à Tulle. Pour les vacances prochaines, rien n'est encore décidé.

Il appela le garçon pour demander l'addition. Martin remercia maladroitement son bienfaiteur.

— Bon, maintenant, on va voir mon copain Auguste. Un type droit et bon. Tu iras travailler chez lui la journée et tu prendras pension à l'Aide sociale.

L'Aide sociale à l'enfance comportait deux parties bien distinctes. Une crèche accueillait les tout jeunes enfants jusqu'à l'âge scolaire. Ils étaient ensuite placés dans des internats et, durant les vacances, se rendaient dans des familles. Il y avait aussi un foyer de jeunes qui logeait des filles et des garçons mineurs, déjà dans la vie active. Martin avait retrouvé sa chambrée et la plupart de ses anciens camarades : Souri était au lycée, Blanchet travaillait à la « Manu ». Chaque matin, après le petit déjeuner pris au réfectoire, il allait chercher à la cuisine son casse-croûte pour midi et partait avec Arthur Gentil, un nouveau, qui travaillait chez un cordonnier à côté du garage Veyre. Gentil était assez fort et rappelait un peu Boule, sauf qu'il était très brun et très poilu.

Personne n'était au courant de l'aventure de Martin. Il aurait pu s'en vanter, se faire valoir auprès des autres, mais il préférait garder cela pour lui. Chaque soir, dans le bruit des sommiers grinçants, des toux et des murmures à voix basse, il fermait les yeux et imaginait que Laure était dans ses bras... En se rendant au travail, il faisait un détour par la rue Marc-Eyrole et descendait l'escalier jusqu'à l'avenue Herni-de-Bournazel où se trouvait l'institution Sainte-Marie. Il s'arrêtait devant les grandes portes de bois verni toujours fermées. Même s'il n'avait aucune chance de voir Laure, sa présence dans les parages électrisait l'air et lui faisait courir des frissons froids dans le dos.

Auguste Veyre était grand et maigre, totalement chauve. Il avait la peau très blanche et portait une longue blouse bleue. Il commandait ses mécaniciens avec une voix aiguë, presque féminine. Martin fut très vite admis dans l'équipe, qui comprenait les deux fils d'Auguste, Charles et Pierre, et un cousin d'Orliac-de-Bar, Jean-Michel Debas. Charles et Pierre étaient aussi maigres que leur père : ils avaient vingt-deux et vingt-trois ans, et leur crâne se dégarnissait déjà. Martin préférait Charles, qui parlait avec une voix très musicale. Plus brutal, Pierre aimait jouer au chef... Jean-Michel Debas était solide comme un roc. Il déplaçait d'énormes pièces d'acier, des blocs-moteurs, des roues de camion sans l'aide de personne. Les joues creuses piquées de barbe, la casquette en avant, il tétait continuellement une gitane maïs éteinte.

Martin savait à peu près tout sur un moteur à essence. Auguste comprit vite qu'il pouvait compter sur lui et le confia à Jean-Michel pour apprendre le diesel.

L'hiver s'annonçait rude. De fortes gelées durcissaient la terre depuis plus d'une semaine. Le temps était clair ; le vent du nord s'infiltrait sous les habits, figeait tout.

Un mercredi soir, Martin et Gentil rentraient de l'atelier. La nuit était glaciale. La rivière reflétait la lumière immobile des lampadaires. Accompagné d'une sœur à cornette, un groupe de jeunes filles vêtues de bleu marchaient sur le trottoir. Martin s'arrêta. Laure était là, au milieu d'elles, qui riait. Ses cheveux noirs étaient rassemblés en chignon sous son béret bleu. Elle aperçut Martin, marqua sa surprise et s'arrêta.

— Eh bien, qu'est-ce qui te prend ? demanda Gentil de sa voix sourde.

Il ne répondit pas. Laure lui sourit et reprit sa marche, tandis que la sœur s'impatientait. Martin suivit cette silhouette qui se retourna discrètement plusieurs fois avant de disparaître au coin de la rue. « Elle m'aime toujours », pensa-t-il, et il se sentit très léger. Désormais, il passerait tous les jours dans cette rue.

Ainsi, chaque soir, il s'arrêtait au pont, attendait, mais Laure avait de nouveau disparu derrière les hauts murs de Sainte-Marie, et il ne la revit pas. Il arrivait parfois en retard au foyer pour le repas, mais personne ne lui disait rien. La protection de Luc Rouget lui valait ces petits privilèges dont il n'abusait pas.

La semaine suivante, il reçut une lettre de Juste ; le garçon reconnut cette belle écriture de « notaire » dont le paysan était si fier.

Mon cher Martin,

Je sais pas si tu te ferais pas gronder si je venais te voir. Alors je préfère t'écrire, parce qu'ici la saison avance. Tu le sais peut-être pas, mais les palombes ont passé et il fait un froid qui bloque tout. Dans le jardin, les chicorées sont gelées. Enfin, je pense que tu es bien, nous, on s'ennuie un peu tous les deux, vu qu'on s'est déjà tout raconté depuis longtemps. Avec toi, on avait l'impression que les vieilles choses étaient nouvelles. Tiens, ça me met un proverbe en tête :

Quand arrivent les veillées d'hiver,
Si tu es seul, tu n'es pas bien fier.

Tu vois, j'ai pas perdu le coup. Au fait, les poires commencent à être affinées. Il n'y en a pas de meilleures au monde. Tu te rappelles des raisins de notre treille que tu mangeais cet automne? C'est pareil. Morterive, c'est le pays des fruits.

L'Honorine a toujours un peu mal à la tête, mais elle va bien. Elle t'embrasse ainsi que ma vieille mère. Moi, je te serre la main.

Juste

Pas un mot sur le château ni sur Laure. Martin relut plusieurs fois la lettre Il entreprit le soir même de répondre, mais il ne savait pas bien s'exprimer par écrit et ne trouvait rien à dire. Il se contenta de banalités : il apprenait le fonctionnement des moteurs Diesel et regrettait de ne pas pouvoir goûter les poires de Morterive... A partir du 1er décembre, grâce à l'intervention de Rouget qui venait le voir de temps en temps, Ribet accepta de lever une partie de la sanction, et Martin eut le droit de sortir librement le dimanche après-midi. Auguste Veyre lui donnait dix nouveaux francs d'argent de poche par semaine qui lui permettaient de boire une bière à La Rotonde, l'un des deux bars où se retrouvaient les jeunes, et d'aller au cinéma avec Gentil. Il passait souvent devant l'entrée de Sainte-Marie, épiait les groupes de filles, manteaux et bérets bleus, mais Laure n'y était jamais. Peut-être était-elle partie, envoyée par son frère dans une autre pension, très loin de là ? Il se disait qu'il ne la reverrait plus. Alors, il avait envie de se jeter dans la Corrèze du haut du pont de la Barrière... Ces moments d'abattement duraient peu, la patience était sa vertu, et il se savait la force d'attendre un siècle.

Son accordéon lui manquait. Souvent, le soir, en rentrant du garage, il faisait un long détour par l'avenue Victor-Hugo et s'arrêtait devant la vitrine du magasin d'instruments. Ribet n'autorisait pas les transistors à l'intérieur du foyer. Il y avait une salle de jeux avec un poste de radio et une télévision. Martin y allait presque tous les soirs écouter des chansons, mais cela ne remplaçait pas son besoin de jouer. Un soir, il alla frapper au bureau de l'éducateur et demanda :

— Je voudrais reprendre mon accordéon pour jouer. Je vais perdre tout ce que je sais !

— Perdre ce que tu sais ? Et qu'est-ce que t'en ferais ? De la musique dans les rues de Bordeaux ? Ici, c'est pas une salle de danse !

C'était dit, il ne récupérerait pas son instrument. Pour guider la souplesse de ses doigts, il les faisait jouer dans le vide, mais ce n'était pas la même chose. Il s'ennuyait.

Un samedi, à la mi-décembre, Martin eut la surprise de voir entrer dans le garage un paysan maigre, avec une casquette à carreaux blancs, un nez fort et sec, des épais sourcils qui cachaient ses yeux ronds de lapin. L'homme portait un paquet plié avec de la ficelle bourrue. Martin poussa un cri de joie, posa sa clef et courut vers lui en riant.

— J'étais venu à la foire ! dit Juste. Alors, je me suis dit... Je me suis dit que ton éducateur viendrait pas ici et que je pouvais te voir sans que tu te fasses engueuler !

Auguste Veyre, qui surveillait tout de son bureau, vit Juste parler à Martin et s'approcha.

— C'est mon patron ! dit Martin.

— Mais moi je le connais, répliqua Juste, même si lui me connaît pas.

— Bon, dit Auguste, je vous le laisse pour aller boire un coup !

Le patron retourna dans son bureau. Jean-Michel Debas déplaçait une énorme culasse de camion. Une radio diffusait la voix chaude de Sheila. Juste prit Martin par le bras.

— Ça, c'est une idée! Allez, on va boire un coup!

Ils entrèrent dans le bistrot voisin et s'assirent à une table près de la fenêtre. Juste dévisageait Martin.

— Maquarelle, tu n'as pas mis beaucoup de barbe!

Martin baissa les yeux, honteux.

— C'est vrai ce que vous m'avez dit une fois, que le persil la fait pousser?

Juste se mit à rire.

— Quand t'es arrivé à Morterive, l'année dernière, on t'aurait fait croire que les poules avaient des dents! C'est bien simple, tu n'avais rien vu! Et le forçat de la lune, tu t'en rappelles?

Ils pensaient tous les deux au comte, qui montait d'énormes pierres sur son échafaudage. Juste cria :

— Garçon, deux rouges limés!

Il était tout maladroit dans ce bistrot et ne savait plus quoi dire, lui qui, depuis plusieurs jours, se faisait une joie de passer voir Martin. Il sortit son paquet de tabac.

— C'est l'Honorine qui va être contrariée. Elle disait qu'on me laisserait pas t'approcher!

Martin roulait sa cigarette. La voix de Juste le berçait. Le garçon de café apporta le vin rouge avec de la limonade. Martin avait une foule de questions à poser. Il se contenta de dire :

— Et Pauline, comment qu'elle va ?

— Celle-là, elle va toujours bien ! La commune a acheté le château, mais ils ont pas encore commencé les travaux. Au fait, Rouget vient toujours te voir ?

— Oui, de temps en temps.

Juste baissa les yeux, mécontent. Martin était à lui, et il n'avait pas envie de le partager.

— Maintenant, je connais le chemin ! T'en fais pas, tant que la Juva voudra marcher, je viendrais te faire un bonjour de temps en temps.

— Bon, il faut peut-être que j'y aille ! dit Martin.

— A propos, reprit Juste en baissant le ton et en montrant le paquet, c'est des poires. Les montre pas aux autres, ils te les voleraient. Tu penses, des poires de Morterive !

Martin prit le paquet que lui tendait Juste.

— Et je crois que l'Honorine a mis quelques châtaignes.

Juste paya, et ils sortirent. Il faisait un froid vif et sec, le ciel était profond, d'un bleu translucide. Le vent du nord mordait les joues. Juste dit :

— Je sais pas ce qu'ils ont décidé, tes chefs, mais si tu veux venir chez nous, faut pas te gêner. Ton lit n'a pas changé de place.

Il se tourna et partit de son pas pressé, la tête basse, comme pour ne pas montrer son émotion.

Un dimanche après-midi, Martin se promenait sur le quai de Chamart. Il avait laissé Gentil au cinéma, lui préférait déambuler dans les rues, rêver, revivre son escapade jusqu'à Bordeaux. Une jeune fille lui sourit. C'était Aline Chaumet. Elle lui dit un bonjour timide et lui tendit la main. Ils s'appuyèrent contre le mur de pierre et regardèrent les plaques de glace qui se formaient sur la rivière. Aline n'était pas au courant de la fugue : Rodolphe avait demandé qu'on ne chante pas la nouvelle sur tous les toits et avait été écouté. La version officielle du départ de Martin, que Juste clamait à qui voulait l'entendre, était son intention de se spécialiser dans les moteurs Diesel.

Ils bavardèrent un moment. Aline apprit à Martin qu'elle avait arrêté l'école et qu'elle travaillait dans un salon de coiffure. Elle habitait une chambre que son père lui louait pour l'hiver parce qu'elle ne voulait pas rentrer la nuit en vélo et qu'il faisait trop froid pour courir les routes.

— Je croyais que tu voulais devenir institutrice.

Elle rougit. Elle se souvenait de ce mensonge destiné à se mettre en valeur. Aline ne serait jamais institutrice puisqu'elle ne réussissait pas à l'école.

— Il faut que je travaille ! dit-elle. Mon père ne peut pas nous nourrir, toutes les deux, à ne rien faire.

— Moi aussi, je travaille. Je vais passer mon C.A.P. à la fin de l'hiver. Après, je sais pas ce que je ferai. Où allais-tu ?

— Au cinéma ! dit Aline, en tournant les yeux vers Martin. Je veux voir *Mourir à Madrid* qui vient de sortir. C'est l'histoire de la guerre d'Espagne.

— Je peux venir avec toi ?

La file d'attente était plus longue que d'habitude. Le froid exceptionnel de ce début d'hiver 62 n'incitait pas à flâner dans les rues. Martin remarqua qu'Aline avait à peu près la taille de Laure. Ses cheveux courts, ses pantalons lui donnaient un air de petit garçon. Martin put détailler son visage, ses yeux noirs, son nez droit, ses joues un peu rondes et ses lèvres épaisses soulignées de rouge. Il acheta deux billets et ils entrèrent dans la salle obscure. Martin posa sa veste. Il se sentait bien avec Aline, mais elle ne l'empêchait pas de penser à Laure. Son image s'imposait à lui par éclairs brusques qui l'illuminaient. Quand ils sortirent, la nuit était tombée. Un peu de lumière baignait les collines à l'ouest, du côté de Salons. Ils bavardèrent un petit moment sur le trottoir des atrocités de la guerre d'Espagne, puis Aline lui tendit la main en lui disant que le dimanche suivant elle serait encore à Tulle. Martin ne comprit pas l'invitation et ne lui proposa pas de la revoir. Il remonta au foyer avec des sentiments contradictoires. Il était content d'avoir passé l'après-midi avec Aline et le regrettait comme s'il venait de faire une infidélité à Laure. Au lieu d'aller s'enfermer dans une salle de cinéma, il aurait pu aller se promener du côté de Sainte-Marie. Surveiller les groupes d'élèves à béret bleu en battant la semelle était un plaisir qu'il lui manquait déjà. Pour tromper son ennui, il avait tenté de dessiner Laure en analysant chaque détail de son visage, d'abord ses cheveux noirs, épais, qui descendaient jusqu'au cou en anglaises pleines de lumière, ensuite, la forme allongée de ses yeux, la couleur de l'iris, ni bleu, ni vert, ni gris. Un peu de toutes ces couleurs, mais comment en saisir le mélange pourtant simple ?

Le dimanche suivant, Gentil voulut l'emmener au stade. Il avait rencontré trois filles, « un boudin et deux convenables pour passer un moment ». Martin refusa et Gentil s'étonna :

— Je sais pas ce que tu trafiques, mais j'ai l'impression qu'il y a une nana là-dessous.

Martin alla se promener du côté de Sainte-Marie. Des groupes partaient à la promenade dominicale, mais Laure n'y était pas. Le temps était toujours aussi froid. Noël approchait. Les vitrines des magasins se paraient de guirlandes ; sur la porte du Globe, cet autre lieu de rendez-vous des jeunes, on avait peint un Père Noël rouge et blanc. Martin rentra bien qu'il fût tôt. Il était triste, perdu, seul au monde.

Le lendemain, une bonne surprise l'attendait. Après le petit déjeuner, tandis qu'il se préparait pour partir au garage, Ribet le fit appeler dans son bureau.

— C'est arrangé ! dit l'éducateur. Tu peux

passer Noël à Morterive. Tu pourras y rester quelques jours.

Martin sourit. Enfin, il allait retourner chez Juste et Honorine, dormir dans cette chambre à l'ombre du château, entendre les plaintes de dame Eliana, tous ces bruits dont il avait oublié la menace et qui lui manquaient.

Ribet ouvrit un tiroir et posa un portefeuille devant Martin.

— Tu te conduis bien, ton patron est content de toi, alors on passe l'éponge.

Martin prit son portefeuille. Ribet poussa son siège et vint vers lui.

— Tu vois que je suis pas un mauvais type. Je compte sur toi pour le dire à Rouget.

— Et pour l'accordéon ? demanda Martin, la gorge sèche.

— Pas question. Rouget a été ferme là-dessus. Il pense que la musique te conduisait à ta perte. Paraît que tu as de l'avenir dans la mécanique...

Il ouvrit la porte du bureau. Martin sortit. Ribet avança dans le couloir.

— Au fait, ne crois pas que tu vas retrouver ta dulcinée. Si tu peux aller passer Noël à Morterive, c'est parce qu'elle n'y sera pas !

Martin passa à la cuisine chercher son casse-croûte. Gentil l'attendait. Il faisait encore nuit ; les trottoirs étaient envahis de gens emmitouflés qui s'en allaient au travail. La sirène de la manufacture d'armes retentit comme chaque jour à huit heures. Martin marchait vite, sans parler. Gentil constata :

— Tu en fais une tronche ! Qu'est-ce qu'il t'a dit, le juteux ?

— Rien de particulier. Je vais passer Noël chez mes vieux.

— Et c'est ça qui te met de si mauvaise humeur ?

— Ça et le reste !

Gentil ne put lui tirer un mot de tout le chemin. Martin avait mal en lui, une douleur qui le cisaillait. Il était maintenant persuadé qu'il ne verrait plus jamais Laure.

Il faisait très froid. La Corrèze charriait des blocs de glace. Le long de la rue Aristide-Briand, d'énormes stalactites ornaient les rochers. Le 23 décembre, le redoux fit craindre le pire : la pluie sur ce sol gelé. Martin s'habilla rapidement, fourra ses affaires dans son sac et descendit au réfectoire. Il était pressé puisqu'il n'allait pas au travail mais prenait le train pour Morterive.

Après le petit déjeuner, il passa au bureau de Ribet, qui lui fit ses dernières recommandations :

— Et gare si tu ne te tiens pas comme il faut ! Non, tu n'emportes pas ton accordéon.

— Mais pour jouer les cantiques de Noël !

— Non, c'est dit et définitif.

Martin n'insista pas. Il était tellement content de retourner chez Juste et Honorine qu'il pouvait se passer de son instrument. Dans le train, il s'assit à la place qu'il avait occupée au mois de mars dernier, pour son premier voyage à Morterive. Le wagon était presque désert, et Martin regarda défiler le paysage. A Salons, il salua le facteur, qui revenait de la tournée, puis alla dire bonjour à Jean Marmillot. L'homme se gratta les cheveux avec ses doigts noirs et gluants. Il souriait en lui serrant la main.

— Tu parles d'une surprise !

— Je vais chez Juste pour quelques jours !

— N'hésite pas à passer te faire payer le coup ! On t'a pas oublié. Et la mécanique, ça marche toujours ?

— Je travaille chez Auguste Veyre. J'ai un peu bricolé le diesel, c'est intéressant.

— Si, un jour, tu cherches du boulot sur le coin, pense à venir me voir quand tu auras ton C.A.P. !

— Je le passe au mois de février.

Martin se sentait bien. Il était chez lui, ici. Éloïse l'aperçut et vint l'embrasser sur les deux joues. Chez Lachassagne, Boule lui fit un grand signe de la main. Il alla le saluer et prit la cigarette que l'autre lui tendait.

— Alors, dit le gros garçon, les joues rouges de froid, ça marche avec la petite Aline ? Tu vois, je sais tout !

Martin fit l'étonné.

— On est allés au cinéma une fois, c'est tout.

Maurice l'aperçut et le salua.

— Et l'accordéon ? demanda-t-il.

— Ils veulent plus que j'en joue !

— Les cons ! Ça leur ferait mal que tu deviennes un musicien célèbre !

Avant de monter chez Juste, Martin voulut rendre visite à M. Rouget. Les bâtiments neufs de l'usine se trouvaient à quelque cent mètres du garage, dans la descente, sur la route de Tulle. Il s'y rendit en marchant très vite et, quand il fut devant la porte, il n'osa pas entrer.

— Qu'est-ce que je vais dire ?

Il partit en se promettant de revenir un autre jour.

Sur le chemin de Morterive, Martin sifflait sa joie. Il s'arrêta au pont pour voir le château. Rien n'avait changé. L'énorme mur de béton en travers de la Noiselle était presque achevé. Tout le paysage en était transformé.

Au hameau, Miss l'aperçut et courut vers lui en remuant la queue. Juste, qui était à son branchier, se redressa. Il mit sa main sur le front pour se protéger du soleil pourtant bien pâle et sourit. Tout son visage souriait, ses rides se tendaient.

— Eh bien, mon vieux... dit-il. Honorine, viens donc voir qui nous arrive !

La femme sortit aussitôt sur le pas de la porte ; son visage rond s'épanouit. Elle embrassa Martin sur les deux joues.

— Pour une surprise, c'est une surprise.

Elle précéda le garçon à l'intérieur.

— Entre donc qu'il fait un froid de canard.

Juste s'assit à sa place d'hiver près du feu, où étaient posés son journal et son livre. Noélie, qui avait compris, s'exclama :

— Ah ! c'est toi, mon garçon ! Ça fait plaisir ! Tu vas pouvoir me faire faire mon tour. Personne ne sait aussi bien me promener que toi !

— Il fait trop froid ! fit Honorine.

Comme midi approchait, ils restèrent dans la maison à parler en attendant le repas. Honorine s'activait près de la cuisinière où mijotait un lapin en sauce.

— Je crois bien que je l'avais senti ce matin quand j'ai décidé de faire cuire ce lapin !

Martin mit le couvert en racontant sa vie à Tulle : la nourriture n'était pas mauvaise au foyer, il sortait le dimanche, Auguste Veyre était un bon patron... Juste et Honorine le pressaient de questions auxquelles il répondait sans oublier un détail. C'était pourtant sans importance, ils parlaient pour exprimer leur joie d'être ensemble.

— J'ai vu Marmillot en montant. Il m'a dit que si je cherchais du travail...

— Hé, Marmillot n'a pas d'héritier. Si tu voulais... Et l'accordéon ?

— Ils me l'ont pris. Paraît que Rouget veut pas que j'en joue, il a peur que ça m'empêche pour mon C.A.P.

— Rouget fait bien des manières ! dit Juste, désappointé.

— Ton harmonica est toujours dans le tiroir de ta table de nuit ! ajouta Honorine. Personne ne l'a pris !

— Et les poires? demanda Juste. Tu les as mangées?

— Ce qu'elles étaient bonnes!

Malgré le froid, Juste et Martin partirent se promener, les mains dans les poches. Juste commentait; Martin écoutait. Ce chêne avait été fendu par la foudre en 1946 et ne s'en était jamais remis. Ce pré de Bernier, couvert de glace, ne valait pas grand-chose: la brume y restait tout l'été, par contre, le sien, à côté, était de première qualité. Ce chemin aurait dû être entretenu par M. Henri puisqu'il était une servitude du château, mais M. Henri ne s'en était jamais occupé et il ne restait qu'un vague sentier entre les ronces...

— Je vais demander au maire de le remettre en état! Un chemin, ça sert toujours à quelque chose.

Au retour, ils passèrent devant la maison de Pauline.

— En ce moment, elle va mieux! dit Juste. Le docteur lui donne des cachets pour ses nerfs; elle crie un peu moins. Mais alors, après la mort de M. Henri, j'ai cru qu'elle allait tuer quelqu'un!

Les volets avaient été repeints. La grosse femme sortit, aperçut Martin et fronça les sourcils.

— Tiens, qu'est-ce que tu fous ici, toi? dit-elle d'un ton bourru.

— Il est venu nous rendre une petite visite! dit Juste.

Martin la trouva amaigrie. Ses joues s'étaient fripées. Les rides de son front s'étaient creusées.

Son regard n'avait plus cette autorité, ce sans-gêne devant lesquels même Juste reculait.

La soirée se passa comme d'habitude. Juste écouta les informations à la radio et se mit à les commenter. Georges Pompidou avait annoncé un important programme de construction d'autoroutes. Juste était contre ce projet, qui allait coûter cher et ne servait à rien.

— Comme si on n'allait pas assez vite! maugréa-t-il.

Après la soupe, il se mit à lire, ses grosses lunettes sur le nez. Honorine déplia un pull blanc avec des motifs rouges et le montra à Martin.

— Essaie-le! Tu vas dire que j'en ai mis du temps pour le terminer, et c'est bien vrai!

Martin essaya le pull, qui lui allait bien. Honorine le trouva un peu long et décida de faire une retouche. Martin aurait voulu demander des nouvelles de Laure, mais il n'osa pas.

Le vent s'était levé et hurlait contre les tours du château. Martin se rappela ses terreurs lors de ses premières nuits à Morterive et sourit. Après le rite du pipi contre le mur du parc, il dit bonsoir à Juste et passa dans sa chambre. Honorine avait allumé le poêle, et il faisait bon. Il regarda son harmonica. Un peu de poussière ternissait l'éclat du métal. Martin l'essuya sur le drap et le fourra dans la poche de son pantalon. Il se coucha et s'endormit aussitôt. Le lendemain, le poêle était froid, et le garçon s'habilla en tremblant. La nuit était encore épaisse. Juste l'attendait. Ils burent le café et allèrent aux étables.

— Il va neiger ! dit Juste.

Depuis cinq minutes, il cherchait une belle rime pour annoncer cette nouvelle, mais il n'en trouva pas à son goût. La neige n'était pas triste et, pourtant, seuls des mots de froid, de faim venaient à son esprit.

— Moi, ça me gêne pas. Demain, c'est Noël, on ira peut-être à la messe de minuit. Qu'est-ce que t'en penses ?

— On va avoir froid !

— T'es un drôle de mécréant, toi ! Le réveillon, ça se mérite !

Ils partirent faire un tour dans le champ du Peuplier. Juste montra ses choux dont les pommes éclataient, tellement elles étaient grosses. Il se planta sur une jambe, souleva sa casquette.

— Le Rodolphe peut pas voir sa sœur. Il a parlé de la changer de pension, parce que Sainte-Marie, c'est trop cher. Il veut l'envoyer dans le Lot, chez les orphelines.

Martin sursauta. Ribet avait demandé à Juste de ne donner aucune nouvelle de Laure à Martin, mais le paysan n'avait pas pu s'empêcher de parler. Ce n'était pas à lui qu'il fallait confier ses secrets.

— Bah, c'est quand même sa demi-sœur...

Martin offrit une cigarette à Juste. Il avait acheté un paquet de gauloises pour montrer qu'il avait grandi, même si la barbe ne noircissait pas encore son menton. Le facteur apporta le journal, et Juste se mit à lire à haute voix. Martin en profita pour aller se promener seul dans le parc du château. Il s'arrêta un moment devant la chapelle. Un bouquet de chrysanthèmes fanés pendait sur la porte. C'était tout ce qui restait de l'illustre famille. Il fit le tour du bâtiment. La partie de mur que le comte avait reconstruite était plus sombre que l'ancienne maçonnerie. L'échafaudage était toujours là, l'auge à mortier sur une planche. Martin s'attendait à voir le grand corps se déployer, la truelle à la main. Mais la page était tournée : à l'entrée, un énorme cadenas condamnait la serrure. Le garçon passa devant la petite porte qu'il empruntait avec Laure, derrière le sureau. La fermeture avait été réparée et un autre cadenas luisait à la lumière pâle de l'hiver.

Une voix aiguë l'appela. Il vit arriver Julien Bernier, un bonnet rouge sur la tête, les joues écarlates. L'enfant lui tendit la main.

— Salut ! fit-il, fièrement.

— Alors, cet harmonica ! demanda Martin.

— Mon père me l'a pris parce que ma musique lui cassait les oreilles !

Il enfonça les mains dans les poches.

— Je sais pas ce qu'il a en ce moment, le vieux, il s'en prend tous les soirs à ma sœur Estelle ! Allez, salut !

Il partit en courant. Martin le regarda s'éloigner et revint vers la maison. Boule arrivait en soufflant.

— Ce soir, ça danse à Mervillat. Les filles Chaumet y seront. Aline t'attendra.

— Je sais pas si j'irai !

— Mais si, mon oncle, Jeannot, me prête sa moto. T'auras pas à pédaler.

Martin ne répondit pas. Il regardait toujours le château. Boule s'exclama :

— Toi, c'est encore la Morterive qui te tracasse. Couillon, viens voir Aline qui n'attend que ça. Tu lui as tapé dans l'œil, je te dis.

Martin se tourna vers Boule, qui frottait la molette de son briquet.

— Il faut que tu saches où Laure passe les vacances.

— Qu'est-ce que t'en as à foutre ?

— Il faut que j'aille la voir.

Le ciel était bas. Une brume épaisse noyait le sommet du donjon. La maison de Pauline n'était plus qu'une ombre grise. On entendait croasser des corbeaux qu'on ne voyait pas.

— Bon, je vais mener mon enquête. Et pour ce soir ?

— Il faut que je reste avec Juste et Honorine. Ribet veut pas que je sorte.

— Dis plutôt que tu veux rester dans ton coin pour penser à ta dulcinée !

Ce n'était pas seulement ça, mais Boule pouvait-il comprendre que Martin voulait rester dans la chaleur de cette maison, entre Juste et Honorine, se pelotonner près des cendres, comme dans un nid, le seul qu'il ait jamais eu ?

Au début de l'après-midi, Martin et Juste entreprirent de réparer un moulin à grain dans l'écurie. Juste voulait utiliser les connaissances en mécanique du jeune garçon pour remettre en état le moteur de cet outil dont il se servait autrefois. Ils virent Pauline, vêtue d'un manteau noir, fermer sa porte à clef. Un foulard gris à fleurs blanches sur sa tête ne laissait voir que ses gros yeux, son nez rouge et sa bouche fine. Sa petite valise à la main, elle s'engagea dans le chemin. Juste lui demanda :

— Vous voilà partie en voyage, Pauline ?

— Il le faut bien, Juste, il le faut bien.

— Mais, maquarelle, je vais vous emmener à la gare avec la Juva ?

C'était plus par curiosité que par gentillesse, mais Pauline ne voulut rien dire.

— C'est pas la peine, Juste, je vous remercie. Un peu d'exercice me fera du bien.

Il n'insista pas. Elle s'évanouit dans la brume et, bientôt, on n'entendit même plus les fers de ses souliers sur les gravillons.

Le soir, le ciel avait pris une couleur de cendre. Dans l'écurie, la lampe sous le toit donnait une lumière diffuse qui ne suffisait pas pour un travail minutieux. Juste décida de reporter la réparation au lendemain.

— *Ce qu'on n'arrive à faire aujourd'hui,*
Se fait beaucoup mieux après la nuit !
dit-il, mécontent de la faiblesse de son adage.

Ils rentrèrent à la maison. Martin s'assit près de Noélie, qui ne cessait de lui reprocher de ne pas l'avoir emmenée en promenade. Il regardait le feu flamber sous la marmite de la soupe. Juste fumait, le nez dans son journal, Honorine mettait le couvert.

Le lendemain matin, il descendit à vélo chez Marmillot chercher des charbons pour la dynamo du moteur et une bougie neuve. Boule était en train de décharger des planches du camion. Il lui fit un signe, alluma une cigarette, souffla un panache de fumée devant lui.

— Je sais...

— Tu sais quoi ?

— Au fait hier, c'était vachement bien ! Aline était pas contente, alors elle a dansé toute la soirée avec un gars de Sainte-Fortunade !

— Qu'est-ce que tu sais ?

Boule tira sur sa cigarette.

— Je sais où est ta chérie. Elle est chez la sœur de Pauline, qui habite Auriac.

— Auriac ? C'est où, ça ?

— Un bled impossible quelque part entre Bort-les-Orgues et Argentat... Elle a épousé un gars de là-bas après la guerre. Elle est beaucoup plus jeune que Pauline. Paraît que c'est un arrangement : Rodolphe a refusé que Laure vienne à Morterive.

Martin serrait les dents. Il alla chercher ses pièces et remonta très vite à Morterive. Le temps passé loin de Juste et d'Honorine était du temps gâché.

A la tombée de la nuit, le moteur était remonté. Martin enroula la ficelle autour de la poulie et le lança : le miracle se produisit, et le moulin pouvait de nouveau broyer du grain. Juste regarda le garçon avec des yeux pleins d'admiration.

— Toi, tu as de l'or dans les mains ! s'exclama-t-il.

La semaine passa très vite. Il ne neigea pas comme l'avait prévu Juste, ce qui lui fit dire, une fois de plus, que le temps était détraqué. Le lundi matin, il fallut regagner Tulle. Martin fit sa valise, disposa les chemises qu'Honorine avait lavées et repassées soigneusement. Juste était allé sortir la Juva.

— Je peux bien te descendre ! avait-il décrété, c'est pas le travail qui presse en ce moment.

Martin embrassa Honorine et Noélie, qui avait cru comprendre qu'il allait au régiment, et lui dit :

— Mais pourquoi qu'ils vous font partir aussi jeunes ?

Malgré le froid intense, Honorine sortit pour voir s'éloigner la voiture, qui fut vite cachée par les arbres.

Martin retrouva le foyer et Arthur Gentil, qui lui dit avoir passé Noël chez son patron et s'être saoulé au champagne. Martin ne l'écoutait pas ; l'odeur de fumée sur son pull le ramenait à Morterive, avec Juste et Honorine, près de la cheminée. Il caressait le chien couché à ses pieds et il revoyait les yeux émerveillés de Juste quand le moteur avait démarré. Comme il avait été heureux !

Le samedi suivant, après avoir guetté la sortie des filles devant Sainte-Marie, il alla flâner dans l'avenue Victor-Hugo, s'arrêta à la vitrine du marchand d'instruments de musique. Un accordéon Maugein, flambant neuf, était exposé. Martin, les pieds gelés, le regarda un long moment. La porte s'ouvrit ; le marchand en blouse bleue l'avait reconnu. Ses gros yeux, déformés par des lunettes aux carreaux épais, rappelaient ceux de Rosette quand elle regardait le jeune homme.

— Mais c'est mon joueur d'accordéon ! Comment ça va ?

Martin rougit.

— Ça va !

— Et la musique ?

— Ils veulent plus que je joue. Ils disent que ça va m'empêcher d'avoir mon C.A.P. de mécanicien.

L'homme eut un sourire qui découvrit son incisive en or.

— Entrez donc ; nous nous gelons ici.

Martin le suivit timidement. Si Ribet le voyait dans ce magasin, la sanction ne manquerait pas de tomber. Tant pis. Il regarda la rangée de violons pendus par le manche à une rampe ;

plusieurs pianos encombraient l'espace. Le désordre était toujours aussi grand.

— Ça vous dit de l'essayer ? fit l'homme de sa voix fluette en montrant le bel accordéon de la vitrine.

— J'ai les doigts complètement engourdis.

Le marchand prit l'instrument et le tendit à Martin, qui s'assit et le posa sur ses genoux. Comment avait-il pu rester aussi longtemps sans ce contact de ses doigts sur les touches, cette caresse qui était en même temps une injonction, sans cet instant sublime où tout son être allait basculer dans la musique. Dès les premiers mots, il fut ébloui par le timbre de l'accordéon. A mesure qu'il jouait, ses doigts retrouvaient leur souplesse. Le visage maigre de l'homme s'éclairait. Ses rides disparaissaient, la peau de son front se tendait et devenait lumineuse. Quand Martin s'arrêta, le charme de ces sons continuait de vivre en lui.

— Mais c'est très bien !

— Non, dit Martin, j'ai un peu perdu la main.

— C'est criminel de ne pas vous laisser jouer !

Martin posa l'accordéon et s'apprêtait à sortir. Le marchand se plaça devant la porte.

— Vous pourrez venir quand vous voudrez. J'ai une pièce derrière, personne ne vous verra et vous pouvez compter sur moi pour ne rien dire.

— Je vous remercie, monsieur.

— Appelez-moi Paul. Paul Mars, comme le mois, c'est mon nom.

Martin sortit. Cette possibilité de jouer de la musique l'enchantait ; pourtant, un curieux sentiment l'habitait, un doute le rongeait. Depuis quelque temps, Ribet lui laissait beaucoup de liberté. Il partait du foyer et revenait à l'heure qu'il voulait. L'éducateur ne lui faisait aucune remarque, et Martin s'en étonnait. Il avait demandé la permission d'aller à Morterive tous les samedis, et Ribet avait accepté. Cela voulait-il dire que Laure était partie ?

La fin du mois de janvier fut humide. La neige tombait puis fondait aussitôt. Les trottoirs de Tulle étaient couverts d'une gadoue grise qui gelait les pieds. Martin passait ses journées au garage. Un soir, en rentrant au foyer, il croisa Juliette, la fille de Juste et d'Honorine. La femme le reconnut et lui dit bonjour. Depuis que sa mère allait mieux, Juliette avait cessé ses visites à Morterive. Malgré les regrets et les larmes du début, la blessure n'était pas totalement guérie. Elle demanda des nouvelles de ses parents à Martin et finit par dire :

— Un de ces dimanches, faudra qu'on monte !

Mais elle savait qu'elle n'irait pas à Morterive. L'attitude de Juste y était pour beaucoup. Chaque fois, il s'était caché, plus par lâcheté que par colère ou haine. Il avait changé d'avis à propos de son gendre mais ne voulait pas l'avouer.

Martin passait souvent chez Paul Mars et jouait de l'accordéon dans la pièce du fond. L'homme expédiait les clients et venait s'asseoir sur une chaise qui perdait sa paille. La pièce était un débarras et il y avait de tout. Pianos éventrés, claviers posés contre le mur, accordéons, tambours, cuivres étaient entassés dans un grand désordre. Une énorme contrebasse à la caisse défoncée cachait un vieux vélo à côté de l'établi où Paul venait travailler, car il faisait de la restauration. C'était plus un bricoleur qu'un musicien.

— Mon plaisir à moi, c'est le violon ! disait-il avec un air gourmand. Tu ne peux pas savoir comme c'est plaisant de bricoler un violon. Quelques morceaux de bois et ça fait une voix d'homme. Ton accordéon, c'est une usine, t'as vu comme c'est compliqué !

Martin jouait parfois toute une heure, et ravi, comme libéré de quelque chose qui se nouait en lui, rentrait au foyer en faisant un détour par Sainte-Marie. A mesure que le temps passait, son espoir de revoir Laure s'amenuisait. Il portait ce fardeau comme un sac rempli d'épines qui mordaient sa peau. Le temps n'avait rien changé à sa détermination. Il avait revu Aline, mais ne se sentait pas attiré par elle. Il ne lui venait pas à l'idée de prendre sa main, de sentir sa peau contre ses lèvres. Peut-être essayait-il de justifier sa timidité par cet attachement à une ombre, mais non, il n'était timide qu'avec ceux qu'il aimait.

Malgré le mauvais temps et la grisaille, les jours allongeaient. Le soir, quand Martin sortait de l'atelier, la nuit n'était plus complète, et il prenait le temps de flâner dans les rues. Chaque samedi, il montait à Morterive, retrouvait ses vieilles habitudes avec Juste, s'occupait de Rosette, promenait Noélie quand le temps le permettait. Juste le ramenait le dimanche soir, mais la Juva était de plus en plus poussive. Un jour, Juste décida :

— Un de ces samedis, il faudra que tu la regardes !

La révision de la voiture fut un événement. Juste ne quitta pas Martin ; il en oublia ses bêtes. Martin démonta une partie du moteur, roda les soupapes, changea les Durit et les joints, régla l'allumage. Juste le regardait travailler, la casquette en arrière, la pointe de la langue sur la lèvre supérieure. Il ne pouvait pas s'empêcher de donner des conseils.

— Serre pas trop ce boulon, tu vas le faire foirer !

Martin souriait. Juste constata :

— Moi, je crois que j'aurais quelques pièces de trop !

Avant le repas, Honorine alla chercher de la lessive pour que Martin se nettoie les mains. Elle surveillait elle-même l'opération de décrassage et apportait l'eau chaude de la bouilloire. Juste commentait la journée.

— Tu le verrais faire ! Moi, j'aurais tout envoyé promener depuis longtemps !

Quand tout fut fini, Juste essaya sa voiture et s'exclama :

— Je sais pas ce que tu lui as fait, mais elle file comme un bolide !

Chaque soir, devant Sainte-Marie, Martin se cachait sous un portique pour surveiller les allées et venues, mais les grandes portes de bois restaient toujours fermées. Un jour, tandis qu'il bavardait avec Paul Mars près de la vitrine, il vit une fille avec un manteau et un béret bleus qui se dirigeait vers la gare. Ces épaules droites, ces cheveux noirs... Il posa vivement l'accordéon et rattrapa la jeune fille, qui le dévisagea. A l'institution, la discipline était très stricte. Les pensionnaires n'avaient pas le droit de parler aux gens dans la rue et risquaient d'être renvoyées si elles se laissaient accoster par un garçon. Martin soutint son regard et constata qu'elle avait de grands yeux noirs. La jeune fille fit quelques pas, puis se tourna et lui sourit. Il rassembla son courage et l'accosta.

— Excusez-moi. Je vous ai prise pour quelqu'un d'autre !

— Ah bon ! Et pour qui ?

— Pour Laure de Morterive.

Le visage aux yeux noirs s'assombrit.

— Laure de Morterive ?

— Vous la connaissez ? demanda Martin. Elle n'est plus à Sainte-Marie ?

La jeune fille eut un mouvement des épaules.

— Oui, je la connais. Elle ne sort jamais. Son frère est un tyran. Elle ne voit jamais personne à part l'ancienne cuisinière de son père, qui s'appelle Pauline, je crois.

Dans la tête de Martin, les idées se bousculaient. Une chose était certaine : le lien était rétabli, il ne fallait surtout pas le laisser se casser de nouveau. Il courut vers la jeune fille, qui ne cacha pas son agacement.

— Dites, vous pourriez lui donner une lettre ?

Elle continua de marcher, puis, tournant la tête vers Martin :

— Vous savez que c'est interdit ? Je risque la porte.

— Une lettre, une seule fois.

— Je rentre par le train de cinq heures, dimanche soir.

Elle s'éloigna. Martin, encore étonné de son audace, remonta l'avenue Victor-Hugo sans se presser. Dans sa tête, ça bouillonnait. Laure était là, dans cette ville, derrière ces grandes portes. Avant d'arriver chez Paul, il biaisa par une petite rue pour marcher. Il voulait rester seul afin de penser à la lettre de feu qu'il allait écrire. Il monta à Morterive par le train de six heures et, après dîner, s'enferma dans sa chambre sous le prétexte de travailler ses maths. Il prit une feuille de papier et commença à écrire : *Depuis notre séparation, je ne pense qu'à toi...* Ces termes lui semblèrent un peu excessifs. Il froissa la feuille, en prit une autre et, comme les mots ne venaient pas à son esprit, décida de remettre ce travail au lendemain et rejoignit Juste et Honorine.

Le lendemain, après le petit déjeuner, il s'enferma de nouveau. Son prochain examen était un bon prétexte pour s'isoler. Honorine vint le déranger pour allumer le poêle. Quand elle fut sortie, Martin relut sa lettre.

Chère Laure,

Je peux enfin t'écrire. Pour moi, tout va bien, je passe mon C.A.P. au mois de février. Et toi? On m'a dit que tu ne sortais jamais. J'ai su que tu avais passé les vacances de Noël à Auriac. A Pâques, on pourrait peut-être trouver le moyen de se voir. Écris-moi par l'intermédiaire de ton amie. Je pense à toi.

Martin

Il trouva que c'était un peu sec mais ne changea rien. Dire à Laure qu'elle occupait toute sa vie lui semblait un acte d'impudeur.

Le dimanche, le soleil luisait sur les toits mouillés. Martin demanda à Juste de le ramener en début d'après-midi, ce qui contraria le paysan.

Le vent s'était levé et poussait vers la ville une nouvelle averse. Le redoux persistait, bien que Juste ait prédit une vague de froid avant la fin du mois de janvier.

Les magasins étaient fermés, Paul avait baissé sa grille de fer. Il possédait une maison de campagne à Cornil avec un parc qu'il entretenait lui-même. Martin se promena dans l'avenue Winston-Churchill mais n'alla pas trop loin de peur de rater le passage de la pensionnaire de Sainte-Marie. L'averse l'obligea à s'abriter dans la gare. Le train arriva enfin, et il n'eut pas à chercher, il repéra vite le béret bleu. La jeune fille lui sourit et lui dit bonjour sans s'arrêter. Martin lui tendit la lettre, qu'elle glissa dans sa poche sans un mot.

— Et pour la réponse ? demanda Martin d'une voix tremblante.

— Je repars samedi, au train de trois heures.

Maintenant, il n'avait qu'une envie, s'isoler, se couper du monde, être seul avec lui-même, avec son souvenir et cet espoir si fort qui venait de renaître en lui.

La semaine qui suivit fut interminable. Il n'alla pas chez Paul. Tout l'agaçait. Il passait devant Sainte-Marie et ne s'arrêtait pas. Laure s'était peut-être fait prendre avec sa lettre. Chaque soir, en rentrant au foyer, il surveillait Ribet du coin de l'œil. Les pires idées traversaient son esprit.

Samedi arriva enfin. Il n'avait que très peu dormi la nuit précédente et passa la matinée à tourner en rond de la salle de jeux à la salle d'étude. Il prépara ses affaires pour monter à Morterive et attendit près de la gare l'arrivée de la jeune fille. Un peu avant trois heures, il la vit et eut l'envie irraisonnée de s'enfuir. Elle s'approcha et lui tendit une enveloppe. Martin murmura merci et s'éloigna très vite, comme un voleur. Il partit sur la route de Laguenne en attendant son train pour Salons. La lettre lui brûlait les doigts. Il n'osait pas l'ouvrir par peur de détruire son rêve.

Sur l'enveloppe, Laure avait écrit *Monsieur Martin Legelle* de son écriture droite et ronde, avec un *a* énorme et un *i* en forme de dent. Le cœur battant, il l'ouvrit enfin, sortit une feuille pliée en quatre.

Cher Martin,

Cela fait si longtemps que j'essaie de te joindre. Rodolphe me coupe de tout le monde et Pauline... Pauline, tu la connais.

Mon frère me hait. Je suis une orpheline que personne ne soutient. Je vais probablement changer d'école à la fin de l'année. Sainte-Marie est trop chère et je suis une fille pauvre, Rodolphe me le répète assez. Je dois aller à Gramat, dans le Lot. Heureusement que tu as pu sauver le portrait de Mouchka que je regarde souvent.

Je pense à toi. Tu es mon seul soutien, mon seul espoir. Je ne sais pas quand nous pourrons nous voir. Écris-moi une longue lettre par l'intermédiaire de Marie-Cécile. J'ai tellement besoin de savoir que quelqu'un, au-delà de ces murs trop hauts, pense à moi. Moi, je pense à toi et Morterive me manque.

Laure

Le visage en feu, Martin avait envie de rire, de chanter, de sauter. Laure pensait à lui ! Aussi impossible que cela pût paraître, elle l'aimait, c'était certain, même si elle ne l'avait pas écrit, même si elle ne le lui avait jamais dit. Il monta dans le train de Salons, en sifflotant.

Le soir, tandis que Juste cherchait ses lunettes perdues par Honorine (c'étaient toujours les mêmes disputes qui revenaient), Luc Rouget arriva. Miss, qui ne l'aimait pas, faillit le mordre quand il entra. Honorine lui proposa une chaise et un verre de vin. Il posa son manteau gris et s'assit près du feu. Cette attitude simple et sans manières faisait dire aux gens qu'il n'était pas fier et avait beaucoup compté pour son élection à la mairie. Il se tourna vers Martin.

— Tu peux dire que tu as de la chance ! Heureusement que tu es venu à Salons. Si tu étais resté entre les mains des éducateurs, tu croupirais encore dans quelque coin ! Tu pourras remercier Marmillot qui t'a si bien formé et mon copain Auguste Veyre.

Il se tourna vers Juste. Sous la lampe, sa face rouge avait des reflets cuivrés.

— Et à vous deux aussi, il doit une fière chandelle !

— Bah, fit Juste, gêné, car il n'aimait pas montrer ses sentiments, on n'a pas fait grand-chose !

— Bon, continua Rouget, tu es trop vieux pour reprendre des études dans un lycée. On a trouvé une combine avec Ribet pour te faire aller plus loin. Tu vas avoir dix-huit ans le mois prochain. Tu vas t'engager dans l'armée. Tu pourras y étudier. Il y a à Cognac un centre de mécanique pour avions. C'est là que tu vas aller. Tu peux en ressortir technicien et, pourquoi pas, ingénieur !

Juste siffla entre ses dents. Ingénieur ! Maquarelle, c'était un métier important !

— Ben, mon vieux, quand tu seras ingénieur, le Juste et l'Honorine seront trop bouseux pour toi. Tu viendras plus nous voir !

Il rit. Martin n'avait pas dit un seul mot. En allant à Cognac, il quittait Tulle, il quittait Morterive, Laure, Juste et Honorine, il quittait Paul Mars et ses accordéons. Encore un départ, encore une rupture... Rouget remonta ses lunettes et dit :

— On dirait que ça te fait pas plaisir. Nous, on se démène comme de beaux diables pour te tirer d'affaire et tu nous fais la tête ?

— Je fais pas la tête ! dit Martin sans lever les yeux.

Quand Rouget fut parti, Honorine s'approcha du garçon.

— Ça te plaît pas d'aller à Cognac étudier la mécanique pour avions ?

— C'est pas ça, dit Martin en regardant fixement les flammes qui mouraient sur les bûches noires.

— Et quoi alors ?

Il haussa les épaules et ne répondit pas. Honorine soupira. Sa grosse poitrine se souleva. Le grain de beauté de sa joue était hérissé de poils noirs très gros qu'elle n'avait pas coupés depuis plusieurs jours.

— S'ils font comme ça c'est pour ton bien, pour que tu aies un véritable métier.

— Et puis, ajouta Juste, c'est pas le bout du monde, Cognac. Faudra que tu viennes nous voir pendant tes permissions !

Honorine soupira de nouveau, dépassée par la décision de Rouget. Martin avait envie de se blottir contre cette grosse poitrine chaude, de sentir la rudesse de cette main rouge. Il ne parla pas de Laure.

Il voulut rentrer à Tulle le dimanche après-midi. Juste ne fit aucune remarque quand Martin dit qu'il devait aller au cinéma avec Gentil, mais ses sourcils bas montraient qu'il n'était pas content. Honorine prit la défense du jeune homme :

— Il faut bien qu'il sorte un peu, ce pauvre garçon !

— Le cinéma ! Comme si Morterive, c'était pas mieux que le cinéma !

Juste n'insista pas et ramena Martin à deux heures. Le garçon se rendit à la gare et attendit Marie-Cécile au train de cinq heures. Il lui glissa une lettre pour Laure dans laquelle il racontait son probable départ pour Cognac après son C.A.P. Mais Laure pouvait être rassurée, il penserait à elle, et il reviendrait à Morterive pendant ses permissions. Il attendit le samedi suivant avec impatience et joie. Il alla chez Paul Mars et prit le temps de boire une bière avec Gentil, au Globe.

Marie-Cécile passa vers trois heures. Elle tendit une lettre à Martin, beaucoup plus épaisse que la première. Comme l'autre samedi, il partit se promener sur la route de Laguenne. Le soleil d'hiver ne chauffait pas la terre mais donnait une lumière aveuglante. Quand il fut assez loin des maisons, il s'enfonça dans un bosquet, déchira l'enveloppe, les joues en feu, pris d'une intense frénésie. Laure lui annonçait qu'elle partirait probablement pour Gramat après les vacances de Pâques, qu'elle passerait chez Clément Alone, dans sa propriété de Royan. Elle espérait pouvoir rester un jour ou deux chez Pauline. *Ce serait formidable,* disait-elle, *si nous pouvions nous voir à Morterive. Je sais qu'ils ont cadenassé toutes les portes du château, mais on peut y entrer par le souterrain de la carrière en dessous du parc. Je l'ai fait plusieurs fois. Le souterrain est un peu éboulé à un endroit, mais on peut passer. Je demanderai la clef au maire pour prendre des affaires. Il ne refusera pas puisqu'il l'a déjà proposé à Rodolphe. Je te ferai savoir par Marie-Cécile le jour et l'heure.*

Martin savait que, lorsque Laure se rendrait à Morterive, Ribet s'arrangerait pour l'envoyer ailleurs. S'il avait un vélo à sa disposition, il serait beaucoup plus libre et pourrait tromper la vigilance de tout le monde. Il pensa à celui de Paul, dans son atelier, derrière la contrebasse. L'envie de revoir cette machine le fit retourner en ville, le cœur léger, le pas alerte.

Chez Paul, il y avait un petit homme à chapeau large et manteau gris. Son écharpe rouge ne laissait voir que le haut de son visage, son front large et haut, son nez pointu. Martin le connaissait, c'était M. Raoul, le professeur de violon, qui venait parfois bavarder, regarder les instruments en magasin, les essayer. Il était à la recherche d'une pièce rare, un violon ancien qui aurait correspondu à son tempérament. Il avait fait plusieurs voyages à Paris pour cela, avait consulté tous les luthiers de la rue de Rome, mais n'avait jamais trouvé. M. Raoul vivait seul dans un appartement humide au bord de la Corrèze. Sa chimère lui évitait l'ennui. Pour évoquer son instrument qu'il finirait bien par trouver, il mettait une émotion intense dans sa voix étonnamment grave pour un aussi petit homme.

Martin le salua, serra la main de Paul et passa dans la pièce voisine. Il ferma la porte, dégagea le vélo et l'inspecta rapidement. Les pneus étaient dégonflés, le câble du frein arrière manquait. Demain soir, après l'atelier, il descendrait avec une pompe pour vérifier l'état des chambres à air et remplacerait le câble.

Il revint dans le magasin. M. Raoul s'apprêtait à partir et remontait son écharpe sur sa figure. Quand il fut sorti, Paul se tourna vers Martin.

— Curieux bonhomme ! constata-t-il.

Martin demanda s'il pourrait emprunter le vélo les samedis pour monter à Morterive. Paul fut d'accord, mais, avant, il fallait le remettre en état. Le garçon le rassura : il n'était pas apprenti mécanicien pour rien !

Martin attendait les vacances de Pâques, et, comme chaque fois qu'il était impatient, le temps semblait s'être arrêté. Les journées n'en finissaient pas, les semaines s'étiraient. Il passa son C.A.P. le 17 février et l'obtint sans difficulté. Ribet se déclara satisfait : c'était un bon point pour lui, et Rouget le soutiendrait dans ses ambitions. Il visait, en effet, la place d'éducateur-chef à l'institut médico-pédagogique de Brive. Quelques jours plus tard, Martin fut admis à la base militaire de Cognac pour suivre une formation de mécanicien pour avions qui commencerait en mai. En attendant, il continuerait de travailler chez Auguste Veyre, qui lui verserait un salaire d'ouvrier.

Chaque samedi, il montait à Morterive avec le vélo de Paul remis en parfait état de marche. Avant de partir, il guettait Marie-Cécile, mais, depuis quelque temps, celle-ci ne prenait plus le train. Il était sans nouvelles de Laure depuis la fin janvier.

Cela n'empêchait pas son imagination de bouillonner. Martin vivait ce fameux jour de leur rencontre jusque dans ses moindres détails. Le temps serait beau, très beau, sans vent, avec les premières fleurs de pissenlit dans les prés, les clochettes jaunes des coucous sur les talus. Des violettes pointeraient leurs pétales fragiles entre les feuilles mortes de la haie. Martin prendrait le vélo après le déjeuner et s'en irait très vite... Et puis non, il prendrait tout son temps pour faire durer le plaisir de l'attente car la torture d'aujourd'hui deviendrait un plaisir juste avant la rencontre. Il laisserait le vélo avant Salons, dans le bois près de l'arrêt de l'autobus, et rejoindrait la carrière par les champs. L'entrée du tunnel était condamnée par des planches faciles à déplacer. Il allumerait la lampe électrique qu'il avait déjà achetée avec deux piles de rechange (une troisième serait peut-être nécessaire !). Laure l'attendrait... La suite, il ne voulait pas l'imaginer...

Début mars, le beau temps presque estival fit espérer la première hirondelle à Juste, qui descendit au bord de la Noiselle pour guetter l'événement. Le printemps n'était pourtant pas encore là ; le froid revint avec des giboulées de neige, et le paysan se dit que tous les bourgeons allaient être perdus.

Un samedi, en arrivant à Salons, Martin tomba nez à nez avec le curé, qui rentrait de Tulle sur sa moto. Jabertie était au courant de sa fugue avec Laure et le dévisagea.

— Ah ! Martin ! dit-il. Un de ces jours, il faudra que tu regardes ce moteur. J'ai du mal à monter la côte de Naves.

Le curé descendit de moto.

— Je parie que tu ne t'es pas confessé depuis que tu es parti de Morterive. Ribet est un mécréant et Rouget n'a sûrement pas insisté sur tes devoirs religieux ! Paraît que tu vas à Cognac, dans l'armée. C'est bien. Tu quittes donc Tulle. La petite Laure aussi.

Martin baissa la tête. Le curé ne le lâchait pas des yeux.

— Elle part après les vacances de Pâques à Gramat. Vous serez donc séparés par beaucoup de distance. C'est bien ainsi.

De quoi se mêlait-il, celui-là ? S'il avait su la vérité, il aurait été bien étonné ! Martin s'accrochait à son secret comme à une branche au-dessus d'un précipice.

— Tu n'as jamais eu envie de la revoir ?

Il mentit.

— Non.

Le curé posa sa moto sur sa béquille sans quitter le garçon des yeux.

— Bon, on a cinq minutes ! Tu vas venir te confesser !

— J'ai pas le temps, monsieur le curé, Juste...

— Juste peut t'attendre. Il ne faut pas huit jours pour se confesser. Tu sais que je vais vite. Allez, viens !

L'église était glaciale et sombre. Le curé s'agenouilla dans l'allée centrale, se signa avant de se diriger vers le confessionnal.

— Prends place ! dit-il en ouvrant la porte de bois, qui grinça.

Martin s'agenouilla sur les planches dures. Le visage du curé était contre l'ouverture d'où Martin voyait son œil fixé sur lui, les points noirs de la barbe à son menton. Il parlait tout bas.

— Mon enfant, Dieu t'écoute.

Martin s'accusa de péchés usuels : il était gourmand — ce qui n'était pas vrai, mais il fallait bien dire quelque chose ! —, il perdait du temps à se promener en ville au lieu de rentrer directement au foyer, il n'aimait pas M. Ribet qui lui avait confisqué son accordéon.

Le curé écoutait sans un mot. Au bout d'un silence, Jabertie demanda :

— C'est tout ? Et les filles ?

Martin devait être rouge ; il bredouilla qu'il avait autre chose à faire...

— Tu sais, ajouta le curé, que Dieu t'entend. Si tu mens, tu iras en enfer.

L'enfer... Martin eut un moment d'hésitation, puis persista dans son silence qui était un mensonge.

— Tu n'as jamais revu Laure ? Tu n'as jamais essayé de communiquer avec elle ?

Martin, d'une voix mal assurée, dit :

— Non.

— Hum... Je l'espère pour toi. L'enfer, ce n'est pas pour quelques minutes, c'est pour toujours. Tu t'es déjà brûlé sur le coin de la cuisinière ?

— Oui, monsieur le curé.

— Alors, à toi de voir. C'est la même douleur multipliée par des millions.

Martin inspira très fort et s'enfonça dans son mensonge :

— Je ne l'ai pas revue et je ne veux plus jamais la revoir.

— Pourquoi ? Tu es amoureux d'une autre ?

Il hésita un moment puis, d'une voix neutre, dit :

— Oui. Aline Chaumet.

Le curé se gratta le menton du bout de l'ongle. Le bruit de râpe de sa barbe grésillait contre l'oreille de Martin.

— Ah oui..., dit-il d'une voix qui n'était pas convaincue. Une gentille jeune fille...

Jabertie n'insista pas. Martin était persuadé qu'il ne l'avait pas cru. Il sortit de l'église, ébloui par la lumière, marcha comme ivre vers son vélo. Sa tête éclatait. Il avait envie de courir au-delà de l'horizon sans jamais s'arrêter.

Il passa une très mauvaise semaine. Le curé pouvait faire rater son prochain rendez-vous avec

Laure. Un mot de sa part à Rodolphe, et la jeune fille ne viendrait pas à Morterive.

L'attente le rendait irritable. Il n'arrivait plus à fixer son attention sur rien, et son travail au garage s'en ressentait. Auguste pensait que c'était à cause de son départ pour l'armée et ne lui fit aucune remarque. Martin n'allait chez Paul que pour prendre le vélo et oubliait la musique.

Ce vélo lui laissait une grande liberté par rapport à Juste, qui ronchonnait dans son coin. Chaque samedi après-midi, Martin surveillait les abords de la gare. Ensuite, il rejoignait Gentil au Globe, jouait au baby-foot pour se calmer les nerfs ou errait dans les rues en ressassant ses idées noires.

Le dernier dimanche de mars, il s'apprêtait à rentrer au foyer après avoir scruté le flot de lycéens quand quelqu'un le bouscula. C'était Marie-Cécile, qu'il n'avait pas reconnue sans son uniforme et son béret bleus.

— J'ai été malade ! dit-elle. Laure était chez son frère, hier...

Martin retint sa respiration. Il avait un pressentiment. Quelque chose de grave venait de se passer. Marie-Cécile continua :

— Elle est autorisée à passer deux jours à Morterive avant de partir à Gramat. Elle vous attendra samedi prochain comme convenu à trois heures de l'après-midi.

Martin sourit. Jabertie n'avait rien dit. Enfin, il allait pouvoir regarder éclore le printemps.

Marie-Cécile s'éloigna sans se retourner. Martin courut chez Paul. Une averse de pluie fine le surprit, mais il ne chercha pas à s'abriter. Cette pluie qui mouillait son visage apaisait le feu de ses joues. La vie était belle ! Au fond, il était le plus chanceux du foyer : il avait son C.A.P. en poche, une place à Cognac pour devenir technicien et le cœur de Laure. Paul, qui était dans son atelier en train d'encorder un piano, regarda Martin par-dessus ses épaisses lunettes.

— Tu vois, lui dit-il, tu vas faire de la mécanique pour avions, c'est bien. Mais la musique, c'est encore mieux, d'autant que tu es doué ! Tu pourrais devenir professionnel ; je le dis tel que je le pense.

— Un jour, je serai professionnel, c'est sûr ! La mécanique, c'est en attendant.

— Oui, mais là-bas, tu vas pas pouvoir t'entraîner !

— Si, je me débrouillerai pour trouver du temps !

Martin faisait jouer les freins du vélo. Il avait huilé les gaines, graissé le pédalier et la chaîne.

— Si tu le veux, dit Paul, je te le donne.

— J'en aurai pas besoin à Cognac. Je le veux seulement pour monter à Morterive jusqu'au mois de mai.

La semaine suivante fut la plus longue de toutes. Chaque nuit, Martin s'éveillait vers trois heures du matin et refaisait mentalement l'itinéraire. Il regrettait de ne pas être allé explorer le souterrain, qui s'était peut-être bouché pendant l'hiver. Cette pensée l'obsédait.

Samedi arriva enfin. C'était un beau jour, plein de soleil et de chants d'oiseaux. Martin n'avait pas dormi de la nuit. Il était énervé et s'en prit à Gentil, qui n'avait pas cessé de ronfler.

Le matin, il tourna en rond, alla écouter la radio à la salle de jeux, partit se promener en ville. Le temps ne passait pas. Vers midi, il s'acheta un casse-croûte au café de la gare puis remonta doucement vers le magasin de Paul. Le vélo l'attendait dans le couloir, dont il avait la clef. Martin l'enfourcha et quitta rapidement la ville.

Il pédala sans arrêt. Dans son sac, la lampe de poche était en place avec les trois piles de rechange. Son cœur battait très fort. Il était pressé et, en même temps, il aurait voulu que le temps s'arrête, ce temps qui n'avait pas passé jusque-là et qui allait défiler comme un éclair. Cette lumière, ces arbres d'avant la rencontre ne seraient bientôt que des souvenirs ! Laure devait être à Morterive depuis la veille. Elle avait certainement dormi chez Pauline, qui avait obtenu de M. Rouget une clef du château pour que la jeune fille puisse récupérer ses dernières affaires.

Le soleil jouait entre les nuages clairs. Un vent capricieux courait sur les landes en tourbillons rageurs. Martin mit pied à terre à l'arrêt de l'autocar. Il traîna le vélo dans un taillis, le dissimula sous les branches. Il agissait comme dans un rêve. Son cœur cognait et lui faisait mal. Le sang battait à ses tempes, il avait la bouche sèche.

Il s'éloigna dans le bois, rejoignit le bord de la rivière en prenant beaucoup de précautions pour ne pas être surpris. Il laissa Salons sur sa droite et marchait d'un pas ferme. Son corps était parcouru d'électricité. Laure, enfin ! Il avait tant attendu ce moment, tant rêvé qu'il s'étonnait de ne pas être plus impatient, plus heureux.

A l'orée du champ, en dessous de la maison de Boule, Martin regarda le château et le hameau, sur la droite la maison de Juste, l'écurie, la villa des Parisiens aux volets toujours fermés... Il continua en se cachant dans le ravin jusqu'à l'ancienne carrière où se trouvait l'entrée du souterrain. Tout se passait comme il l'avait prévu. L'entrée était dissimulée derrière un amas de ronces sèches. Tous les gens de Morterive en connaissaient l'existence mais le croyaient détruit. Juste, qui savait toujours plus de choses que les autres, disait que les maquisards l'avaient bouché en 1943. Seule Laure l'avait parcouru de bout en bout.

Le souffle court, Martin poussa les planches et se glissa à l'intérieur. Une odeur aigre de moisissure lui piquait le nez. Il chercha sa lampe et remit les planches en place. Le faisceau braqué devant lui, il marchait en baissant la tête, sans penser.

A l'étranglement que lui avait annoncé la jeune

fille, Martin s'arrêta, fouilla le boyau avec sa torche et trouva le passage. Une vague appréhension lui pinçait le ventre : si, tout d'un coup, le plafond s'effondrait ?

Il arriva à une immense salle voûtée et humide, une des caves du château. Sa lampe balaya l'espace. Des bouteilles vides rangées dans des casiers occupaient tout un pan de mur. Des tonneaux abandonnés perdaient leurs cercles de fer. Laure n'était pas là. C'était la première différence avec son rêve. La jeune fille devait l'attendre en haut, dans la chambre de Mouchka. Il monta l'escalier de pierre. A l'étage, il regarda dehors par une fenêtre. Juste, planté devant son écurie, roulait une cigarette. Honorine ramenait la grand-mère de la promenade. Chez Pauline, la porte et les volets étaient fermés. Cela parut bizarre à Martin, qui vit là un très mauvais présage.

Tout lui semblait vide, le château, le hameau sur lequel arrivait un énorme nuage noir. Il courut dans un couloir. Sa lampe éclairait des meubles poussiéreux, des vêtements pendus, des toiles d'araignées qui vivaient mollement. Il monta un autre escalier, suivit un autre couloir jusqu'à une pièce qui devait être celle de Mouchka. Martin crut reconnaître le fauteuil et les coffres, mais il n'en était pas sûr. Il ouvrit des portes qui émettaient des miaulements stridents, fouilla des chambres mortes. Rien. Laure n'était pas encore arrivée : elle était probablement descendue à Salons avec Pauline, et Martin était en avance ; sa montre réglée le matin à l'horloge de la cathédrale indiquait 2 h 47. Encore treize minutes ou plus, puisque Laure pouvait être en retard. Il s'assit dans le fauteuil et attendit. Au bout d'un moment, l'impatience le reprit. Il descendit à la cuisine. Les volets étaient tirés. La poussière s'était déposée sur la table et sur un verre oublié. Visiblement, Pauline n'était pas venue depuis la mort du comte.

15 h 5. Martin entendit du bruit à l'extérieur et regarda par la fente des volets. Pauline parlait à Juste, et elle était seule ! Ce n'était pas grave : Laure n'arriverait que cet après-midi. Son frère qui la conduisait avait eu un empêchement hier au soir. Pauline était sûrement sortie pour attendre la voiture !

15 h 15. Rien n'était encore perdu, pourtant, l'espoir s'amenuisait. Martin attendait, immobile, respirant à peine, la vie se retirait de son corps à mesure que la certitude que Laure ne viendrait pas s'imposait à lui.

15 h 30. Il était parcouru de frissons. Il faisait un froid glacial dans cette immense bâtisse. Pourtant, le jeune homme n'arrivait pas à se décider à partir.

16 h 10. Un cri strident vint de la tour Virginie, s'amplifia dans les couloirs. Martin retourna dans le vestibule avec la désagréable impression d'être prisonnier, à la merci des ombres de Morterive qu'il dérangeait. Laure ne viendrait pas ; maintenant, c'était certain. Martin avait mal partout. Il

descendit à la cave, s'enfonça dans le souterrain et arriva à la carrière. Le soir tombait, souverain, plein de chants d'oiseaux et des premières odeurs du printemps. Il arriva à son vélo, le sortit de l'amas de feuilles et de branchages. Un sanglot souleva sa gorge, puis un autre. Il s'assit sur un talus et pleura longuement. La nuit n'était pas loin. Un hibou poussait son cri lugubre.

Un bruit de branches cassées le fit sursauter, il se dressa : un sanglier qui ne l'avait pas flairé s'éloignait. Martin eut envie de rentrer chez Juste. Et puis non, il ne voulait pas montrer sa peine, l'immense peine qui l'écrasait. Il n'avait envie de voir personne, il voulait se terrer dans un coin pour pleurer. A Tulle, il rentra le vélo dans le couloir et frappa aux volets de l'atelier où Paul travaillait tard.

— Mais qu'est-ce que tu fais là? demanda l'homme en le dévisageant de ses gros yeux ronds. Tu en as une tête!

— C'est rien, dit Martin.

Il eut la tentation de tout raconter, de se confier à Paul, qui avait toujours été bon avec lui, mais il se retint. Personne ne devait savoir que Martin, une fois de plus, était allé à un rendez-vous raté. L'homme passa la main sur son front luisant sous la lampe. Peut-être avait-il compris.

— Tu sais, il en arrive de toutes à ton âge. Mais on s'y fait et chaque jour t'apportera quelque chose de nouveau.

Martin demanda :

— Paul, laissez-moi passer la nuit ici. J'ai pas envie d'aller au foyer avec les autres.

Paul plaça une touche blanche sur son pivot métallique.

— T'en as gros sur la patate, mon petit Martin ! dit-il d'une voix douce. Ce sont des choses qui arrivent. Surtout ne me dis rien si tu n'en as pas envie.

Martin se sentait immensément lourd. Chaque pas lui demandait un effort considérable.

— Je vais pas te laisser ici tout seul, tu aurais froid. Allez, petit gars, tu vas manger avec Marie et moi. Notre fils n'est pas là et il y a une chambre qui ne fait rien à l'étage.

Il se laissa emmener sans protester. Marie était une femme très brune, avec un beau visage plein de bonté. Martin lui dit bonjour, mais c'était quelqu'un d'autre qui parlait. Les voix venaient d'ailleurs, comme à travers une cloison. Paul et Marie n'insistèrent pas. Comme il n'arrivait pas à finir sa soupe, Marie dit :

— Pour ce genre de maladie, il n'y a que le sommeil.

Elle mit un petit cachet blanc dans un verre d'eau et dit à Martin :

— Avale ça et au lit ! Demain, tu verras le monde autrement.

Il but et se laissa conduire dans la chambre, qui sentait le renfermé. Le garçon posa son pantalon, son pull et se coucha dans des draps humides qui collaient à la peau.

Le lendemain, il s'éveilla à midi. Le cachet avait fait son effet, et il lui semblait revenir d'un lointain pays. Il s'habilla lentement ; ses pensées se remettaient en place. Marie lui prépara un bol de café, mais il n'avait pas faim et demanda à s'en aller ; Paul ne le retint pas et ne se formalisa pas quand le jeune homme sortit sans dire au revoir ni merci. Il savait que la jeunesse était démesurée en tout, dans la peine comme dans la joie, mais que ces excès étaient nécessaires.

Martin erra une bonne partie de la matinée dans les rues, marcha sur la route de Souillac. Il se réfugiait dans le mouvement. Il eut envie de prendre le vélo et de remonter à Morterive. Quand il arriva chez Paul, la force de pédaler lui manqua. Son esprit était embrumé d'une douleur continue. Il ne pouvait pas penser, des images fugitives passaient devant ses yeux. Il avait cru au miracle ; il s'était cru enfin sauvé de l'océan de solitude qui l'avait englouti depuis sa naissance, échappé de sa condition de laissé-pour-compte, de nabot aux grandes oreilles ! La belle histoire finissait mal, ouverte sur cette immense peine que rien ne viendrait atténuer. La princesse avait compris son erreur et le souillon reprenait la place qu'il n'aurait jamais dû quitter, celle de ceux qui gardent toujours les yeux baissés en face des autres.

A trois heures, il se dirigea vers la gare avec le vague espoir de rencontrer Marie-Cécile. Il se faisait une raison : Laure avait eu un empêchement de dernière minute et n'avait pas pu l'avertir. Il l'imaginait en train de pleurer, et ses larmes lui redonnaient goût à la vie.

Marie-Cécile n'était pas au train de trois heures. Martin sombra de nouveau dans ses idées noires. Il n'avait rien mangé depuis la veille, mais son estomac restait bloqué. A cinq heures, il retourna à la gare.

C'était l'heure où rentraient la plupart des pensionnaires du lycée Edmond-Perrier et du lycée de filles. Des groupes bruyants se dirigeaient vers l'avenue Victor-Hugo. Martin regarda passer cette foule. Deux bérets bleus de Sainte-Marie traversaient l'avenue Winston-Churchill. Martin reconnut Marie-Cécile. Sa camarade se tourna vers lui, et il reçut un coup de poignard au cœur. C'était Laure ! Un instant, il eut envie de s'enfuir, mais Laure dit quelques mots à Marie-Cécile et, passant entre les groupes, s'approcha de lui.

— Ne restons pas là dit-elle. Suis-moi.

Elle l'entraîna dans une ruelle. Des enfants jouaient à la marelle sur le trottoir.

— Je n'ai pas pu aller à Morterive, dit Laure sans s'arrêter de marcher.

Martin ne répondit pas. En lui, un tumulte grondait si fort qu'il ne pouvait prononcer un seul mot.

— Je te jure que c'est vrai ! Rodolphe au dernier moment n'a pas voulu. Je ne suis pas libre, c'est mon tuteur et je n'ai que dix-sept ans !

Martin sourit. Sa peine s'était envolée, déjà, une douce chaleur coulait en lui. Laure était là, elle lui parlait, cela suffisait à tout effacer. L'état de grâce continuait.

— Je n'ai pas beaucoup de temps ! dit-elle. Je dois rentrer avec Marie-Cécile. Rodolphe m'a permis exceptionnellement d'aller chez elle.

Maintenant, c'était lui qui était prêt à demander pardon. Il prit la main de la jeune fille ; elle la lui abandonna quelques secondes, puis la retira.

— Tu m'écriras chez Marie-Cécile ?

Il acquiesça de la tête.

Elle le regarda un moment, sourit puis dit :

— Je serai bientôt majeure et nous serons libres ! Je te jure que je t'attendrai !

— Moi aussi ! dit Martin.

Laure regarda autour d'elle, s'approcha de nouveau du jeune homme, posa un baiser sur ses lèvres et s'en alla d'un pas rapide. Martin la regarda disparaître derrière le pâté de maisons. Une hirondelle tournait au-dessus des toits. Le soleil était sorti et passait derrière les maisons de la Fajeardie. Les arbres de la colline Bellevue flambaient. Martin se rappela que c'était le premier jour du printemps.

Il avait retrouvé ses forces et alla chercher le

vélo. A Morterive, Juste était en train de bêcher son potager. De gros vers de terre sortaient des mottes fraîches. Une bergeronnette agitait sa longue queue blanche et se goinfrait de larves. En apercevant Martin, Juste sourit.

— Voilà le bon ouvrier qui arrive quand le travail est terminé !

Martin lui serra la main. Juste tendit son paquet de tabac.

— Roules-en une ! Le soleil se couche. Tu sens l'air qui pompe la sueur de la terre ?

Martin s'appliquait à tasser le tabac sur la feuille.

— Eh bien, si la première hirondelle n'arrive pas avant huit jours, je m'appelle plus Juste. Ça sent l'hirondelle !

— J'en ai vu une à Tulle ! dit Martin.

Juste fronça ses épais sourcils.

— Dis donc, tu vas pas me monter le coup ? fit-il, bougon. La première hirondelle du pays vient toujours à Morterive !

Martin n'insista pas. Juste alluma sa cigarette.

— Parce que la lumière de Morterive nettoie les yeux de tout ce qu'ils ont vu de sale et les hirondelles le savent !

Martin regardait le château. Une nouvelle partie du donjon s'était écroulée ; une saignée ocre fendait l'antique mur. Le jeune homme pensait à ceux qui avaient taillé ces pierres. Qui étaient-ils ? Éprouvaient-ils les mêmes peines et les mêmes joies que lui ? Avaient-ils les mêmes sentiments au cœur ? Dans un ciel de lait, une énorme lune montait au-dessus de l'horizon. Il revit Rosette dans le sentier du barrage...

Martin avait hâte de vieillir de quelques années.

Cet ouvrage a été reproduit
par procédé photomécanique par la
SOCIÉTÉ NOUVELLE FIRMIN-DIDOT
Mesnil-sur-l'Estrée
pour le compte des Éditions Pocket
en septembre 1996

POCKET - 12, avenue d'Italie - 75627 PARIS CEDEX 13
Tél. : 44-16-05-00

Imprimé en France
Dépôt légal : septembre 1996
N° d'impression : 35570